给精神留一条回家的路

王兆胜 著

图书在版编目（CIP）数据

给精神留一条回家的路 / 王兆胜著. — 重庆：重庆出版社，2023.3
ISBN 978-7-229-17324-1

Ⅰ.①给… Ⅱ.①王… Ⅲ.①散文集－中国－当代 Ⅳ.① I267

中国版本图书馆 CIP 数据核字 (2022) 第 238364 号

给精神留一条回家的路
GEI JINGSHEN LIU YITIAO HUIJIA DE LU
王兆胜 著

责任编辑：何 晶
策　　划：白 翎 玉 儿
特约策划：王万顺
责任校对：朱彦谚
装帧设计：刘 霄

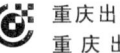
重庆出版集团
重庆出版社 出版

重庆市南岸区南滨路 162 号 1 幢　邮政编码：400061　http://www.cqph.com
观见文化工作室制版
天津行知印刷有限公司印刷
重庆出版集团图书发行有限公司发行
E-MAIL:fxchu@cqph.com　邮购电话：023-61520646
全国新华书店经销

开本：880mm×1230mm　1/32　印张：9　字数：210 千
2023 年 3 月第 1 版　2023 年 3 月第 1 次印刷
ISBN 978-7-229-17324-1
定价：52.00 元

如有印装质量问题，请向本集团图书发行公司调换：023-61520678

版权所有　侵权必究

目录
CONTENTS

林语堂和他的"后台朋友"

林语堂说,人生一定要有几个"后台朋友"。

心灵相通,灵魂相似,始于志趣,合于性情,忠于人品!

林语堂的后台朋友既有密友胡适、鲁迅,还有知己郁达夫、钱穆等人。他们是那一代的中国文人代表。

中国文人的精神世界里既有魏晋士人的风韵,亦有陶潜、苏东坡的豁达。有出世的精神,又有入世的胸襟。有中国人文精神的坚韧顽强、不屈,亦有中国文人的担当。

心中的辜鸿铭 /2

密友胡适之 /11

与鲁迅相得相离 /20

文坛知己郁达夫 /34

视姚颖为小品文知己 /41

赏识谢冰莹 /45

与晚年新友钱穆的交往 /51

人生要过得充实丰盈

人是生活在现实中,还是梦里?

在我的生命中,许多东西都可像扫尽落叶般不足珍视;然而,那些刻在心灵的约定却是永远的,就像留在记忆中那些稚嫩的童音和永恒的青春一样。

不管这个世界以怎样的形态出现,我都以"吾心"来从容对待。

诗化人生　/56

纸的世界　/63

冬青与槐树的对语　/68

水的感悟　/71

师德若水　/77

怀"谨"如玉　/87

生命秘约　/90

树木的德性　/108

显与隐　/112

黑白情结　/115

知识的滋养与生命的丰盈　/124

在觉醒中品评滋味

中国人力求在有限的人生中尽可能地摆脱各种各样的束缚，才能使自己的身心得到解脱和逍遥。在追忆与想望中超升。

淬火人生 /146

苦中作乐 /152

"米"的世界 /163

酒中的仙气儿 /169

缘 /174

说"足" /178

扇子的语言 /182

半醉半醒书生梦 /187

都市灯光 /196

生死地心泉 /201

乐在"棋"中 /208

家住"四合院" /215

藏书防老 /220

世相中的生活百态

我总怀想古老的文明，那梦一样恬静的生活情调。中国人总喜欢以往事为窗，捕捉生活的瞬间。

"沐石斋"记　/226

"字"的家族　/232

现代人的"忙碌病"　/237

"抗疫"壮歌　/242

女性的棱镜　/252

都市车声　/258

编辑甘苦是一道人生彩虹　/262

真情写"余"，闲心求"道"　/268

纸本书刊的命运　/274

林语堂和他的"后台朋友"

林语堂说,人生一定要有几个"后台朋友"。

心灵相通,灵魂相似,始于志趣,合于性情,忠于人品!

林语堂的后台朋友既有密友胡适、鲁迅,还有知己郁达夫、钱穆等人。他们是那一代的中国文人代表。

中国文人的精神世界里既有魏晋士人的风韵,亦有陶潜、苏东坡的豁达。有出世的精神,又有入世的胸襟。有中国人文精神的坚韧顽强、不屈,亦有中国文人的担当。

心中的辜鸿铭

提起辜鸿铭,多数中国人对他的第一反应可能是"狂怪""保守""有恶癖"和"非常滑稽可笑",因为辜鸿铭这个人确实与众不同得可以。有一事例很能说明在人们包括在知识分子心目中,辜鸿铭处于怎样的位置:辜鸿铭于1928年去世,在回忆文章中人们多将他写成一个滑稽可笑的小丑角色。人们最津津乐道的是他这一形象:头戴瓜皮小帽,脑后留着一条又白又小又细的辫子,一件满是油渍、鼻涕的长袍光可鉴人。直到今天,许多人对辜鸿铭仍无多少好感,评价也不是太高。如施建伟一面说,"不管你如何厌恶或嘲笑辜鸿铭的狂和怪,都不能无视他的贡献";一面又说,"在向西方世界传播中国文化的过程中,辜氏不仅过大于功,而且简直可以说是帮了倒忙"。其理由是辜鸿铭复古守旧、绝对尊儒和盲目排外的立场错了。(参见施建伟《林语堂在大陆》)而林语堂对辜鸿铭的态度却大为不同,曾直言辜鸿铭是"一位相当伟大的怪杰"（林语堂《记蔡孑民先生》），"他是一个怪物，但不令人讨厌"（林语堂《八十老翁心中的辜鸿铭》），他不仅没有厌恶之情反而对辜鸿铭心怀钦敬，在行文中常常流露出爱慕倾倒之意，活脱脱勾画出一个非常可爱的老辜形象。

辜鸿铭是林语堂的同乡，他们都是福建人，一个是同安，一个是漳州，地理方位的相近肯定给林语堂平添了对辜鸿铭的一些亲近感。在上海圣约翰大学读书时，林语堂开始接触辜氏的文章和著作，曾受到强烈的感染。尤其是辜鸿铭与陈友仁那场著名的笔战，深深打动过林语堂，此时，辜氏的见解、个性、锐气尤其是无与伦比的英文给林语堂留下了深刻的印象。1916年，林语堂在北京的中山公园第一次见到辜鸿铭，但由于自己胆怯于辜氏巨大的声名和极怪异的脾气，没能上前向他请教，于是失之交臂。后来回忆起来，林语堂还大有惋惜之意。但不管怎么说，这一次亲眼所见更拉近了林语堂与辜鸿铭的感情，于是在林语堂的心目中留下了怎样也挥之不去的辜鸿铭印象：薄薄的头发，如一个倒运的太监在散步，却有一颗孤独骄傲的心。难怪在《京华烟云》里林语堂有辜鸿铭公园放谈一节之描写。到20世纪30年代，林语堂创办刊物，专门出版了"辜鸿铭特辑"来介绍辜鸿铭，并倡导说，辜鸿铭大有好好研究之必要。林语堂还亲手写过研究辜鸿铭的文章多篇，表达了自己对辜氏的独特理解及其感情的亲近。有研究者称："林语堂受辜鸿铭影响甚大。……无论他怎样臧否辜鸿铭,在骨子里,他都是深深喜欢这位福建同乡的。"(黄兴涛《名人笔下的辜鸿铭——辜鸿铭笔下的名人》)这确实堪称的论。试想,辜鸿铭比林语堂大将近40岁,二人又从没有机会面谈,加之家庭出身、生活环境、文化背景、人生经历及性情好恶的巨大差异,一般说来,他们很难被联系在一起。然而事实上,林语堂却对辜鸿铭"念念不忘"、"情有独钟",如果没有内里的血脉关联和灵魂感应,那几乎是不可理解的。我认为,辜鸿铭之于林语堂不是一个可有可无的"外在式人物",而是一个不可或缺的"内在楷模",他在林语堂的文化选择、审美趣味和心灵感召等方面都具有示范的作用。

在20世纪中国文化先驱激烈的反传统面前,林语堂这位外国留学生竟然特别重视中国传统文化精神,这与他数十年在国外生活和对西方文化弊端的清醒认识有关,也与辜鸿铭的文化选择有关。至少我们不能否认,辜鸿铭对中国儒家文化的狂热崇拜给林语堂带来了启示作用。像辜鸿铭这样一个学贯中西的思想家,他在国外生活了那么长时间,回国后何以能如此执着地反对西方文化而崇拜中国传统文化呢?至少可以这样说,有了辜鸿铭,林语堂就多了一个参照系,所以他就不至于盲目地走向"欧化派",而一味地以西方的文化批判中国传统文化。也是在此基础上,林语堂确立了这样的价值理念:辜鸿铭在向西方介绍中国传统文化时是成功的,他在外国学术界和文学界的很高的威望就很能说明这一点。林语堂认为自己应该沿着这一思路继续走下去,以便让外国人更多地也是更真实地理解中国及中国文化精神。当看到外国人对中国文化如此无知,当看到中国人难以较好地向外国介绍中国文化,当赛珍珠邀请林语堂向美国介绍中国文化,尤其是那两本介绍中国文化的书《吾国与吾民》和《生活的艺术》在国外产生地震般的轰动时,林语堂更加坚信"向西方人介绍中国文化"是一条坦途,它将是光辉灿烂也是非常有意义的。另外,林语堂对孔子的重新解读,对孔子及其思想人格的喜爱,肯定与辜鸿铭的孔子观不无关系。林语堂毕业于上海圣约翰大学,后在清华大学教授英文,又留学英美等国多年,他的英文非常精妙,曾令地道的美国人都自愧弗如,蔡元培对他的英文也赞不绝口,有人认为在20世纪中国作家中少有英文能超过林语堂者。据林海音回忆,"梁实秋教授生前有一次闲聊到英文时,曾说过叶公超先生对梁说,他认为在中国有两位英文最棒的人,那便一是蒋宋美龄夫人,另一位即是林语堂博士。"(林海音《崇敬的心情永无止境》)而林语堂又是怎样看辜鸿铭的英文的呢?他说,辜氏"英文文字超越出众,二百年来,未见其右。造词、用字,皆属上乘"(《论语译文·序》)。"又有一位相当伟大的怪杰,便是辜汤生(鸿铭)。中国英文作家,到如今无出其右者"(《记蔡孑民先生》)。还有,林语堂非常佩服辜鸿铭对《中庸》一章的翻译,称其"聪明绝妙",所以,他在谈孔子智慧时,搬用了辜氏译文,没有重新译出。看来,精妙的英文也是林语堂喜爱辜鸿铭和向西方介绍中国文化的一个重要原因。

对辜鸿铭的才智见识，林语堂最为佩服，他说："他是具备一流才智的人，而且最重要的是他有见识和深度，不是这时代中的人能有的。""他有深度及卓识，这使人宽恕他许多过失，因为真正有卓识的人是很少的。"（《八十老翁心中的辜鸿铭》）这就超出了对辜氏的一般泛泛而论。林语堂认为辜鸿铭用孔子的话解释真基督徒时最有说明力，这就是："'人能弘道，非道弘人。'无论你是犹太人、中国人、德国人，是商人、传教士、兵士、外交家、苦力，若你能仁慈不自私，你就是一个基督徒，一个文化人。但如果自私，不仁，即使你是世界的大皇帝，你仍是一个伪善者，一个下流人，一个非利士人，一个邪教徒，一个亚玛力人，一个野蛮人，一只野兽。"林语堂长期以来苦于基督教的信仰危机，辜氏此言对于他后来重新信仰基督教，恐怕不无影响。还有对"仁"、"义"、"礼"的真义，林语堂认为辜氏理解得最好，翻译得也"真正是天启"。在此，林语堂对辜鸿铭的见识佩服得五体投地。林语堂还非常推崇辜鸿铭的"怪论"和好做"惊人语"，认为这是他"思想议论""超人一等"的地方。比如，林语堂饶有兴味地谈论辜氏的奇谈怪论及其反语，别人赞同者他反对，别人反对者他又赞同，在这一思维方式上近乎老庄。辜氏说democracy是"德谟疯狂"，而妾则为"立"之"女"，前者反映了他对democracy的批评态度，后者表明他对妾的肯定与赞赏态度。其实，林语堂也是一个注重"识见"的人，尤其好做"惊人语"，喜欢用逆向的思维方法。所以，关于谈话、幽默、吸烟、卧床、闲适、小品文、赌博等，林语堂都有妙论，也常常语惊四座。这些看似荒唐的意见，其实内含着远见卓识。如果不是对世界、人生和生命有真感悟，他是无论如何也不能达到的。如他说："人生七十岁，躺床三十五。""幽默是人的心智发展到一定阶段的产物。""善用其闲，人类文化可发达。""好文章往往都是心手俱闲的产物。""禁赌是不了解人生的表现。"这些看似有悖常论，但其中有真义在焉！如果从这一方面来看，我们就容易理解林语堂在卓识和奇思妙想思维方式上与辜鸿铭的相似、相同处，也可以理解他们二人何以有内在的沟通性。林语堂还表示，辜鸿铭是一块"硬肉"，是一个"充满硬毛的豪猪"，软弱的胃是没有办法消化他的。林语堂又说，他自己的胃可以消化任何东西，除了橡皮。从这里也可明白他二人的趣味相投。林语堂能消化辜鸿铭，但很多人却不能，这也是当今研究界不能消化林语堂这块"硬肉"的原因。

对辜鸿铭的狂怪和骄傲及其铮铮人格，林语堂也是非常欣赏的。他在《有不为斋随笔·辜鸿铭》里说："呜呼，辜作洋文，讲儒道，耸动一世，辜亦一怪杰矣。其旷达自喜，睥睨中外，诚近于狂。然能言顾其行，潦倒以终世，较之奴颜婢膝以事权贵者，不亦有人畜之别乎？"这一段抒情文字，完全发之胸腔，来自肺腑，表明了林语堂对辜氏的深刻理解。在林语堂看来，狂怪和傲世有时是胸中有不平和正直率意的表示，而唯唯诺诺和仰人鼻息倒是最可恨的。其实，从辜鸿铭也可以反观林语堂，林语堂一面是谦谦君子，远无辜氏之"狂"、之"怪"、之"傲"，但另一面林语堂也称得上是一个"狂傲"之人，至少他喜爱辜鸿铭这样的"狂傲"之士，这是我们以往的研究所忽略的。在这里，研究林语堂又是与辜鸿铭不可分割的。林语堂的"狂傲"一是表现在他的自信、自我褒扬上。最著名的是他那篇《一捆矛盾》，自我评价虽不失于真实性，但那种"自以为是"的口气带着一种"睥睨中外，诚近于狂"的神采。他说："他（林语堂自称——笔者注）主张悠游岁月，却认为全中国除了蒋先生和蒋夫人，就数他最劳碌。""我憎恶强力，从不骑墙，也不翻斤斗，无论身体的、精神的或政治的皆然。""如果我不上天堂，那么世界一定该灭亡了。"林语堂还说，他愿意放下工作尽情休息，一睡就是48小时，"袁世凯蒋介石来也不见"。据女儿回忆，林语堂每次散步回来都要洗脚，并且有这样的宏论："我的脚是世界上最清洁的啊！有谁的脚像我一样清洁呢？罗斯福总统？希特勒？墨索里尼？没有人能和我比较。我不以为他们能像我一样一天要洗三四次。"（林太乙《父亲（一）》）由此可见，林语堂有多大的气魄和多么清高！"骂词"在林语堂文章中也是常有的，他常常骂那些奴才和道学家是"畜生"、"他妈的"、"啖饭遗矢之辈"，真有点鲁迅所说的敢笑、敢哭、敢骂、敢打。林语堂还写过《论骂人之难》和《狂论》，很能说明他的狂傲观。他说："就是学者并不一定不骂人，到了他感觉其骂人之必要时，却也大言不惭地一样的波皮骨相显露出来。""我尊狂，尊狂即所以尊孔。""尊狂者为孔子所思念。"更有趣的是林语堂思路及其思想的"狂"，如他写下这样的题目：《假定我是土匪》《论踢屁股》《个人的梦》和《月亮和臭虫》。此种幽默中同时也包含了不受约制的自由和狂妄精神。如果结合辜鸿铭的狂怪孤傲解读，这一点尤其明显。另外，香港董桥的狂放自由精神受林语堂的影响很大，这是值得认真研究的。还有，对辜鸿铭这样的清代遗老那种从容不迫、雍容自若、慢条斯理、抑扬顿挫的大家气度和醇熟之美，林语堂也是非常赞赏和喜不自禁的。这与林语堂的性情、气质、文风等也是互为表里的。

当然，林语堂与辜鸿铭在许多方面又有很大的区别，比如，林语堂性情温和、内心平静，不似辜鸿铭那样暴怒与愤激。又如，林语堂比较平正，不似辜鸿铭有那么多变态癖好。虽然林语堂也有爱脚癖，自言世上再也找不到比自己更好的脚，所以每天要洗三四次脚，但他远没有辜鸿铭那样喜欢嗅女人的小脚，而且越是臭味难闻他越是津津乐道，并且也正是在此时他灵感泉涌，能够创作出更好的作品。再如，林语堂嗜抽烟成癖，但他不像辜鸿铭那样有鸦片瘾。但更重要的区别可能是，林语堂是一个"两脚踏中西文化，一心评宇宙文章"的多元文化派，而辜鸿铭则是一个地道的国粹派。对辜氏的过于讲中国之国粹，林语堂认为是不正确的。他说："然中国无法治，人治之弊，辜不言，中国虽言好铁不打钉，而盗贼横行，丘八抢城，淫奸妇女，辜亦不言。""所谓中国不需法治，不需军警，未免掩耳盗铃。""向来中国政治只是一笔糊涂君子账"，"不意辜氏正以此为中国政治哲学之优点"（《有不为斋随笔·辜鸿铭》）。

　　与一般人的看法不同，我不认为林语堂和辜鸿铭没有多少相同相似点，而有着更多的不同点，也不认为他们之间相去遥远。我倒感到他们二人有着内在的一致性和更多的相似相同点。也可以这样说，在许多方面辜鸿铭是林语堂的"老师"，至少林语堂从辜鸿铭那里确定、印证、打通和学习了不少东西。还有一点需要申明，那就是，林语堂从辜鸿铭身上发掘出许多有价值的内容，换句话说，由于他们二人本质的相似性，所以彼此能够相互增光加彩。

密友胡适之

在林语堂的诸多朋友中，胡适是很有特色的一位。林语堂与胡适不仅仅定交时间早，交往时间长，而且感情稳定、持久、内在和深厚。如果说鲁迅、赛珍珠等人与林语堂的友情是始得而后失，有着误解、波折与不和，那么，胡适与林语堂的情谊则是风平浪静、和风吹拂的，有着更多的信任、佩服和理解。更有意思的是，从人生居所的流转来看，尽管在不少方面及其细节不尽相同，但大致说来，林语堂与胡适有着惊人的相似处：离家到上海读书，出国赴美留学，学成回国后任北京大学教授，又在美国生活，回归中国台湾。而且，许多时间林语堂与胡适是同处一地，如北京、美国的纽约等。如果不是命运相牵，至少是由于某些共同的东西，使林语堂与胡适有着如此密切的关联。

林语堂与胡适最早定交的时间是1918年。那是林语堂从上海圣约翰大学毕业后在清华大学英文系任教期间，胡适从国外归来回到北京,林语堂以清华大学一般教职员的身份迎接他。胡适对前来迎接他的人说了这样一句话:"现在我们回来了。一切将大大不同。"这是胡适引用16世纪荷兰学者伊拉斯谟的话,给林语堂留下了极其深刻的印象,直到晚年他对这句话还记忆犹新。后来,林语堂在北京报纸上写文章支持口语运动,得到胡适的赏识,于是二人开始成为朋友。林语堂说:"这篇文章引起他(胡适)的注意,从此我们便交上朋友,交情始终不衰。"(《八十自叙》)1919年秋,林语堂获留学美国的机会,但他得的是一半助学金,即每月只有40美元,再加上妻子廖翠凤一同前往,其经济情况可想而知。多亏岳父给了林语堂夫妻千元陪嫁,才使林语堂夫妇能够一同顺利赴美。但到美国后,经济情况日益成为问题,妻子廖翠凤生病做手术花去了大部分存款,于是林语堂陷入困境之中。因为在留学前,胡适曾担保林语堂回国后可由清华转入北大工作,所以在无奈的情况下,林语堂想起胡适,曾先后两次写信向胡适求助,希望北大校方能够预支一部分钱解他燃眉之急,他回国后再将钱还清。林语堂很快收到胡适寄来的两千大洋,这使得他夫妇能够继续留学。当林语堂回国向北京大学校长蒋梦麟提起借钱之事时,蒋校长诧异地说:"什么两千大洋?那是胡适自己掏的腰包。"这件事让林语堂感动不已,以后他常常提及且念念不忘胡适对他的好处。通过此事,林语堂这样赞颂胡适说:"我曾两度由他作保汇支一千大洋。不过胡适没有向北京大学提款,而是自掏腰包资助我。我回国才知道这个秘密。""我才知道胡适真

够朋友,遂在年底前还清了。我正式记载下来,让大家明白胡适为人的慷慨和气度,这件事从未公开。"(《八十自叙》)

《语丝》以及之后的时期里,林语堂更靠近鲁迅、周作人等人,成为"叛徒"和"土匪"式的社会、文化批判者,其大胆与无情受到人们的广泛关注;相反,对以胡适、陈源等人为代表的一派则不甚感兴趣,且常有批评之意。尽管后来林语堂并不承认"语丝派"与"现代评论派"如有人说的那样存在很大的分歧,但二者的论战与宗旨和情趣的相左却是事实。本来,胡适对林语堂是有恩的,那么,即使林语堂不站在胡适一派,至少亦不应对陈源等人那样攻击和非难,然而,林语堂不顾这些,只要是自己不赞成或反对者,他都不迁就,不留情面,而是进行坚决的批评。对于这一点,胡适如果换成别人,那一定会对林语堂大加责骂,至少从此二人情断义绝是有可能的,但胡适却这样来看林语堂:胡适对钱玄同说(玄同后来告诉何容),"如果某人的意见语堂看不起,即使那人是他的朋友,语堂都不愿意和他打招呼。"(林太乙《林语堂传》)这是胡适的容人处,也是他目光犀利处,更是他真正理解林语堂处。

到了20世纪30年代,胡适居北京,林语堂来到上海,他们都是中国民权保障同盟的骨干,胡适为北京分会主席,林语堂是总会的宣传主任。后来由于一件公事导致了胡适和林语堂关系的"分裂"。事情是这样的:外国记者史沫特莱女士收到一份揭露北平军人反省院使用酷刑的非人道情况之"控诉书",并呈给中国民权保障同盟,而"同盟"在未经核实的情况下用英文发表出来。因为胡适刚刚视察过反省院和两所监狱，所以他一看"控诉书"，即断定其为捏造，不属实。为此，胡适即写信给蔡元培和林语堂，力斥其非，措辞非常激烈愤慨。蔡、林二人从胡适信中也感到他们过于莽撞，在未曾核实的情况下即信以为真，并将控诉书见诸报纸，这是失职之处。为此，林语堂以私人名义给胡适回信，信中称"胡适兄"，并承认他们的工作失误，望得谅解，其情真意切，一看便知二人情谊之深。但胡适还未收到林语堂的信，即公开自己与"同盟"之分歧。对此，林语堂又以蔡元培和他两人的名义给胡适发去一信，此信与前信口气大为不同，除了表示控诉书的真实性外，对胡适给"同盟"的指责也一概否认。后来，胡适继续与"同盟"唱反调，于是"同盟"通过了开除胡适会籍的决议，而在这个决议中，林语堂也是投了赞成票的。林语堂在短时间内前后变化判若两人，并不顾事实真相，与胡适对立，肯定有难言之隐。一面是友情，一面又是工作和大局，而对胡适不顾"同盟"大局，林语堂也不能以"私情"代替"公道"。胡适在处理控诉书一事上，掌握着真理，但却违背了会规，也置"同盟"名义于不顾，未给"同盟"回旋的余地，就擅自行事，犯了常识错误。值得强调的是，这场事变亦未影响林语堂和胡适的友情，因为胡适能够理解林语堂的选择及其苦衷。在40年代末，林语堂发明中文打字机，有许多不明真相的人说闲话，传言林语堂又发了横财，但胡适却出来为林语堂辩护，说公道话。他告诉那些传言者不可胡说八道，语堂发明打字机已经弄得倾家荡产了。胡适后来到美国普林斯顿大学任东方图书馆馆长，两年后搬到纽约住在小公寓里，此时林语堂也在纽约，所以他常去看胡适。据林太乙说，有时爸爸（林语堂）、妈妈和她同去看胡适的。（参见林太乙《林语堂传》）胡适有长者之风，人们平时都昵称他为"胡大哥"，此言甚能道出胡适之风度。同时，从林语堂与胡适的关系中也表明这样的道理：真正的友谊往往不会因为意见不同而很快消失。胡适1962年因心脏病突发在我国台湾逝世，消息传到美国，林语堂非常痛心，老友之死令他感到孤独寂寞，在这个世界上真正理解自己的人越来越少了。所以，每次回到台湾，林语堂都到胡适墓前献花，并总是站上许久许久，眼里饱含着泪水。晚年，林语堂酷爱《红楼梦》，他的不少研究文章都提到过胡适在《红楼梦》研究上的重大贡献，如充分肯定胡适关于《红楼梦》后40回是伪作，断定曹雪芹所作绝不止前80回等看法。

其实，胡适与林语堂在许多方面都是不同的，家庭出身、经历、信仰、文学观、性情、爱好等都是这样，有时其差异还很大，甚至有相左的地方。比如胡适一生与官员比较接近，他自己也当过官，而林语堂则讨厌官僚政客；胡适参政意识较强，而林语堂甘心做一介书生；胡适相信文学的救世、救国和救民功能，但林语堂却肯定文学的消遣和闲适作用；胡适善于交际，三教九流无所不交，常常是家里高朋满座，而林语堂则不愿应酬，为此他还说如果胡适能少于应酬，著述会更多；胡适文风更趋说理，林语堂评之为清顺自然，极得通畅圆满之意，但缺乏曲折幽深，而林语堂则崇尚浪漫派，追求率性放逸；

胡适性情平和，待人更加宽容，而林语堂个性鲜明，不愿流俗和随波逐流等等。但是，林语堂与胡适又有不少共同处或相互佩服处，这是他们二人能够一生保持友谊的关键。

大胆的革命精神和创造性人格是林语堂与胡适的共同点，这可能是两人相互敬服尊重的一个原因。林语堂一生从不拾人牙慧、人云亦云，他最反对说别人的话，而主张说自己的心里话，他也说过他崇尚革命，但不喜欢革命家。因此，林语堂的许多举动都具有我行我素、率性而为、大胆创新的气魄，《语丝》时期是这样，20世纪30年代是这样，到美国后的文学创作、翻译和发明中文打字机是这样，晚年在台湾编辑英汉大词典也是这样。林语堂很少做重复性而没有开创性的工作。胡适也是这样，整理国故、研究《水经注》和《红楼梦》都是如此，五四新文化运动倡导白话文学革命更是这样。可以说，胡适一生所做的事情多是具有开创意义的。对此，林语堂给胡适以极高的评价，他在1961年讲演的《"五四"以来的中国文学》里说："五四运动的温床是北京大学，它的代表刊物是《新青年》。说来有趣，运动的第一炮，不是来自北京，而是发起于纽约，那时胡适正在哥伦比亚大学做研究生。他以明净平和之文笔，提出主张，要以现代白话代替文言，来做文学的语言。这主张是革命性的，令人吃了一大惊。因为，从来没有人这样想过，而文言在中国是具有神圣不可侵犯性的。这真是一个大的挑战和解放。"林语堂还说："胡适的确是个了不起的人。""他启迪了当代人士的思想，也为他们的子孙树立楷模。"这里，林语堂不仅肯定五四时期胡适的开拓之功、领导之力，只从口气上看，林语堂对胡适的思想解放和革命精神之赞叹都已溢于言表，真正是从骨头里佩服他。还有前面林语堂提到的胡适回来了，一切都要大不一样的气魄，真有气吞山河之概，这种精神风貌甚得林语堂之心。我想，林语堂的思想解放和革命精神多少与胡适是相关的。

对白话文学的倡导也是林语堂与胡适的一个结合点。胡适这个五四文学革命的先驱，喊出的最响亮口号就是以白话代替文言。因为按胡适的观点："在所有的文学里，皆用活的文字——用俗语——用白话！"与此同时，胡适还强调言之有物的文学观。（参见胡适《文学改良刍议》）林语堂也信奉这样的文学观，他曾在《论语丝文体》等文章中反复强调：不说别人的话，要说自己的话。林语堂还写过《怎样洗炼白话入文》，也是赞扬"白话"和"土语"的价值。他说："吾理想之文字乃英国之文字。英国文字，所谓最正派者（in the best tradition），乃极多土语成语之文，非书本气味之文。……英人得此种正确传统，乃有极灵健之文字，而有极好之白话。"显然，林语堂是胡适白话文学的赞赏者和支持者。

自由主义的理想和信念是林语堂与胡适相得相知的基础。因为他们二人都留学美国，在美国生活多年，又深受自由、民主和平等真义的深刻影响，所以能够在自尊的同时，又能尊重对方。林语堂曾对只知道自己"自由"，而不给别人自由的人进行批评，并反复陈述自己对自由真义的理解。他说："福禄特尔是欧洲十八世纪第一思想权威。""他也有一句名言：

'我不和你同意,但是我至死也要拥护你不同意的权利。'"(林语堂《说福禄特尔与中国迷》)因此,林语堂坚持说:"我要好友数人……这些人要各有其信念,但也对我的信念同样尊重。"(《一捆矛盾》)胡适是欧美文化的信奉者,他当然最为强调自由,如在《〈人权论集〉序》里,胡适提出,就是对国民党和孙中山,我们也有批评的自由,上帝尚且可以批评,何况国民党与孙中山为什么不可批评?在《介绍我自己的思想》等文章中胡适说:"把自己铸造成了自由独立的人格。"但他又说,"自由意志"又不能无限膨胀,它必须与"负责意识"结合起来,这才符合个人独立人格、自由发展个性的必要条件。一句话,既要有自己的自由,同时又要给自由一定的限定,给别人以充分的自由。从人际交往中看,胡适往往具有两面性:大事不苟且,讲究个性与自由;小事则待人甚宽,律己甚严。

　　林语堂女儿林太乙还对林语堂和胡适做过这样的对比:"胡先生的风采,令我难忘。他和父亲有许多相似的地方,两人都平易近人,笑逐颜开,两人都是不可救药的乐观者。""胡先生和父亲都极重道义和人情。""他们在学术上或创作上的成就使他们闻名世界,外国人对中国的认识多多少少都受他们的作品的影响,而两人从不彼此竞争。胡先生对父亲始终保持'大哥'的态度。"(林太乙《林语堂传》)由此,我们可以看到林语堂与胡适性情的相似处。正因为两人都不是争竞之人,所以能够留下友好相处的空间和余地。当然,林语堂与胡适的相似处还有一些,如平民意识都比较强,都对普通人包括农民有一种赞美和怜惜之情。如胡适送书给卖烧饼者是也，林语堂给贫民送钱是也，林语堂赞同郑板桥关于"天下最伟大者是农夫"是更好的说明。还有对中西文化的看法，越到后来两人相同相似的看法越多。

何联奎写过一篇关于胡适和林语堂的回忆文章，题目是《追思胡适、林语堂两博士》。篇末有一首诗足以概括胡适和林语堂二人的关联。诗是这样写的：

当世两博士，文坛并称雄。
其人为谁何？胡公与林翁。
治学虽异趣，所造殆类同。
博综古到今，中西皆贯通。
文章洛阳贵，名满宇宙中。
天夺斯文去，长使后人恸！
挺挺两博士，正人君子风。
节节吐清芬，飘香无尽穷！

应该说，从倡导文学革命之功和人格典范上，林语堂恐怕略逊胡适一筹，但在文学创作和逍遥的境界上，林语堂要高出胡适。至于其他方面将二人并称确实非常合适，也是很有意思的。

与鲁迅相得相离

在林语堂的生活、事业和感情世界中,在对林语堂是非功过的评价过程中,有一个人一直起着很重大的作用,他就是比林语堂大 14 岁的鲁迅。林语堂与鲁迅定交于 1925 年,到 1936 年鲁迅逝世,其中虽只有 11 年的时间,但对林语堂来说却是不同寻常的,这包含着他与鲁迅的恩恩怨怨。更重要的是,鲁迅对林语堂的影响并没有因鲁迅之死而结束,他一直跟随在林语堂的身后,也深含在林语堂的灵魂之中。

鲁迅以《阿 Q 正传》等作品震撼文坛,到 1925 年他早已成为家喻户晓的了不起的作家,而此时的林语堂虽然也小有名气,但因从国外归来的时间不长,尤其是他中国文化的功底还不够,所以他尚未能成为文坛主角。早在《语丝》期间,林语堂就认识了鲁迅,他在《记周氏兄弟》里有这样的记载:"单说绍兴周氏两位师爷弟兄,每逢《语丝》茶话,两位都常来,而作人每会必到。作人不大说话,而泰然自若,说话声调是低微的，与其文一样，永不高喊。鲁迅则诙谐百出。"后来在《八十自叙》中又说："他哥哥鲁迅正好相反，批评死对头得意起来，往往大笑出声。他身材矮小，留了一脸毛磕磕的胡须，两颊凹陷，始终穿长袍马褂，看起来活像鸦片烟鬼。很少人想到他竟以'一针见血'的痛快评论而知名。他名气很大。"但林语堂真正与鲁迅交往起来，还是在1925年鲁迅向林语堂约稿以后，这在鲁迅的日记中可以看得出来。据施建伟统计，从1925年12月5日至1929年8月28日这4年的时间里，仅鲁迅日记中有案可查的林、鲁交往就有88次。（参见施建伟《林语堂与鲁迅间的一次误解》）可以说，这是林语堂同鲁迅并肩战斗、友情逐渐加深的时期，也是林语堂受鲁迅影响最大的时期。而这一时期又可分为两个时段，一是与北洋军阀政府及陈西滢等人作战的时段，二是在厦门大学与刘树杞等人抗争的时段。

刚开始时，林语堂是赞成周作人的"费厄泼赖"（fair play）精神的，《插论〈语丝〉的文体》认为要针对思想不要针对个人，不赞同鲁迅的"打狗"思路。但后来，鲁迅发表了《论"费厄泼赖"应该缓行》批评了林语堂的观点，提出为什么必须痛打落水狗。看到鲁迅的文章，林语堂非常赞同鲁迅的观点，发表了《论骂人之难》和《祝土匪》等一系列"打狗"文章，非常尖锐地批判和嘲弄那些所谓的"学者"、"绅士"为"文妖"，给鲁迅以坚决的支持。最有名的是1926年初林语堂画了一幅《鲁迅打狗图》的漫画，发表在《京报副刊》上。这幅漫画画的是：鲁迅先生手拿一竹竿痛打一落水之狗，而水中的叭儿狗则在水中痛苦地挣扎。这是将鲁迅"痛打落水狗"的思想进行了形象的表述。因为林语堂很少画画，所以这幅画既是他思想的一个表征符号，又是他绘画才能的一次很好展示。因为这幅画，陈西滢等人坐不住了，他心里非常清楚这幅画的深刻意味。为纪念国父孙中山逝世一周年，林语堂还写了《泛论赤化与丧家之狗》，继续贯彻他的"打狗"主张。"三一八"惨案发生后，林语堂与鲁迅等人一起撰文痛斥军阀的残酷行径，林语堂写下了《悼刘和珍杨德群女士》，鲁迅写下了《记念刘和珍君》。值得注意的是，林语堂的文章写于惨案发生后的第三天即3月21日，发表于惨案发生后的第11天即3月29日，而鲁迅的文章则是写于4月1日，发表于4月12日。这里虽有鲁迅所说的"长歌当哭，是必须在痛定之后的"原因存在，但林语堂比鲁迅比所有的作家更早、更迅速地站出来为烈士呼号，这却是一个事实，从中可见林语堂"打狗"的敏锐性、勇敢性和坚定性。换言之，林语堂这种斗士品格及精神是与鲁迅以前的批评、鼓励和引导分不开的。在悼念烈士的文章中，林语堂和鲁迅一样对敌人都是怀着满腔的愤怒及仇恨，对烈士都是怀着敬佩和热爱，可以说这是血泪凝成的天下至文，是有血性的大丈夫文字。如在《悼刘和珍杨德群女士》的结尾，林语堂这样写道："刘杨二女士之死，同她们一生一样，是死于与亡国官僚瘟国大夫奋斗之下，为全国女革命之先烈。所以她们的死，于我们虽然不甘心，总是死得光荣，因此觉得她们虽然死得可惜，却也死得可爱。我们于伤心泪下之余，应以此自慰，并继续她们的工作。总不应在这亡国时期过一种糊涂生活。"之后,林语堂还写了《讨狗檄文》《"发微"与"告密"》,继续与鲁迅、周作人一起战斗。此时,许多进步人士都进入政府的黑名单,林语堂与鲁迅都在其间。尤其对林语堂触动很大的是段祺瑞政府下台后,奉系军阀逮捕了一直支持鲁迅、林语堂等人的《京报》总编辑邵飘萍,并很快杀害了他。随后,政府颁布了"维持市面"的条例,声言凡"宣传赤化主张共产者,不分首从一律处刑"。在如此白色恐怖的形势下,鲁迅和林语堂等人不得不设法逃走。由于厦门大学邀请林语堂去厦大做文科主任,林语堂也就答应了这个邀请离开了北京。离京前,林语堂与鲁迅互相设宴道别,并合影留念。在北京与反动政府及其御用文人的斗争中,林语堂与鲁迅结下了深厚的友谊,因为他们两人一样,都有着强烈的政治意识,有着责无旁贷的责任感,有着冲锋陷阵的勇气,也有着坚强的铮铮铁骨,一句话,在与反动势力毫不妥协的拼杀中,林语堂与鲁迅并肩战斗,成为两个英勇的"战士"。这是二人友好合作的"蜜月期"。从这里也可看出林语堂精神和性格的一个侧面:强烈的"叛逆"和"入世"精神。

很快地鲁迅等也来到了厦门大学,这样林语堂又能与鲁迅一起共事了。那时,由于厦门大学校长林文庆担心"北京派"喧宾夺主,更由于理科主任刘树杞掌握着学校财权,并故意与鲁迅、林语堂作对,还由于国学院内部人的分裂与内斗,所以,林语堂和鲁迅的宏大志向根本得不到实现。不仅如此,学校还发生了故意刁难鲁迅的事件,曾令鲁迅几次搬家,后来竟让他搬到地下室里。对于此事林语堂非常气愤，但也无能为力。就厦门大学这段时间来说，林语堂与鲁迅相处得还是很不错的，他们相互帮助共同对付刘树杞等人，从而使林文庆和刘树杞的一些计划难以实现。就林语堂本人来说，他一面尽量照顾鲁迅的生活，如经常请鲁迅吃饭，解决鲁迅的生活困难，这一点鲁迅对林语堂怀有感激之情。鲁迅在给许广平的信中说："语堂的兄弟及太太，都很为我们的生活操心。"（《两地书》）另一面林语堂又感到没有照顾好鲁迅，当他看到鲁迅"成天靠火腿和绍兴酒过日子"，"自觉没尽到地主之谊"（林语堂《八十自叙》）。所以到了晚年，林语堂还感到既然鲁迅是他请来的，鲁迅生活不好，又受到挤压，自然是自己的不是。就鲁迅方面说，一面他一直从大局着眼，支持林语堂的工作，他说："只怕我一走，玉堂立刻要被攻击，因此有些彷徨。"（《两地书》）同时他又能理解林语堂的苦衷，并劝告林语堂也尽早离开厦门大学，不必老待在这个是非之地。另一面他对林语堂含了不满，这主要是指林语堂对国学院两派的"暧昧"态度。鲁迅一向很看不起胡适，有时还流露出厌恶之情，而国学院偏偏又来了不少胡适的信仰者如朱山根。在给许广平的信中，鲁迅就用"朱山根之流"、"胡适之陈源之流"这样的称谓。在鲁迅的想法里，是不满于林语堂同意"胡适之陈源之流"进入厦大国学院的。而林语堂对胡适没有恶意，且多有敬意，除了学问、人品，何况胡适还是林语堂的"大恩人"呢？更何况林语堂不是鲁迅那种"疾恶如仇"的人，而是一个受基督教文化影响，讲究平等、博爱、和谐的人，这也是为什么在鲁迅高喊"打狗"时，林语堂希望"费厄泼赖"（fair play），林语堂是希望在他主持的厦门大学文科里，不同派别的人、不同观点的人能够从大局着眼，共同努力，将国学研究向前推进一大步。如果从这一角度看，我们就容易理解林语堂的"融合观"。因此，表面看来，在鲁迅和林语堂间存在着处世方法的差异，但内里却隐含着文化思想的差异。可以说，厦门大学时期，既是林语堂和鲁迅的友好合作期，也是二人出现"芥蒂"的开始。研究者普遍将林语堂与鲁迅关系的破裂看成是1929年的事情，但我认为，在厦门大学时，鲁迅对林语堂就有了"成见"，只是没有表现出来而已。就像川岛在《和鲁迅先生在厦门相处的日子里》一文中说的："对自北京来的那些'陈源之徒'，固然可厌，就是拉我们来的林语堂，鲁迅先生也已经觉察出来，对他再不存什么希望，而且以为他在厦大也必定失败。""这时节，鲁迅先生对林语堂已经绝望，以为这样下去，大家会跟着他同归于尽。"

后来，鲁迅真的离开厦门大学到了中山大学，而林语堂也告别厦门大学到武汉外交部长陈友仁那里任职。但半年之后，林语堂就结束了"为官"生涯，来到上海，准备以文为生。因为此时的鲁迅也离开广州来到上海，所以林语堂先去拜访了鲁迅。在这次会面中，林语堂与鲁迅、许广平、周建人、孙伏园、孙伏熙一起合影留念，记下了林语堂与鲁迅的友谊。1928年底，林语堂写出了戏剧《子见南子》，发表在鲁迅和郁达夫合编的《奔流》上，因为作品将孔圣人写成一介平民，所以遭到孔氏家族的大力反对,并由曲阜学校学生演出此剧而引发一桩"公案"。关于这一点,鲁迅写下了《关于〈子见南子〉》一文,将有关这次"官司"风波的内容集结起来,并表示对林语堂的支持。此后,林语堂编辑出版的《开明英文读本》和《开明英文读法》成为畅销书,使他成为作家中的"暴发户",一时间林语堂大有"春风得意马蹄疾"的气象。

但令林语堂没有想到的是,就在此时,他与鲁迅的关系发生了重大危机,在他们之间出现了最为难堪的局面。那是1929年8月28日,鲁迅夫妇、林语堂夫妇、郁达夫夫妇被邀请到上海的南云楼吃晚饭。临结束时,因为林语堂说了一句什么话,鲁迅站起来训斥林语堂,而林语堂也毫不示弱,反唇相讥,于是两人闹翻了。当时的具体原因、情况是怎样的,当事人的说法不一,但有一点可以肯定,那就是由于这一次不快,鲁迅真的生了气,他的日记里以后长时间没有了关于林语堂的记载,而林语堂也是这样,长时间与鲁迅不相往来。据鲁迅当日的日记载,"席将终,林语堂语含讥刺,直斥之,彼亦争持,鄙相悉现。"林语堂在《无所不谈合集·林语堂自传附记》中也说过这件事,他说:"有一回我几乎跟他闹翻了。事情是小之又小,是鲁迅精神过敏所致。……张友松要出来自己办书店或杂志,所以拉我们一些人。他是大不满于北新书局的老板李小峰,说他对作者欠账不还等等,他自己要好好地做。我也说两句附和的话。不想鲁迅疑心我在说他。真是奇事!大概他多喝一杯酒,忽然咆哮起来,我内子也在场。怎么一回事?原来李小峰也欠了鲁迅不少的账,也与李小峰办过什么交涉,我实不知情,而且我所说的并非袒护李小峰的话。……他是多心,我是无猜,两人对视像一对雄鸡一样,对了足足一两分钟。幸亏郁达夫做和事佬,几位在座女人都觉得'无趣'。这样一场小风波,也安静度过了。"且不说这两个人记录的细节是否确当,但两人都生了气是肯定的。再从文本来看,鲁迅认为林语堂是有意"讥刺",故而骂他"鄙相悉现"。而林语堂说他自己是"无猜",说鲁迅是"多心",是"多喝一杯酒"。在这中间透出了鲁迅对林语堂的"厌恶之情",而林语堂对鲁迅没有不敬之词,甚至还带有"理解"之意,为鲁迅让人落不下台的大发脾气寻找理由。林语堂女儿林太乙还说过:"语堂心目中无恶人,他认为鲁迅易怒多疑,是因为他身体不好的缘故。"(《林语堂传》)林语堂没有将此事放在心上,而是将它看成是"一场小风波",并说"幸亏"郁达夫做了和事佬,没让事态闹大。但鲁迅却是将此事当成"大事"的,在以后三年多的时间里,鲁迅没有在日记里记下他与林语堂有任何交往。对此事郁达夫也谈过他的看法,他说:"北新请大家吃饭的那一天晚上,鲁迅和林语堂两人,却因误解而起了正面的冲突。……鲁迅那时,大约也有了一点酒意,一半也疑心语堂在责备这第三者的话,是对鲁迅的讽刺,所以脸色发青,从座位里站了起来,大声地说:'我要声明!我要声明!'"郁达夫的话与林语堂比较接近,承认二人是"误会",事实上后来鲁迅自己也明白是误会,郁达夫说:"这事当然是两方面的误解,后来鲁迅原也明白了。他与语堂之间,是有过一次和解的。"(《回忆鲁迅》)尽管两人解除了误会,但鲁迅对林语堂的"反感"却没有多大改变，而林语堂也真正认识了鲁迅的性格和脾气，见识了那种"多疑"和"霸气"，不能容忍，更不给人余地的做法。所以两人长时间都没有什么交往。因为在朋友之间，重要的是理解和宽容，所谓的做"谅友"而不苛求，就是这个道理。或许在林语堂看来，鲁迅的性格过于强制了，脾气过于严苛了，与这种性格的人相处要提心吊胆，防不胜防，稍不如意就可能遭受到他毫不容让，更不留情的训斥和责骂。这对于受自由精神熏陶、个性突出但喜爱和谐幽默的林语堂来说，恐怕难以接受。难怪林语堂不理解，鲁迅何以因为区区一件小事竟能"忽然咆哮起来"，认为这"真是奇事"，并在自己毫无面子的情况下与鲁迅形如斗鸡地足足对峙了一两分钟。

1932年林语堂创办《论语》杂志倡导"幽默"，一时幽默成风，以至于1933年被称为"幽默年"。在这段时间里，鲁迅参加左联，成为左联主将，而林语堂则成为《论语》主帅，在文学观念上更是相去甚远。但这时有一事又将他们联结起来，那就是宋庆龄和蔡元培组织的"中国民权保障同盟"，简称为"同盟"。林语堂是"同盟"的宣传主任，而鲁迅是委员。共同的政治志趣又将这两个长期不来往的老友联系在一起。因为宋、蔡二人都是林语堂和鲁迅敬佩的人，他们两人本来也都是光明磊落的，何况民权又是共同关心的话题，所以林语堂与鲁迅"化干戈为玉帛"，重归于好了。据有的研究者说，在这段时间里，林语堂与鲁迅的联系增多，往来信件也多起来，鲁迅在日记中都有记载。林语堂还客气地请鲁迅为自己办的刊物写稿。鲁迅也还真为林语堂写了，但并不是无原则地吹捧林语堂的文学主张及其思想，而是多有批判之意。对《论语》鲁迅还不是完全反对，而对《人间世》则是完全不赞同了。如在《"论语一年"》中，鲁迅开篇直言："说是《论语》办到一年了，语堂先生命令我做文章。这实在好像出了'学而一章'的题目，叫我做一篇白话八股一样。没有法，我只好做开去。""老实说罢，他所提倡的东西，我是常常反对的。先前是对于'费厄泼赖'，现在呢，就是'幽默'。我不爱'幽默'，并且以为这是只有爱开圆桌会议的国民才闹得出来的玩意儿。""这也可见我对于《论语》的悲观，正非神经过敏。"在这里，观点鲜明，毫不隐讳，更不支吾，显示了鲁迅的直率与坦荡；但另一面又语含讽刺，表达了他对林语堂的文学观很是"不以为然"，在"话语霸权"的笔调中甚至有些"嫌恶"含在其中。在《小品文的危机》里，鲁迅继续表达了这一思想，不赞同林语堂提倡的"小摆设式"的小品文，认为它"不过令观者生一种滑稽之感"，"何况在风沙扑面，狼虎成群的时候，谁还有这许多闲工夫，来赏玩琥珀扇坠，翡翠戒指呢。他们即使要悦目，所要的也是耸立于风沙中的大建筑，要坚固而伟大，不必怎样精；即使要满意，所要的也是匕首和投枪，要锋利而切实，用不着什么雅"。在文末鲁迅更加强烈地指出，"生存的小品文，必须是匕首，是投枪，能和读者一同杀出一条生存的血路的东西。得很自然，它也能给人愉快和休息，然而这并不是'小摆设'，更不是抚慰和麻痹，它给人的愉快和休息是休养，是劳作和战斗之前的准备"。有趣的是,林语堂把鲁迅这些激烈的批评都在自己主编的刊物上发表出来,从中也足见其胸襟。但发表是发表,在文学观上,林语堂还是固执己见,继续做自己的事,有时他还发表自己与鲁迅不同的文学观,提出不仅"玩物不能丧志",而且还会"养志",他说:"余尝谓玩物丧志,系今世伪道学家袭古昔真道学语。今人谓游名山,读古书,写小品,便是玩物丧志。然德人善登名山,法人好读古书,英人亦长小品,而三国人之志并未丧,并不勇于私斗,怯于公愤,如吾同胞。然则国人之志本薄弱可知,丧之不足惜,不丧亦不能为也。"(《论玩物不能丧志》)看来,鲁迅主要是站在文学的社会政治功能上来认识小品文之危害的,自有其合理性,因为国将不国之时让大家都去幽默,那显然是无益的,也是不可能的;而林语堂则是从文学的文学性功能,在倡导其培养人的浩然正气方面来肯定小品文价值。小品文的价值在国家安定时自不必说,即使在战争中、在国家危亡中也自有其意义,因为人民也需要平正健全的心态。焦虑不安、苦闷等神经变态正是小品文精神所批评的,它们会使危难的国家处境更糟。林语堂还表示过这样的观点:何况国家的危亡主要责任在那些官僚们,将它推给文人那本身就是莫名其妙的,这就好像说女人是祸水,林语堂认为,国家之亡不应由她们负责,而应该由昏君贪官和那些为昏君吹喇叭的文人负责。这些话虽不无偏激,但也不是没有道理,它一面指出鲁迅等人的局限,一面指出文学获得独立品格的重要性。在这样近于水火不容的文学观面前,两人的友情不得不又淡漠下来。从鲁迅日记来看,在1934年后二人的交往就少多了,到这一年的8月底以后记载更是越来越少,并很快中止了。

林语堂与鲁迅再次疏远的直接导火索是关于翻译问题。鲁迅是实在看不过林语堂对"幽默""闲适"和"性灵"之类的倡导,而向林语堂提出他最好是不要搞这些"玩意儿"了。因为在鲁迅看来,这些"玩意儿"实在是没有意思,与其做这种无聊的事,他建议林语堂还不如去翻译英国文学作品有益。但林语堂却回答鲁迅说,他现在还不想去做翻译,等老了以后再来翻译点西方文学。这一下鲁迅又误解了,他误以为林语堂是在嘲讽他,因为鲁迅一直非常重视翻译工作,并将翻译看成是为革命"运输军火",他疑心林语堂说他是老了。鲁迅对此大为恼火,他在1934年8月13日给曹聚仁的信中说:"语堂是我的老朋友,我应以朋友待之。""这时我才悟到我的意见,在语堂看来是暮气,但我至今还自信是良言,要他于中国有益,要他在中国存留,并非要他消灭。他能更急进,那当然很好,但我看是决不会的,我决不出难题给别人做,不过另外也无话可说了。"这倒是实话,鲁迅确实如兄长对待弟弟一样不希望林语堂走得太远,更不希望他"误入歧途",作为一个老朋友将自己的意见毫不隐讳地和盘托给林语堂,其心诚可敬矣。但林语堂的回答却让他又误解了,因为林语堂自己本无讽刺之意,他只是表达自己的想法,并没有想那么多,他说:"现在我说四十译中文,五十译英文,这是我工作时期的安排,哪有什么你老了,只能翻译的嘲笑意思呢。"

（林太乙《林语堂传》）林语堂自己也是一个很有个性的人，他曾这样说："我要能做自己的自由和敢做自己的胆量。"（《八十自叙》）他又说："我素来喜欢顺从自己的本能，所谓任意而行；尤喜自行决定什么是善良，什么是美，什么不是，我喜欢自己所发现的好东西，而不愿意人家指出来的。"（《无穷的追求》）"我要有好友数人……他们必须各有其癖好，对事物必须各有其定见。这些人要各有其信念，但也对我的信念同样尊重。"（《一捆矛盾》）从这里，我们看出林语堂为什么并不重视鲁迅给他的建议，而坚持己见。有一次，曹聚仁请客，林语堂和鲁迅都在座，因为席间有几位广东客人在兴奋地旁若无人地讲广东话，林语堂于是"幽"了他们"一默"，就插进去用英语跟他们讲，结果把那几个广东人吓住了。没想到鲁迅看到林语堂如此，不明真意，竟然放下筷子，站起来责问林语堂："你是什么东西！你想借外国话来压我们自己的同胞吗？"结果林语堂大吃一惊，不知说什么好。没有与鲁迅对抗，只有忍而不发。（参见施建伟《林语堂传》）鲁迅还有一事对林语堂颇多误解，那是"同盟"成员杨杏佛被杀，在两次追悼入殓会上，第一次林语堂没有参加，于是鲁迅这样说林语堂："这种时候就看出人来了，林语堂没有去。"其实在第二次林语堂参加了，鲁迅不知。（参见倪墨炎《为林语堂辩证一件事》）林语堂的女儿林太乙亦在《林语堂传》中称，杨杏佛被杀，林语堂是想去凭吊他的，但因门外一直有人监视，未能成行。等监视人走了，这才赶去。

当鲁迅在上海去世时，林语堂正在美国的纽约。听到这个消息,林语堂惊愕而又感叹,他于1937年1月1日发表了《悼鲁迅》一文,其中虽有不赞同鲁迅文学观和性格脾气等的方面,但对鲁迅却怀着崇敬的心情,他深情而又富有个性地说:"鲁迅与我相得者二次,疏离者二次,其即其离,皆出自然,非吾与鲁迅有轻轩于其间也。吾始终敬鲁迅。鲁迅顾我,我喜其相知,鲁迅弃我,我亦无悔。大凡以所见相左相同,而为离合之迹,绝无私人意气存焉。""然吾私心终以长辈事之。"在美国讲演中国文学时,林语堂还高度评价鲁迅,认为鲁迅的短篇小说在现代中国还是最好的。更值得注意的是,在此文中林语堂还表达了超越他与鲁迅关系的阐述,那是对生命易逝、人生短暂的深沉感喟。那就是:"夫人生在世,所为何事?碌碌终日,而一旦瞑目,所可传者极渺。若投石击水,皱起一池春水。及其波静浪过,复平如镜,了无痕迹。"如果从此角度来看,在鲁迅生前,林语堂与他有些无休止的争执,那时是如何认真而起劲,自己敬爱的"师长"已死,林语堂若有所悟:只影孤身一人远在异国还在继续着自己的行旅,而鲁迅却到了另一个世界,他们在这人世再也不能相见了。

文坛知己郁达夫

表面看来，郁达夫和林语堂不容易成为朋友，因为二人相异处较多。郁达夫远远没有林语堂的自信心和自豪感，而是常以"零余者"的弱者身份自居，充满着自卑；郁达夫不像林语堂那样节制感情和遵从道德，而是对感情毫不为意地随掷闲抛；郁达夫嗜酒如命，而林语堂不会喝酒却性喜抽烟；郁达夫也没有林语堂稳定的家庭生活，而是如随风飘荡的秋叶一直处于变动之中；郁达夫甚至没有林语堂那样的诗意心灵，而是充满伤怀和悲观厌世情绪。但他们又有内在的共同处：一是性情率真自然；二是感情丰富饱满；三是才华横溢；四是浪漫的气质；五是思想观念的大胆与解放。这可能是他们能够成为朋友的基础和前提。仅从鲁迅日记就可以看出郁达夫和林语堂常常是一起出席宴请。

林语堂一生朋友不少，他与朋友的关系也是复杂而多样的。概括起来，这些朋友不外乎有长辈、晚辈和平辈之别，有政治、生活、文学和艺术之分，也有频繁密切和平淡疏远之异。郁达夫作为林语堂的朋友，一般说来，他没有什么非常鲜明的特点，来往密切他不如鲁迅，观念之同他不如周作人，合作之多他不如赛珍珠，工作之近他不如徐訏和陶亢德，相谈之欢他不如张大千。何况，林语堂较少谈到郁达夫，而郁达夫谈到林语堂处亦不多，一般人总认为他们二人不过是一般朋友，是那种君子之交淡如水的朋友。但若从心灵的理解和沟通角度看，郁达夫与林语堂的关系很少有人能与之相比，尤其是郁达夫眼里的林语堂更是这样。曹聚仁、叶灵凤、郭沫若等人自不必说，他们较少看到林语堂的优点，几乎都是对林语堂的嘲笑和谩骂；鲁迅对林语堂误解甚多，后渐生嫌厌；赛珍珠晚年与林语堂情断义绝。然而，郁达夫却在他的有生之年一直充分肯定和维护着林语堂，不管在怎样的情况下他都矢志不移、坚定如山。

林语堂最佩服郁达夫者主要有性情率真和才气过人两点。有时郁达夫的性情让林语堂感到亲近可爱，如在《语丝》期间，林语堂与周氏兄弟、郁达夫等人常常在北京中央公园（今中山公园）闲话，他说："达夫在座，必来两杯花雕。""我此时闭目，犹可闻达夫呵呵的笑声。他躺在老藤椅上，一手摩他的和尚头。"（《记周氏兄弟》）他赞赏郁达夫古诗词和散文都写得好，有古意，有深情。对郁达夫的翻译林语堂也十分赞赏，认为他"英文精、中文熟，老于此道：达夫文字无现行假摩登之欧化句子"。这也是为什么林语堂找《京华烟云》译者，竟毫不犹豫选中了郁达夫。那是1939年9月

4日,身在纽约的林语堂为翻译《京华烟云》给郁达夫写信,并寄去5000美元作为译费,还把原书签注3000条寄给郁达夫参考。但到1940年郁达夫还未动手,当时王映霞劝郁达夫说,既然拿了人家的钱,就要做事,否则对不起朋友。(参见王映霞《林语堂与鲁迅的一次争吵》,见萧南编《衔着烟斗的林语堂》)但由于各种原因郁达夫一直未能译书,对此林语堂十分着急,他曾在1942年《谈郑译〈瞬息京华〉》中感叹说:"今达夫不知是病是慵,是诗魔,是酒癖,音信杳然,海天隔绝,徒劳翘首而已。"数十年过去后,是郁达夫的儿子郁飞代父译出此书,还了父亲的旧债。重要的是在这段时间里,林语堂从未埋怨、误解或指责郁达夫,对给郁达夫寄去的译费也从未向人提起,足见其为人和胸襟。林语堂的好友徐䖷曾说过:"语堂对谁都谈到过该书交给郁达夫翻译的事,但从未提到他先有一笔钱支付给郁达夫。这种地方足见语堂为人的敦厚。"(《追思林语堂先生》)郁达夫对林语堂的态度一直非常友好,尤其在几个关键时刻他能力排众议,充分肯定林语堂的文章和人品,这是非常难得的,从中也显示了郁达夫的识见、胆力和胸怀。

1929年,林语堂的《开明英文读本》一出版,郁达夫就看到了这套书的价值,立即在《开明》杂志上发表文章推荐此书。1929年8月28日林语堂和鲁迅闹翻了,许多人都把责任推到林语堂身上,而郁达夫却认为鲁迅和林语堂是误会,他说:"鲁迅和林语堂两人,却因误解而起了正面的冲突。""鲁迅那时,大约也有了一点酒意,一半也疑心语堂在责备这第三者的话,是对鲁迅的讽刺。""在这席间,当然只有我起来做和事佬:一面按住鲁迅坐下,一面我就拉了语堂和他的夫人,走下了楼。""这事当然是两方的误解,后来鲁迅原也明白了。他和语堂之间,是有过一次和解的。"(《回忆鲁迅》)很显然,郁达夫对林语堂是理解的,认为他不会有意与鲁迅为敌,是鲁迅误解了他。

到了20世纪30年代林语堂的名声越来越大,但他与鲁迅等人的关系却越来越坏,1934年时要比1929年还不如。此时间,由于各种原因,鲁迅对林语堂提倡的幽默小品很不满意,常有不以为然和毁损之意,认为那是有麻醉作用的,只能将人的棱角渐渐磨得平滑,对人对己都是无益的。所以他劝林语堂宁可利用他的英文翻译一些外国文学作品,也不要抱着幽默和闲适不放。更重要的是,在这时间由于杨杏佛等事,鲁迅对林语堂的人品颇有微词,林语堂的日子一天天不好过了。也就在此时的1935年4月,郁达夫对林语堂人品文章和才气都给予高度评价,他认为:"林语堂生性憨直,浑朴天真,假令生在美国,不但在文学上可以成功,就是从事事业,也可以睥睨一世,气吞小罗斯福之流。《翦佛集》时代的真诚勇猛,是书生本色,至于近来的耽溺风雅,提倡性灵,亦是时势使然,或可视为消极的反抗,有意的孤行。周作人常喜引外国人所说的隐士和叛逆者混处在一道的话,来作解嘲。这话用在周作人身上原用得着,在林语堂身上,尤其是用得着。"当然,郁达夫还告诫林语堂不要"矫枉过正"而"走上邪途"。尤其在四十而不惑的时候,郁达夫希望林

-37

语堂有一个好的"后文"。（参见《中国新文学大系·散文二集导言》）这是一种理解的态度，更是一种知己之言。紧接着在5月份，郁达夫又写了《扬州旧梦寄语堂》一篇旅游记，文中多是懊丧之情，多是对祖国大好河山颓势的无奈的伤惋，其中情深意长，文笔优美动人，从中可见郁达夫过人的才华，更可见出他对林语堂的知己之心之意。这篇优美而感伤的文字实际成为一个载体，一个桥梁，它联结起两颗伤怀的心灵，也使他们彼此可以得到安慰。换句话说，如果郁达夫不将林语堂看成同道和知己，他是不可能将这篇饱含自己深情的文章寄给林语堂的，更不可能用诗意的题目进行表述。

1936年，林语堂应赛珍珠之邀到美国专门从事写作，后于1939年回国宣传抗战。但令林语堂没有想到的是，国内一片哗然，多是对林语堂的讥讽、责骂甚至人身攻击，林语堂不理解何以国人对他如此有气，于是他决定还是返回美国。这时还是郁达夫出来力排众议，为林语堂打抱不平，表现出郁达夫的胆气、见识和正义感。他说："林语堂氏究竟发了几十万洋财，我也不知道。至于说他镀金云云，我真不晓得，这两个字究竟是什么意思。林氏是靠上外国去一趟，回中国来骗饭吃的吗？抑或是林氏在想谋得中国的什么差使？文人相轻，或者就是文人自负的一个反面真理，但相轻也要轻得有理才对。至少至少，也要拿一点真凭实据出来。如林氏在国外宣传的成功，我们则不能说已经收到了多少实效，但至少他总算是为我国尽了一份抗战的力，这若说是镀金的话，那我也没有话说。总而言之，著作家是要靠著作来证明身份的，同资本家要以财产来定地位一样。跖犬吠尧，穷人嫉富，这些于尧的本身当然是不会有什么损失，但可惜的却是这些精力的白费。"（转引自林太乙《林语堂传》）郁达夫的这些话是深含愤怒的，他不顾自己受到群起而攻之的可能，挺身出来为林语堂辩护，这是非常难得的。而对国内那些只会吃喝白费气力的文人的当面一击，又是多么深刻有力！但也应该看到，因为国内对林语堂在国外的情况知之不多，在国家危难的紧急关头，林语堂离开国家和人民的抗战，而突然又回国到处演讲，这极容易引起人们的反感，以为他林语堂只会空口说白话，不值得一提。所以，从此意义上讲，当时对林语堂的批评又不是完全没有道理的，至少在感情和气氛上是可以理解的。难怪林语堂的大女儿林如斯就不理解父亲，为什么人家都在火里水里血里死里挣扎，而林语堂和他的家人却离开祖国远远地跑到美国去。

这里可能最终还要归结到思想观念问题上。当年张善子、张大千兄弟在抗战问题上就面临着不同的态度和选择。哥哥张善子为抗战到处作画募捐，他还远走美国，真是殚思竭虑，而弟弟张大千则不然，他不顾抗战，带领学生到敦煌写生，而且大吃大喝，几近奢靡。对此，国内知名人士包括哥哥张善子也对张大千进行了严厉批评。没有想到张大千自有他的一番道理，他说：自己到前线打仗不如一兵士，种地不如一农民，从政不如一官吏，他的职责是画画，是发扬祖国和人类的艺术，国家存亡是那些官吏和当兵的事，与他无干。因此，他提出角色和职责的问题，并说中国人最大的问题是角色的不确定,甚至"越俎代庖"问题。国家的腐败、落后就是因为中国人不能各尽其职之故。这一番慷慨陈词并不是没有道理,而且还是有见识的看法。问题是既然中国面临着灭国灭种的危险,一个承担着人类良知的艺术家如何能够那么"冷静"而不动声色?林语堂尽管不似张大千对抗战持有如此的看法,而是也尽了自己抗战的一份力量,但毕竟他是身在战事之外,身在危险之外的,而且他的主观动机也是以写作为主,同时在国外为抗战宣传。但从置身抗战事外和注重自己角色上说,林语堂与张大千又是不谋而合的。从此意义上说,人们对他的反感和指责就不是完全不能理解的了。

从林语堂这方面来说,对他的责备甚至污蔑毕竟也是很不公正的,他在国外从来没有做过对不起国家和人民的事,而且捐款捐物,收养孤儿,不停地用演讲和文学创作为抗战做宣传,其功不可没!作为一个中国人,林语堂一直没有忘记自己的祖国和人民,只是"身在曹营,心在汉"罢了。从这里讲,还是郁达夫了解林语堂,在郁达夫看来,对比有着一腔热血为抗战不停进行宣传、创作弥丰的林语堂,国内有些文人的言行简直不值一提,那么他们还有什么理由来批评林语堂呢?郁达夫这位"零余者"在爱国这一点上却是有骨头的,后来,他在南洋利用翻译身份,为抗战做了不少事情,但因暴露身份被日本宪兵于1945年杀害了。当年的郁达夫还不到50岁。

视姚颖为小品文知己

林语堂是一个外表平和而内心有几分高傲的文人，在他眼里、心里真正佩服的人并不太多，而他佩服的人中多数都是古人，是前辈、同辈成名者，却少有晚辈而未成名者，姚颖可能是特殊的一位，尤其从幽默小品文创作方面来说更是这样。

20世纪30年代林语堂以创办《论语》、倡导幽默小品而声名鹊起，但却苦于缺乏真正的幽默小品文，许多作家的小品文不是过于严肃就是过于尖刻滑稽。在林语堂看来，真正的幽默小品文应该是"含着思想的微笑"，应该像吃橄榄一样，"初尝带点苦味而回味甚甘"，所以真正的幽默小品文以"婉约含蓄"为上乘。姚颖的小品文是少有的例外者之一，林语堂给予姚颖的评价甚高。他说："她是《论语》的一个重要台柱，与老舍、老向（王向辰）、何容诸老手差不多，而特别轻松自然。在我个人看来，她是能写幽默文章谈言微中的

一人。"(《姚颖女士说大暑养生》)

更有甚者,林语堂颇有引姚颖为文学知己之感。如他在为姚颖《我的书报安置法》作的跋里这样感叹道:"我久想做一篇文章,专谈书报之安置法,得姚颖先生来稿,题目既然触目,如有人夺我至宝然,一读下去,又尽发我心窍里所谓独得之秘。噫,吾乌可无言乎!"对某些古董收藏家的批评,林语堂也认为:"今则又得姚公阐发此理,心中如发奇痒。可见如肯说老实语,见从己出,千古自有同契之人。"林语堂之所以称姚颖为"姚公",主要是因为林语堂此时还认为她是一位男士呢!林语堂接着说到他与姚颖间发生的共鸣:"至姚公谓书做枕头的话,十年前吾已发明此理,有诗为证:青莲诗集厚,久读人困卧。本是枕诗眠,醒来诗枕我。"林语堂曾提出这样的观点:读书实际上是读者在寻找与自己相似的灵魂。而他对姚颖就存在着这样的感受:姚颖经常说出林语堂心中的话。

不只是林语堂一人,《论语》编辑室的同人、一般读者也都喜爱姚颖女士的小品文。林语堂这样描述姚颖小品文在当时人见人爱之盛况:"这两天因为溽暑逼人,想到姚颖女士的《大暑养生》妙文,又因重读这篇旧文章,怀想这位才女。""当时《论语》半月刊最出色的专栏就是《京话》,编辑室中人及一般读者看到她的文章总是眉飞色舞。"甚至"当时南京要人也欣赏她谈言微中的风格"(《姚颖女士说大暑养生》)。相反,林语堂不喜欢的作品,他是决不迁就的。

据徐訏回忆说，作家丽尼常给《人间世》投稿，但林语堂不喜欢他的作品，认为笔调欧化，不是中文。每次徐訏编进刊物都被林语堂抽出来了。（参见徐訏《追思林语堂先生》）

那么，姚颖幽默小品文到底有什么独特的地方呢？一是随意的选材；二是灵性挥发，常有惊人语；三是纯熟的幽默；四是温柔敦厚的意趣；五是轻松闲适的笔调。这些又与林语堂的文学观、文风不谋而合。

林语堂与姚颖之间并不是故交，也不是新友。在姚颖给《论语》写稿时，林语堂与她还从未谋面，甚至不知姚颖是何许人，也不知是男是女，所以才有可能在1934年称姚颖为"姚公"。由此可见林语堂的品性：取人不以文名，不以友朋，而是重视和爱惜人才。据林语堂自己称，后来他曾见过姚颖一面，并略述她的情况说："姚颖女士是王漱芳的太太，大概是国内某大学毕业，我只见过一面，也是婉约贞静一派，不多言。王漱芳记得是贵州人，那时当南京市政府或某机关的秘书，所以《京话》内容很丰富。抗战时，王氏在甘肃、兰州一带坠马而死。那时听说她和她母亲住在重庆附近南温泉。以后的事便不得而知了。"（《姚颖女士说大暑养生》）

在姚颖著《京话》（上海书店1999年版）里有这样的出版说明："《京话》是一部以30年代南京官场百态和社会世相为题材的纪实性杂俎，署名姚颖，实为王漱芳著。""王漱芳用'姚颖'之名撰写《京话》，曾是旧时文坛的一段轶闻，以至现在尚有若干笔名室号一类的工具书犹以'姚颖'为其笔名。其实姚颖即王之妻子，江苏武进人，北伐战争期间应东路军政治部招考从戎，以能写一笔小楷赵书，分往秘书室抄写文件，遂与王相识并结合。当时与王同在秘书室供职的刘健群对此经过忆述颇详，复谓王漱芳去世后，姚即孀居贵州云云，后事失考。"在这里，编者说他的观点依据的是上海书店出版的《民国世说》，显然，这与林语堂的看法出入很大。

到底《京话》出自何人之手，是王漱芳还是他的妻子姚颖，这段历史公案今天已难说得清楚，即使说清楚也没有太大的意义了。但有一点可以肯定，那就是，以姚颖之名著成的《京话》深受林语堂的称赏，姚颖被林语堂视为文学知己。从这里，我们既可以看出林语堂的文学思想、个性品格和审美情趣，也可体味漫漫人生中难以言说的一些深长的滋味，比如，像姚颖这样一个为文学做出贡献的作家，只是几十年时光的流水就已淹没了她的真实身份，那么在历史的人生长河里又有多少东西能够说得明白呢？

赏识谢冰莹

在中国现当代女作家中，谢冰莹是一位很有个性也是很有文学贡献的才女。由于她青年时代当过女兵，逃过包办婚姻，由于她后来个人婚姻、生活等的波折不顺，由于她很早就出版了《从军日记》和《女兵自传》，由于她的作品受到林语堂、罗曼·罗兰的称赏，也由于她晚年定居美国，并信仰佛教，所以在人们心目中，谢冰莹一直具有某些传奇色彩和神秘意味。其实，谢冰莹也是普普通通的一个人，只是她比许多人饱尝了更多的人生苦难，带有更多的人生迷惘，也具有更为积极向上和不屈不挠的优秀品质。在谢冰莹的一生中，林语堂具有非同寻常的意义，从少女时代，到暮年黄昏，数十年来林语堂一直给予谢冰莹那么多帮助，难怪她称自己与林语堂是忘年之交，亦师亦友。到了晚年，谢冰莹还说饮水思源，对林语堂的知遇之恩没齿难忘。

最早发现谢冰莹才华的是孙伏园和林语堂，那时谢冰莹还是一个女兵,只有20岁左右,林语堂称她为小朋友。因为有过一面之缘,又曾当面向林语堂和孙伏园请教过读书和写作的方法,所以谢冰莹将写出的《寄自嘉鱼》的前线通信给孙伏园看,没想到文章很快在《中央日报》副刊上发表出来,这让谢冰莹如同做梦一般。更让她振奋的是林语堂竟将发表的文章一篇篇译成英文发表出来。谈到文学创作的开端,谢冰莹有过这样动情的叙述:"以一个未满20岁的女孩,而又是从乡下出来的十足的土包子,中学还没有毕业,一点文学修养没有,写出来的文字,一定是不堪入目的,谬承孙、林两位先生爱护与栽培,使我写的那些歪歪斜斜的字,变成了正正当当的铅字,我感到万分惶恐,我不相信这是事实,只当做是一场梦,一场使我又兴奋,又恐惧的梦,这梦是那么长,一直到今天,我还没有清醒过来。"(《遥远的祝福》)后来,林语堂还劝说谢冰莹再补充些文章出版一本《从军日记》,开始她还不肯,后来同意了。这本处女作出版时,林语堂为之作序,序中虽然指出其中缺乏文学技巧的不足,但却认为:"这种少不更事,气概轩昂,抱着一手改造宇宙决心的女子写的,自然值得一读。"尤其是林语堂用富有诗意的笔调描摹了作者那种青春品格和希望之光,令人感动。他说:"我们读这些文章时,只看见一位年轻女子,身穿军装,足着草鞋,在晨光熹微的沙场上,拿一根自来水笔靠着膝上振笔直书,不暇改窜,戎马倥偬,束装待发的情景。或是听见在洞庭湖上,笑声与河流相和应,在远地军歌及近旁鼾睡的声中,一位蓬头垢面的女子军,手不停笔,锋发韵流地写叙她的感触。"(《冰莹〈从军日记〉序》)更有意思的是,法国著名作家罗曼·罗兰看到《从军日记》一书后非常赞赏,他还直接给谢冰莹写信表示祝贺。由此,也可看出孙伏园和林语堂有慧眼识珠之能。

作为一个投身于社会的弱女子,谢冰莹曾走过一条十分曲折艰辛的道路,仅就生活的困难、拮据来说,就令人难以想象。身在军中衣食还能保障,但离开了军营,孑然一身如何度日?她曾写了一篇作品《饥饿》,其中有这样的记叙:"说出来,有谁相信呢?我已经四天不吃饭了。""最后简直穷得连买开水的一个铜板也没有了,口渴时就只好张开嘴来,站在自来水管的龙头下,一扭开来,就让水灌进嘴里,喝得肚子胀得饱饱的,又凉又痛,那滋味真有说不出来的难受。"作者还说:"如果有人问我:'饥饿的滋味怎样?'我立刻干脆回答他:'朋友,请你四天不吃一点东西,饿一下试试吧。'"而谢冰莹偏偏又是死也不向人开口借钱、不向人诉苦的硬骨头,此时这个如一片秋叶一样的女孩子能够依靠的只有林语堂和孙伏园。谢冰莹说:"这时唯一的安慰,是去林语堂先生和孙伏园先生两家打牙祭,每次只要我去,总是留我吃饭的,不论午餐、晚饭,不吃,他们是不放我走的。"最重要的是,那时谢冰莹心情不好,林语堂常常对她循循善诱、耐心开导,有时一谈就是两三个小时。谢冰莹说林语堂曾这样开导过她:"过去不好的事,千万不要放在心上,犯过的错误,不要再懊悔,使自己困扰。要紧的是把握现在,展望将来。特别是年轻人,不要失望、消极，天下没有克服不了的困难，只要意志坚强，你的前途，完全把握在你自己的手里！"林语堂这些话深深地镌刻在谢冰莹的心中，她这样表示自己的感激之情："这是多么有力的鼓励，四十多年来，我没有一天忘记林先生，也经常把他的金玉良言拿来对我的学生和青年朋友说，使他们也间接地得到林先生的益处。"（谢冰莹《忆林语堂先生》）

1936年，林语堂举家离开上海赴美国专门从事写作，这样谢冰莹不能直接受惠于林语堂，但他们仍然有书信往来，林语堂的大女儿林如斯还与谢冰莹通过信。后来，林语堂定居台湾，谢冰莹即可与林语堂经常见面聊天了。林语堂的大女儿林如斯去世，谢冰莹第二天去慰问，没想到一见面，林语堂夫妇失声痛哭，如此失子之痛令谢冰莹的灵魂受到震动。她说在她的经历中，除了林语堂夫妇，只有她父亲哭祖母时才那样伤心痛苦过。1974年的7月31日，谢冰莹去林语堂家看他，此时的林语堂记忆已大不如从前，他竟然忘记了他们曾一起到韩国参加过会议，拿杯子的手也抖动不已。第二年初春，林语堂病逝于香港。听到这个消息，谢冰莹悲伤极了，她伤心地哭了又哭，难过得几夜都没有合眼，她说："主要原因，是我认识林先生有半个世纪，而我走上写作这条路，又是他老人家和孙伏园先生两人的导引，他们对我的爱护与关怀，真是无微不至；当我在上海艺大读书时，过着穷愁潦倒、苦不堪言的生活，假若不是林、孙两位先生给我安慰，给我鼓励，也许我灰心泄气，早做了黄浦江的幽灵。"（《忆林语堂先生》）

有一次，谢冰莹做了一个梦，梦见林语堂先生在客厅里接待她，并关切地问她写作坚持得怎么样。当他得知她五十多年来每天坚持写日记时，高兴地说："好！好！太好了，我早就知道冰莹有决心、有恒心的。"梦醒之后，人事皆非，但谢冰莹说这是一个令她高兴的梦，也是一个令她感觉万分凄凉的梦，从一点半梦醒后，谢冰莹就一直到五点半没有睡意，整整4个小时闭了眼睛回忆林语堂对她的教诲和鼓励。人冥之间，情谊相牵，由此可见谢冰莹对林语堂的怀念之情。

林语堂比谢冰莹大12岁，他常称她为"小朋友"，而谢冰莹对林语堂也自称"小兵"。透过这个晚辈的眼睛，我们似乎可以看到林语堂是怎样的一个形象。第一次在武汉见面是1927年，那时林语堂只有32岁，谢冰莹才20岁。林语堂给谢冰莹的第一印象是有"绅士"风度，在《遥远的祝福》里她回忆林语堂当年的风采："穿着一件藏青色的长衫，嘴里含着一枝雪茄，清秀的面庞，严肃中带着微笑，个子中等，说话慢条斯理，声音柔和，态度亲切，这就是林语堂先生第一次给我的印象。"熟悉之后，常常到林语堂家里拜访，这样谢冰莹与林语堂的妻子也变成好友。看到林语堂夫妻恩爱无比，彼此温柔体贴，她也从廖翠凤那里问起林语堂。听说林语堂与妻子结婚后从未红过脸，更不要说吵架了，对任何人包括对家里的仆人都彬彬有礼，如同朋友，谢冰莹既羡慕又佩服。她这样赞扬林语堂的人品："我很少看到名人像林先生一样的有修养、一样的谦虚、一样的专心专意倾听对方的谈话、一样的仁慈和蔼。"(《忆林语堂先生》)"他是一个最诚挚坦白、热情和蔼、淡泊名利、明辨是非的谦谦君子。他酷爱大自然,故乡明媚的山水,孕育出他的文学天才,爱真理、正义、自由,更爱同胞,爱祖国。"(《遥远的祝福》)谢冰莹还钦佩林语堂是一个有科学精神和创造精神的人。她给予林语堂的评价甚高:"他在有生之年,对社会、对国家民族、对文学上的贡献太多、太大了,他的著作等身,躯体虽然离开了人间,他的著作永远和我们相伴,他的精神永远不朽,文学熠熠的光芒,永远闪烁在文坛。"(《忆林语堂先生》)

就如同从沙石中拣出金粒,谢冰莹是孙伏园和林语堂发现的,尤其是林语堂非常推举她的作品,即使到美国后仍然不断地赞扬之。并且,林语堂给谢冰莹精神和灵魂的安慰、鼓励与鞭策更为重要。对生活和婚姻一直不太如愿,有着坎坷人生的谢冰莹来说,林语堂一直是她强有力的精神支撑。林语堂以他对生活、生命和文学的热力、执着与信仰,去温暖不为社会和人们所关爱的谢冰莹,这种仁慈是多么可贵啊!人类社会往往是这样:不需要帮助者往往有着更多的鲜花、掌声,而贫困、孤独和无依无靠者却无人问津,这就是老子所说的:天之道以有余补不足,而人之道正相反,则是以不足而奉有余。林语堂无视"人之道"而遵从"天之道",他对谢冰莹的重视与关爱,让我们想起鲁迅对萧红等年轻作家的爱护和举荐。

与晚年新友钱穆的交往

林语堂与钱穆生于同年,都是1895年,但由于各种原因,他们二人在大半生的时光里一直未能相识,更谈不上做朋友和深交了。早年,林语堂留学西方诸国,回国后成为一名文坛健将,享誉国内外之时,钱穆却没有什么声响,因为此时的他还在家乡由小学转而到中学任教呢。当钱穆到北京的大学任教时,林语堂已举家迁往美国,他们更是相去遥遥,无从谋面。到抗战时期,林语堂归国宣传抗日,他与钱穆在宴会上有一面之缘,但随后林语堂重返美国,二人也就失了联络。一般意义上说,林语堂是一个洋气十足的留美留德派,思想激进偏激,行为卓然不群,大有我行我素之势;而钱穆则偏于国学,思想中正保守,性情宁静如一,不喜躁动,有坐地日行八万里却八风不动之概。让这样的两个人去深交并成为知己,那几乎是不可能的。但事实上,林语堂与钱穆在晚年却成为知己朋友,有着非同寻常的友情。

抗战时期在中国西南那一面之交,林语堂与钱穆都是48岁,又过了12年,当他们都是60岁时,钱穆收到了林语堂从美国寄来的邀请函，因为林语堂被任命为南洋大学校长，在他组阁时首先想到了钱穆先生，他来信是请钱先生主持南洋大学研究院的。当时钱穆正在香港办新亚书院，没能成行，而是向林语堂婉言谢辞了。当然，由于林语堂和新加坡方面办学方针不合，他愤然辞去校长职位，而南洋大学的建设和发展也因此受到影响。这次，在林语堂邀请钱穆先生的就职信中，言词恳切，态度平和，虽然二人未能"成交"，但钱穆却对林语堂有了新的认识，觉得他是一位可以接受异议的人。林语堂与钱穆的真正交往，又是在12年之后，那时他们二人都已年过七旬，钱穆辞去了新亚书院院长一职，住在九龙沙田乡区的半山上，林语堂也有意放弃继续在美国旅居而决定回我国台湾定居。这一次又是林语堂来约请钱穆。《人生》杂志的王道先生是林语堂的同乡，也是钱穆的好友，林语堂嘱咐王道来邀请钱穆夫妇相聚。于是在王家的小楼上，林语堂夫妇、钱穆夫妇和王道夫妇得以聚会，这是林语堂和钱穆最正式的一次定交。午饭后，林语堂兴致颇高，他邀请钱穆等人同去附近的宋王台古迹游览，并拍了照片留念。这次聚会时间很长，林语堂与钱穆都很高兴，直到下午4时才分手道别。过了些天，林语堂又请王道约请钱穆夫妇在钱先生家附近的海边画舫上聚餐，这次参加的人还有林太乙夫妇，8个人相谈甚欢，尤其林语堂更是精神很好。据钱穆夫人胡美琦回忆，这一天林语堂和钱穆分手时，"他不胜依依，约宾四（即钱穆，笔者注）到台时一定相会"（《林语堂与钱穆一家的交往》，见施建伟编《名人笔下的林语堂，林语堂笔下的名人》）。

后来，林语堂定居台湾，钱穆也准备离港来台居住。来台湾后，钱穆夫妇即到阳明山拜访林语堂夫妇，那时林语堂的新居尚未竣工，还住在不远处的临时住宅里，听说钱穆决定来台，林语堂夫妇高兴得不得了。这一次相聚，林语堂向钱穆谈起自己关于新居的布置，谈搬进新居后的一系列工作计划。当晚林语堂留钱穆夫妇共进晚餐，他们谈话十分融洽，话也说得很多。钱穆夫人胡美琦说，在临别时，语堂先生为以后可与钱穆常常见面而一再表露出快慰之情。林语堂夫妇的热情，使钱穆夫妇很受感动。由于林语堂与钱穆在台湾住得较近，他们两人相聚的机会更多了，每次相聚林语堂多是与钱穆谈论自己的读书和工作，很少涉及其他事情，连当年有关南洋大学的事情也都矢口不谈。钱夫人胡美琦称林语堂与钱穆真正是君子之交。通过交往，钱穆夫妇也对林语堂夫妇有了明朗而真实的认识，胡美琦说："相熟以后，我从没感到他们（林语堂夫妇，笔者注）带有洋味，交往愈久，反而觉得他们也是道地的中国味。如果硬要分辨他们与一般人有什么不同，从我的感受上，或许可说他们夫妇性情较开朗，普通一般人在情感上较为保守，不轻易对人表露自己的喜怒哀乐之情，而语堂先生夫妇却并不特意要隐藏自己的情感，这或许就是西化对他们的影响。"（《林语堂与钱穆一家的交往》）1976年，林语堂在香港去世，后来遗体被运回台北，葬于阳明山的故居。钱穆夫妇参加了林语堂的追思礼拜和灵柩下窆典礼。此时，重踏林语堂故居，想起在林府聚餐时的种种，又想起林语堂已乘鹤归去，面对人去楼空，钱穆夫妇真有无限的伤感萦绕于心。后来，钱穆夫妇又去林语堂故居凭吊过林语堂几次，此时的他们总愿意坐在喜爱的骑楼上，看远山的景致，思已去的故人，总是感慨万千。此时的钱穆往往一个人默默无语，坐上很久很久才姗姗离去。对于这个年过70才定交的唯一知己新友，钱穆此时心里到底想了些什么呢？又过了15年，90多岁的钱穆也离开了人世，4年后钱穆的妻子胡美琦回忆起林、钱交往，说过这样的话："语堂先生去世至今已19年，宾四也走了4年多。他们的离去仿佛也带走了我人生中的一切希望，留下来的只剩一片茫然与混乱。"从中可见，钱穆夫妇与林语堂夫妇的交情确实非同一般。

林语堂曾写了一篇《谈钱穆先生之经学》，其中多有对钱穆的褒誉之词。他将钱穆看成是一位平允笃实的经师，看成是不持门户之见的史学家，看成是承前启后和嘉惠百世的专家学者。林语堂这样说："宾四先生的学问，不能以训诂、章句、音韵之学等闲视之。唯其是史学家，所以他对中国文化、伦理、哲学及学术之隆替，三致意焉。"林语堂还用"嘉惠百世"、"深佩他的卓见"、"最先获我心"和"学问高深"来赞钱穆。对钱穆的《国学概论》和《中国近三百年学术史》，林语堂也非常推崇，他说："学者取此二者细读之，便知道钱先生十目乃一行，不肯放只字的功夫，然后知道他学问之精纯，思想之疏通知远，文理密察，以细针密缕的功夫，作为平允笃实的文章。"这可看成林语堂对钱穆的知己知肺之言，由此，我们也就理解了以林语堂之世界性声誉和影响，他何以能对钱穆如此"情有独钟"，心向往之，说到底不外乎林语堂非常佩服钱穆的学问人品而已。

人生要过得充实丰盈

人是生活在现实中,还是梦里?

在我的生命中,许多东西都可像扫尽落叶般不足珍视;然而,那些刻在心灵的约定却是永远的,就像留在记忆中那些稚嫩的童音和永恒的青春一样。

不管这个世界以怎样的形态出现,我都以"吾心"来从容对待。

诗化人生

应该说，艺术接近于自然法则，它会为喜爱它的人们铺就一条通往自由的金光大道。但是，严格意义上说，艺术仍然具有一定的外在性和强烈的形式感，换言之，艺术是作为人的外在形式而出现的。艺术还远不能以一种精神性、情感性、意蕴性进入到人的心灵世界之中。我认为，对于一个真正逍遥的人来说，审美人生的更高层次是"诗性"，即一种内在于人心和人情的诗化人生观。

与强调外在世界的美不同，诗化人生重要的是强调心中的"诗意"，就是说，只要有了"诗心"就可以照亮世界，包括世界的黑暗部分。相反，如果自己的心中是生硬的，是黑暗的，即使温柔的阳光也不能透射进去。西方哲人说"我思故我在"，强调的是"我"和"思"，在这里，我也强调"我"，即以"我"为中心，为辐射点，为光源。但不是"思"，而是"诗"，是那浩瀚而深邃的"诗意"。

那么，怎样理解"我"心中的"诗意"呢？我想它大概可以包括五点：一是美。诗意不可能是丑的，不可能是令人不快的，它集中了世界上所有的美质，换言之，这种诗意美具有理想的、浪漫的色彩。二是深邃。就如同大海，诗意是深幽的、不可限量的，甚至它还具有"道"的性质，不会干竭，永不满溢。三是主体性。这里的诗意不是死水一潭，也不是一种被动物，而是灵活的、具有主动性的，它可以主动与外部世界保持双向贯通。四是生命。诗意与外在世界沟联的通道主要是生命，即生命的流动与感应，这就赋予了诗意以坚实的质感。五是空灵。与那种滞重呆板的事物不同，它轻灵明透，聪敏颖悟，静如处子，动如离弦之箭。打一个比方，诗意就如同一块通灵宝玉，它内涵丰富而又有着极大的灵性。

有了诗心，我们就可以体悟大自然的规律与心情。天地一年四季，春天是繁华的季节；夏天是挥霍的时光；当树叶变黄、干脆，并纷纷向大地飘落，生命就进入了晚秋；而严寒到来，万物将激情收敛起来，在寒风中瑟瑟抖动，这就是冬天了。其实，这种季节的更迭与人生的春夏秋冬何异？生命在自然和人生上实际具有一样的节奏。在自然生命的循环变化中，我们仿佛感到了四季就是一首诗，一首有着成长韵律的和谐的诗。通过"诗心"在发现天地生命蕴含的诗意后，我们就会进入一种更为超拔的境界：天地如人一样有着生命的进程，有生有死，那么，渺小的人的生死还有什么想不开的呢？所以当妻子死后，庄子竟能"鼓盆而歌"，因为在他看来，生与死实在没有什么本质的区别。将死看透了，那还有什么滞碍呢？在诗心的烛照下，自然这首生命之歌还会给人们带来新的启示：既然大自然到了秋天和冬天已不像春夏那样张扬与挥霍，而是将精力与能量积蓄起来，与严冬对抗，那么，人也该如此，在生命的晚年，人重要的已不是努力地去创造与付出，而是休养与保存，以宁静的智慧和从容的风度安享时光与岁月。假如人们都能以诗心去体会自然的生命节律，那么，人类就会变得潇洒从容起来，超越各种束缚。

通过诗心，人们也可以感受大自然的生命力，并将这种生命力与自身的生命接通，那么，个体就会感到自己的生命的强大。试想一下，当我们看到一树绿叶时，不再熟视无睹，而是用诗心去体会它。当诗心与绿叶的生命接通，意念中的生命就会顺着树叶的脉络汩汩流出，直流入你的身体之中。此时的人就好像一个气球，正在接受大自然的"充电"。可以设想，在与大自然接通时，人不仅在为生命"充电"，同时也在进行精神"充电"。

人还可以用诗心从自然中直接感受逍遥精神。比如地球，它是沉重的，在它的身上有无数的群山、大地、河流、房屋、树林、人类和其他动物，还有无边的大海。然而，在茫茫天宇中，地球又是那么微不足道，可能就如同一个人在这个地球上一样微不足道。更有意思的是，地球悬浮在宇宙中，靠与其他星球的相互吸引和制衡而存在，就像是空气中的一个气球。从这个意义上说，地球又有其空灵和逍遥的一面。体会到这一点，人就会马上轻松起来：对比地球，人再苦再累也没有地球的负担重、压力大，但沉重的地球却能潇洒自在地漂浮在广大的天宇中，那么自信，那么从容不迫，那我们人类为什么就不能逍遥自适呢？我们还可以想到水中之鱼，天上的小鸟和雄鹰，这些动物都是那么无拘无束和悠闲，而人类却被束缚住了，心灵僵化坚硬。即使与秋风中的一片树叶、天空中飞翔的鸽子相比，人生也是太沉重了，太悲苦了。

概括来说，人以诗心去体验大自然逍遥精神的时候，实际上有两个基本立足点：一是动，一是静。前者是灵动，是飞翔，这不仅仅表现在空中的飞禽、地上的走兽、水中的游鱼，也表现在天上的白云、山间的瀑布、大地上的河水，还表现在袅袅而起的烟雾、风中的柳枝、飘浮的花絮、流转的光影，通过感悟自然的这些事物，人们就会获得超出凡俗世界的一种精神、感情和灵性，而不至于受到阻碍；后者是宁静，是坚守，当世俗人心都变得浮躁，没有了根本，人就会随波而逐流，行无定止，那也是一种阻碍。从这个意义上说，坚守自己，保持本性，做到八风不动、安如泰山，这也是一种逍遥的境界。比如山，它以"不动"作为自己的信念，世事沧桑，人情变移，而它却总是默默的，深怀着一腔幽情，体恤与悲悯着这个世界与这个世界上的芸芸众生。树也是如此，它哪怕是生长在喧闹的市区，在人声鼎沸的热浪里，也从不烦躁、随俗，而是以自己的本分与心性为这个世界遮风避雨、吸附尘埃，带去绿荫与氧气。再如龟，它以静制动，从不追风，也从不追赶潮头，在令人难以置信的定力中充分"脱俗"。所以，它以自己的"缓慢"与这个世界的"迅速"对峙。也许哪一天，人类会发现原来龟的身上包含着生命和人类发展的更多内涵。

我想，人类如何在"缓慢"和"静"中充分体验人生"超凡脱俗"的境界，与在"动"中获得的体验同样重要。但是，不管"动"也好，"静"也罢，实际上都离不开自然之"道"，都被包容在天地之"心"和天地之"道"中。因为天地之"心"和"道"就是不要失了本心与本性。换言之，不被世俗污浊染指，即可免俗，从而达到超然的境界。

在中国文化中真正具有诗化人生精神的，恐怕主要还是佛道二途。在佛道看来，不管这个世界以怎样的形态出现，我都以"吾心"来从容对待。在佛教中最具诗心的代表人物可能要算慧能禅师了。他以顿悟为立足点，不立文字，一心通灵，对万事万物都达到了"道"的认识。比如，他提出"一行三昧"，即不论行、住、坐、卧，都按自己的本性真心行事。就如《维摩经》所言，"直心是道场"，"直心是净土"。如果心行谄曲，不行直心，就不是佛家弟子。在慧能看来："道须流通，何以却滞？心不住法，道即流通，心若住法，名为自缚。"显然，这里强调的是心念不可停留在外部事物，而必须达到内心。如果自己的心不在任何事情上停留，那它就没有束缚了。此外，慧能要求心地通明，了无挂碍。他说："一灯能除千年暗，一智能灭万年愚。"这就是说，一个人心中要永远保持"诗意"的光辉。对静心、清心，慧能也有自己独特的理解。他不同意心灵的宁静和洁净要借助于外物来达到，而主张每个人的心本然都是干净而平静的，只是因为受到外在的污染和干扰才变得浮躁，只要人们保持本心自然就可以成佛。这是很有道理的。这就是慧能有名的"直指人心，见性成佛"。

陶渊明和苏东坡二人更多受到道家文化的影响，他们都有着其心融融、自得其乐的性情，所以，无论发生什么事情，他们都能够通过心灵的调适去化解。苏东坡曾说自己最崇拜的是陶渊明，而陶渊明和苏东坡也是林语堂最为喜爱和尊崇的人。林语堂曾在《生活的艺术》中专列一章讨论陶渊明，还为苏东坡写了一本感情至纯至真的《苏东坡传》。林语堂作为道教文化的崇拜者，他也有一颗透明的诗心，他对天地之心的感悟非常独特。我们读林语堂的作品，仿佛感到他的诗心与天地融为一体，并化作了天地之精魂。只是与陶渊明的平淡不同，林语堂的心中饱含着感情，这一点比较接近苏东坡。林语堂是这样感悟天地、自然和生命的：

无论国家和个人的生命，都会达到一个早秋精神弥漫的时期，翠绿夹着黄褐，悲哀夹着欢乐，希望夹着追忆。到了生命的某一个时期，春日的纯真已成回忆，夏日的繁茂余音袅袅，我们瞻望生命，问题已不在于如何成长，而在于如何真诚度日；不在于拼命奋斗，而在于享受仅余的宝贵光阴；不在于如何花费精力，而在于如何贮藏，等待眼前的冬天。自觉已到达某一境地，安下心来，找到自己追求的目标。也自觉有了某一种成就，比起往日的灿烂显得微不足道，却值得珍惜，宛如一座失去夏日光彩的秋林，能保持经久的风貌。

我喜欢春天，可它过于稚嫩；我喜欢夏天，可它过于骄矜。因而我最喜欢秋天，喜欢它金黄的树叶、圆润的格调和斑斓的色彩。它带着感伤，也带着死亡的预兆。秋天的金碧辉煌所展示的不是春天的单纯，也不是夏天的伟力，而是接近高迈之年的老成和良知——明白人生有限因而知足。这种"生也有涯"的感知与精深博大的经验变幻出多种色彩的调和：绿色代表生命和力量，橘黄代表金玉的内容，紫色代表屈从与死亡。月光铺洒其上，秋天便浮现出沉思而苍白的神情；而当夕阳用绚丽的余晖抚摸她面容的时候，她仍然能够呈现出爽悦的欢笑。初秋时分，凉风瑟瑟，摇落枝叉间片片颤动着的树叶，树叶欢快地舞动着飘向大地。你真不知道这种落叶的歌吟是欣喜的欢唱还是离别的泪歌，因为它是新秋精神的歌吟：镇定、智慧、成熟。

这是林语堂的诗心，这是一个略带感伤又对生活和生命充满无限热爱的灵魂。在这里，我们看到了与苏东坡比较接近的情怀。与苏东坡不同的是，林语堂没有像苏东坡那样简单概括为警句名言的方式出之，而是用散文化的笔法轻柔而平和地淡出。打一比方，如果苏东坡的诗心如同闪电，给人以强烈的震动，那么林语堂的诗心则如同清水，慢慢地将你渗透，也如同被春光化开的满天飞絮，具有一种无声无息的弥漫和浸透力量。

诗化人生需要灵性，需要驱开世俗云烟走进自然，走入天地之心，还需要与天地之心融为一体，互相感应。事实上，诗化之心就是能够与天地之心共呼吸同命运，从中感悟自然天地的律动，而且随着这节律一起生活。换言之，与自然之"道"一同生生不息。

纸的世界

我们常说"人间世",其实,"纸"也是一个世界。只是对于"纸的世界",有的为人所知,有的则不一定能被人理解。

一

纸的世界最直接藏在书里,也藏在报纸杂志中。

古人云:"读万卷书,行万里路。"可见,书之于人的重要性。

我们通过读书、订阅报纸杂志,快速获得知识与智慧,但少有人能体会"纸的世界",那个被人创造却为人付出很多的所在。

一尘不染的白纸,被印上墨的文字、符号、图画,还有各种色彩与设计。在许多人看来,这无疑是一种智慧和美;但他们似乎忽略了纸承受的压力,被污染和规约的不甘。对于新的印刷品,人们总以"墨香"赞美;其实,在纸的世界里,那未必是喜欢的味道，只是它乐于付出奉献而已。有哪张纸不愿保留自己的洁白与初衷？

变成文字的纸也有愉快，那是受到尊重、爱护、保护之时。在优雅的文人手上，纸一页页被轻轻翻动，那就像是漫步，也是一种飞翔之姿，还有梦的陶醉，特别是在暖阳照耀的时刻。清晨，旭日东升，孩子的晨读与笑靥就会将书页唤醒，进入一种神圣境界。

有些人喜用各种颜色在书报刊上随意涂抹，名之曰做笔记和画重点，也有人随意折叠书页，还有人总是夹上书签。殊不知，受损的书页也会痛的，平板书签会挡住书页交流。每张餐巾纸可揭开三张，读书时我总爱取其一作书签，因为它超薄的轻柔不影响书页坦诚交流。

图书馆的书长期蒙尘，最难过的是有的书多年没人动过，或不断被淘汰，变成弃物摆上小摊。实在没人要了，它们就被扔进纸浆池，等待新的轮回。

我能读懂书的寂寞心语，所以对书倍加爱惜。

多少年过去了，我搬过无数次家，但一本没放弃过，还常常擦拭和翻阅，包括那些置于角落的薄薄小册子。

二

宣纸可能是世上最有故事也最难解的谜语。

在纸的世界，宣纸比别的纸尊贵，但它们之间也有贵贱，其差距还相当大。

与那些由垃圾般的废纸制作的纸相比,好宣纸由竹子等材料经过十分复杂的工序制成。其中,有工匠精神,再加上高超技术,宣纸要经过竹木的断、劈、分、割等,还要有纸浆的发酵、过滤、晾晒、切割,最后才有美妙的成品。

宣纸以柔韧著称,它有大地草木的芬芳,由炼狱般提纯而成,那种轻柔绵软经由生命浸透,也是一种柔性哲学。当艺术家用柔软的毛笔蘸上墨汁和色彩在宣纸上运行点染,这是生命的再生——水、墨、色连带艺术家的希望与梦想一同融入,春花盛开。有的书画作品可保存千年,这与宣纸长久的生命是分不开的。

有时我想,坚硬的石头雕刻经过千百年风化,文字会荡然无存;柔软的宣纸字画却能长久保存,这不能不说是个奇迹。

站在经过历史时空的书画作品面前,我仿佛能听到宣纸的心跳与呼吸。透过那些线条、色块、形象与气息,特别是在戴着白手套的双手之下,书画作品被徐徐展开,确有一种梦回千年、古今对语的知音感。

三

纸的用处广泛,几乎被人无所不用其极。换言之,纸浑身是宝。

通过印刷,纸摇身一变可成纸币,当然也能变成冥币。

信纸原来最常见也最贵重,"洛阳纸贵"和"家书值万金"是最好的注释。但少有人会想,那些"纸贵"和"家书"经历了怎样的命运，忍受了多少长途跋涉？曾经的信纸带着亲情、友情、爱情走过多少里程，周转了无数驿站，经过了多少双手？当文盲父母让人代书，将思念写进书信，传给在外的游子；当相恋的爱人手捧书信，行行泪水打湿信纸；当驼铃声、自行车铃声和敲门声阵阵响起，书信就仍带有温度与气息。当手捧多年甚至千年的书信细读，痛苦、欢乐、悲伤、幸福恐怕都会油然而生，特别是一个人栖息于孤独寂寞的秋夜。因此，信纸是长着腿的，它能穿越悠久的历史时空。

包装纸、餐巾纸甚至手纸更实用，它们看似并不重要，实则人们须臾不能离开。用完那些充满油渍或色彩斑斓的包装纸，人们就会随手扔掉；用餐巾纸时，人们少有珍惜，一人一餐用一堆餐巾纸是常事；如厕用手纸，有没有人被一种牺牲精神感动过？看不起手纸的人随意浪费，用多了竟会堵塞厕所管道。古人"惜字如金"，其实也是"惜纸若金"，更是对天地万物充满敬畏。

春节到来，人们就会写对联、做灯笼、剪窗花，让全家焕然一新。对联和灯笼喜庆，将新气象渲染得无以复加；剪纸窗花不顾被剪之痛，为的是贴上窗户后的一室春晖，特别是旧纸窗映着月光和伴着摇曳的竹影，生活就会亮起来。如将红纸剪成喜鹊、凤凰、仙女，它们就会乐滋滋地飞上窗户。

四

纸做的鞭炮爆竹充满喜庆，这是纸的最热烈的形式。当它们被点燃，激动之情难以言表，腾空而起的炸裂更是心花怒放。当粉身碎骨的纸屑从高空撒落，一地的色彩与浓郁的火药味儿充当了见证。

纸还被做成风筝，昂首的孩子牵引着它，在开阔地带放飞。于是，纸张有了精神与灵魂，也有了借世俗人烟飞升的可能。

此时，我总觉得自己也变成了那张纸，成为在天上飞的风筝。

此时，我既愿意有风，又希望没有风，哪怕是阳光普照，被迷了的双眼看不到天上的风筝。

在醉眼蒙眬中，我总是重回少年——将书本折成纸飞机，身心随之一起飞到大山之外的世界。

纸的世界仍是个谜，当一不小心被打印纸划破手指。

此时，柔弱的纸怎么一下子又变成一把锋利的刀。

冬青与槐树的对语

多少年来,我一直有散步的习惯。累了,就会坐在那把固定的椅子上休息。春去秋来,仰天俯地,自有一番心境,也有不少感悟。最显眼的是椅子前后的冬青树,它上面是高大如盖的槐树。

冬青被修剪得各具特色,像被父母打扮得水灵灵的小姑娘。那一排排的整齐有序,如学生的队列;那一株株蓬松饱满,如一个个大灯笼;那一弯一弯温顺和缓,如生动的波浪流水。这一切都被槐树看在眼里,于是不时听到细碎的言语。

阵风吹过,飘动不已、不得安宁的树叶就会感叹:身为冬青多好!脚踏大地,紧接地气,纹丝不动,安稳泰然。此时的冬青就会说:作为一片叶子,在风中摇动有什么不好,我能听到你的歌唱,也有呻吟与悲鸣,这才是真正的生命。你看我,也有很无奈的时候,稍稍长出新叶和稚嫩的枝条,刚刚想迎风而舞,就被工人用吓人的锋利无比的巨大剪刀给修理了，我只有被整齐划一，没了个性。不过，久而久之，我也安心满足，因为能够让人赏心悦目，不能起舞、没了个性，也是值得的。事实上，作为冬青，我们是在修行，就像不远处的松树一样。不过，槐树叶也要知足，难道你依身的大树不也一样扎根大地，有着八风不动的宁定守一吗？

槐树叶听后，觉得冬青所言有理。不过，它又说，看看你一年四季常青，而我们每年都要忍受飘零的命运。特别是秋风来了，一夜间我们都改变了颜色，青春突然逝去，变得松脆干裂。最受不了的是，作为枯叶，落在你们身上，生命形成鲜明对比。还有满地黄叶堆积，被人和动物踩在脚下，化身为泥。可以说，在冬青厚厚的、泛着油光、不老的青叶面前，我们这些失去了灵魂甚至面目全非的枯叶简直是无地自容。此时，冬青就会笑一笑，回道：生命的变动是基本的，很少有一成不变的。我倒羡慕你们，春去秋来，有青春的色泽，也有枯黄，还有死亡，完全不像我这样千篇一律得单调。另外，当你们落在我们身上，我就感到你们多么幸福：像有一床绿色的棉被铺在下面，你们的金碧辉煌如梦一样舒展，像一首动人的诗。这让我想到白雪，它是另一床白被，看来是盖在我们身上，其实也是为你们这些落叶。试想，下有冬青的绿色被子，上有白雪的白色被子，枯叶在中间要睡整个一个冬天，多么惬意啊！

槐树高高在上，常俯瞰冬青，但总是充满敬意。它会列数冬青的诸多优势：丰沛茂盛、低调平稳、感恩之心，自己则一岁一枯荣、树大招风、消耗过多能量水分、常挡住施于冬青的阳光。冬青就会谦虚道：槐树，你没看到自己的巨大贡献。当烈日当空时，你如华盖般为我遮挡；当槐花开放，那无疑是一场盛大的节日，果实累累如珠玉、花香四溢沁心脾。特别是槐花散落一地，我有幸被披上盛装，一下子变成等待出嫁的公主，这是我们这些冬青做梦也想象不到的。还有，冬天到来，槐树赤裸于天地间，为我们遮风挡雨，一副天地间大丈夫的形象，往往令我们这些娇小的植物为之动容。

槐树听了冬青的话，沉默不语。于是，冬青接着说，你看我们青春永在，但其实我们是很稚嫩的，在生命的流动中常有灵光在闪现。我们倒觉得，槐树一身粗粝，高大威猛，多少年的光阴将自己磨砺成一棵古木，即使在寒风刺骨中也从不畏缩，哪怕发出痛苦的颤抖和哨叫。不像我们，痛不能喊，苦不能言，冷不能叫，只能顺从大剪刀的威严和摆布。从这个角度上说，槐树比我们活得真实、自然、自由、潇洒。不过，我们也从不因此而抱怨，因为在我们的牺牲中，是有意义的，也获得了某些省悟和超然，只要能给人类特别是那些活泼可爱的孩子养眼育心，那也是值得的。

槐树仍然无语。它很少听到冬青说这么多话，也想不到在自己心目中完美无缺的冬青形象竟有这般心思，更想不到自己高大的自卑竟能获得冬青如此高贵的赞赏。于是，他举起枝干向高天合十，也让满树的叶子向下挥手，以示感悟和感谢！

水的感悟

　　我们生活的世界包罗万象，无奇不有，但如果说有什么最不可思议和不可或缺，恐怕就不多了，比如"空气"和"水"。因为"空气"无色、无味、无形、无状，我们无从把握感受，所以很难去说它；"水"则不同，它随时随处可见、可感、可用，所以颇值得好好观察、体会与感悟。"水"就如同父母，它不仅给人以形体、营养，还给人以思想、感情、精神和灵魂。作为人生的孤独者，通过"水"，我获得了安全感、快乐、力量与美感。

　　当手捧水时，好像什么都没有，我们不知道这水到底是什么，尤其当它顺着指缝流失之时，这种感受尤其强烈。此时，我们不像拿着一块面包、一本书那样实在可感，但水却无处不在，无时不有，它几乎渗进我们生活的每个角落、每一细胞，甚至它就是我们自身，也是细胞本身。比如，没有食物只要有水，人还可存活一段时间，若无水则生命很快就会结束；

我们吃的食品、水果、蔬菜等都含有大量水分；就是生活中不求解渴的酒、醋、酱油等也都离不开水。

据说，人体中水分的含量高达百分之七十以上，可见，人几乎是"水"的代名词。将"水"说成人类的生命线和血脉一点也不过分。更有意味的是，每个人都生活在"水"中，但却对它理解甚少，甚至于常忽略其存在。关于这一点，"水"颇似人之血液：它如此重要，却不显山露水，更不张扬狂妄，沉默与静穆是其本色。所以，"有"与"无"在"水"上得到了很好的统一：当失去它时，方感其可贵；当拥有了它，往往又将其淡忘。可是，作为"水"本身，它却一如既往，无言无怨。

水以柔软著称，却无坚不摧。这看似矛盾却可以理解。老子有言："柔弱能胜刚强。"即是此理。最典型的是水滴石穿，以滴水之功积月累年可洞穿硬石。用钢钎在巨石上打洞，必借水的滋润。钢铁在水汽中会不知不觉慢慢腐蚀、消失。于是，我开始认识到柔弱的伟力，人生观和思维方式也产生了革命性的变化。又如慈母，她比严父柔弱，但对子女的影响却是永恒的，不会因时间的流逝变弱，更不会消亡。又如羽毛，它是轻而又轻的事物，但"积羽"可以"沉舟"。可见，一人的聪明天资固然重要，但对成功来说，意志与恒心更重要。人与人的关系也是如此，采取温情和平、慈爱柔弱的态度往往非常重要。一人若能做到此点，就几近于道。所以，我喜爱温和的阳光、款款的春风、绵绵的细雨、纯粹的婴孩儿、平淡的心境以及会心的微笑。

自幼年开始，我就注意母亲以水和面，本是一盘散粉，转眼间却变成完整、结实和光润的面团。后来，又注意父亲用水将泥土、石灰和在一起，将许多分离之物黏在一起。其实，完整世界主要是靠水结合的，它是物与物间不可缺乏的"纽带"与"桥梁"。可以设想：没有水，这个世界就是一盘散沙。另一方面，水又是分解万物的"融化剂"，因为它的存在，世界才有了个体与清洁。像大陆因为河流而被切割开来，于是大峡谷产生了，不同的大陆与国家得以独立。还有，衣服、器皿、汽车、房间甚至身上和脸上的污浊，只有水才能将它们洗涤干净。有时，我悠悠地冥想：水可真是奇物，它既统一又分裂，有时黏结而有时又分离。人恐怕也应该从中受到启发：他是否该像水一样有黏合力，又必须保持自己的孤独寂寞。这既是指外在的，更是指向内心的。不知道中国古训"不即不离"是否内含了这一原理。

水甘居下位，这与争强好胜和一味追求名利的人类大相径庭。一条河流从高处向低处流，因为大海是它的希望所在，也是它的目的地和最后归宿。所以，在我们生活的世界，大海是低的，一直处于下位，否则河流怎能向它流去？喷泉之美往往得人称赏，但少有人意识到它的美是人力所为，并非水之初衷，所以在不得不上升后它立即下落，因为甘处下位是水的本性。面对水，我总钦佩它"甘处下位"的品格，于是，在自己的人生中就有了强大的支撑：不争先，不争利，更不争锋。与此相关的是，水的一生只求一个目标，即"平静"，所以一条河流的长途跋涉，一挂瀑布的痛苦轰鸣，一潭池水甚至大海的汹涌澎湃，都是因为不平。然而，当一平如镜时，水是多么安详仁慈，犹如母亲温暖仁慈的怀抱。还有，当水平如镜，它方能照出万物的容颜，显出宁静致远的内心。由此，我想到人应达到的高度是：不是在喧嚣中眩晕迷失，而是在宁静中澄明一片。

常言道："水至清则无鱼。"水是圣洁的，它天然地具有高贵纯美的本质，所以洁白的天鹅爱在水中嬉戏；另一方面，水没有洁癖，善于"同流合污"。当用净水洗涤，甚至用它洗涮粪便，水从无厌恶之情，它仍平心静气地去做。可见，水并不是一味洁净，有时它是靠清除污秽显示圣洁，即使自己面目全非也不顾惜。在人世间，更多的人往往以"洁身自好"为座右铭，有的对污浊丑恶还深恶痛绝，唯欲立即消灭之而后快！殊不知，当与污浊格格不入时，实际上自己也就丧失了洁净、神圣与尊严。所以，对一个人来说，以平和的心态对待污浊，并能以清洁之身洗涤之，这才是得道者。苏东坡有言："在我眼里天底下无一个不好人。"耶稣面对坏人说过这样的话："我不憎恨你们，因为你们无知。"所以，洁身自好者一定是曲高和寡，他们的境界、品位和意义远不如那些"和光同尘"之得道者。

水没有固定的形体，它随物赋形，顺乎天道。一只碗使水变成碗形，一个坑洼让水变为坑洼状，一条窄道和一个峡谷令水成为河流，严寒的屋檐给了水一个个长长的冰柱……表面看来，水好像不能自主，甚至没有原则，从而形成了顺从的性格。以人类的道德观审视，我们对水总会取批判态度，其实这是不理解水性所致。就是说，正因为水有这样的"圆通"、"顺从"与"屈辱"，它才具有适应一切的可能。这也是老庄所说"受辱是福"的道理。释迦牟尼说过："不能忍受屈辱，那靠什么修行得道？"车辆之所以能快速滚动，还不是因为它有"圆"轮？因之，"圆通"不仅有政治、伦理层面的意义，更具有哲学的启迪。当然，水并非任意随人随物摆布，它有着自己的原则，那就是：一旦外力无视其本性，水就会表现出另一特性，即率性而为和我行我素的"自由"精神。当让一盆水落地，它就会随意涌流；当江河束缚过分，它就会冲决堤坝；当大雨自高天飘落，它就会洒满大地的每个角落。因之，水又是自由的，在本质上并不完全受制于人和物。水一面显示其温柔驯顺，另一面却豪放粗犷，几乎无力能与之匹敌。

在《红楼梦》中作者有这样的话："女儿是水作的骨肉，男子是泥作的骨肉。"这是讲水的圣洁，也是说水的灵气。从水与土为伍、与污浊同处来看，水又是世俗的，甚至于甘处下位，从而表现了其低卑的一面；但从根本上说，水却是圣洁灵性的。当其宁静清纯时自不必说，即使当污浊沉淀，水还是显示了自己的清洁面貌，更多时候水则令人羡慕不已。比如，水结冰而有"冰心"一片，在阳光的照耀下光辉闪烁，灵光耀目；在特殊的条件下，水还会变成雾气升入天空，像长了翅膀，有如得道成仙；还有，在高天的水汽还会凝结成雪，又向大地降下一片片洁白。不管怎么说，水神秘莫测，它像孙悟空一样富于变化：一会儿人间，一会儿天上；一会儿为雨，一会儿成雪；一会儿为水，一会儿结冰；一会儿为云，一会儿变雾。有时候，看到南方水乡的草木滋荣，或金黄、或碧绿、或粉红、或洁白，我就在心中暗想：这一定是"水"这个魔术师的艺术品，否则如何在混浊的泥土中能生长出这样的容颜？

　　在我们生活的星球上，陆地仅占五分之一，而水则占五分之四区域。如果诗意地讲，陆地是边框，那么水面就是镜子。有了这面镜子，云彩、飞鸟、高山可以映照自己；而人类更可鉴别身心，这包括容貌、德行、品性、感情、思想和智慧。因为归根结底，生命是水给的，水中包有天地道心。

师德若水

中国自古有尊师的传统,在武林中还直接尊称自己的老师为"师父"。何以故?为师若"父"之谓也!试想,当一个人到了学龄甚至在更小的时候,即踏入师门,于是在老师的培育下,他们开始汲取知识的营养,渐渐明理,有的还能成为国家的栋梁之材,在此老师之功可谓大矣!如果说,亲生父母主要给子女以生命的肉身,而老师给予学生的则是精神和灵魂,从这个意义上说,老师之伟大远胜于天下之父母。

我自1993年师从林非先生攻读博士学位,至今已逾16个春秋。其间,与老师朝夕相处时有之,促膝谈心时亦有之,每隔些日子即通一次电话问安也已成习惯,而师徒聚餐神聊的时光更是无以计数。可以说,这么多年,除了妻儿,我与林老师待在一起的时间最长,从他身上我能感到慈父般的温暖,上善若水一样的师德。

最早与林先生接触是在1993年之前,那是为博士备考的时光。在通常情况下，考试之前，考生首先面临着选择自己导师的问题，当确定下来后，再复习准备参加考试。那时的联系方式主要还是通信，由于目标并不明确，于是我广撒"英雄帖"，给不少博导去信，希望与他们取得联系！可是，许多去信都石沉大海，而林先生却很快复信，并表示热烈欢迎我参加考试！之后，林先生每信必回，信中总是充满鼓励、关心和希望，这让我确定了自己的奋斗目标。有件小事至今令我难忘和感慨，那就是与林先生通电话，对方的声音总是温和、礼貌、谦逊、文雅。有时，电话是林先生的家人接的，更让我心悦诚服的是，他们也总是客客气气，一听说找林先生，就会说一句，"请你等一下"。一个"请"字，不是谁都能说出和做到的。换言之，在我打电话的阅历中，这是仅有的一家人，他们都能这样心平气和地对待素不相识者！那时，虽然与林先生从未见面，但仿佛有一只温暖之手相牵，这是我从遥远的山东来到北京的前提。

考试前有些不大放心，所以我前往林先生府上求教，希望能得到指点。记得，林先生在家中接待了我。令我吃惊的有三件事：一是林先生个子很高，一表人才；但言谈举止却是温文尔雅、书生气十足，眼中充满平和从容之意。二是林先生住得相当拥挤，一个小书房只有几平米，这让我对前途产生忧虑，然而林先生却并无怨言，一副从容不迫、悠然自得的神情。三是当我问起如何备考，考试中应注意什么问题时，林先生却缄口不言，只说了一句话，他说："其实，你不必特意准备,把《鲁迅全集》弄通可矣!"从中可见,林先生是多么严谨、正直之人。不过,从这句话中我体悟到:林先生出题很可能不只注重从宏观上探讨鲁迅,而是偏于考察考生对鲁迅的熟悉和理解程度。因为长期以来学术界存在的一个问题是,许多人不读作品,而写起评论和研究文章却往往高谈阔论、纵横驰骋。鲁迅研究也是如此,所谓的鲁迅研究专家可谓多矣,但没通读过《鲁迅全集》的人一定不在少数!更不要说精读甚至熟读《鲁迅全集》了。基于此,我认真阅读《鲁迅全集》,努力做到下"十目一行"的功夫。到了考试,果然如此,林先生题目出得很细,他让考生回答鲁迅某一杂文作品的发表年代、时代背景、核心内容、重大意义等,因为有的作品并不常见,所以非常难以回答!考试结束后,我要回山东,就给林先生去电话辞行,他问我考得怎样,又问其他考生感觉如何?当听说我考得尚可,他说:"那就好,那就好!"而听到我说其他考生普遍反映题目出得偏僻时,林先生正色道:"题目根本就不偏,如果一个博士生,他要从事鲁迅研究,连《鲁迅全集》都不熟悉,连代表鲁迅思想的重要作品都没读过,那是说不通的。"虽然是在电话里,但我能感到林先生的心情和表情,这是在之前包括我跟他近二十年未曾有过的严肃态度。从中可见林先生在原则问题上刚直果决的一面。

这一年林先生只招了我一人,并且我也成为他在国内的关门弟子(后来林先生还带了一位韩国的博士生)。对于林先生而言，我只是他众多学生中的一员；但对于我而言，能师从他读书，这是我的福气，也是上天厚我的结果。也是因为这次机会，我与在北京的妻子分居六年后得以团聚，从此结束了相去千里、遥遥无期的夫妻两地生活。后来，林先生每次出书都送给我，有时还写上我们夫妻的名字，比如他有这样的题语："兆胜、秀玲俪正，林非，97.9.27。""秀玲、兆胜俪正，林非，99.10.17。""兆胜、秀玲双正，林非，〇五、〇七、十一。"从中可见他对我们夫妻是多么亲切！林先生不仅仅对学生好，就是对学生的家人也是温暖如春。有一年过春节，林先生给每个学生的孩子800元压岁钱，虽然孩子都没到场，有的已经很大，都读大学了。又有一次，十五岁的儿子回来告诉我说："林爷爷今天来电话了，他问我能不能听出他是谁？我一下子就说出是林爷爷。结果爷爷特别高兴！"这个细节虽小，但它说明林先生的童心与亲切，也反映了在孩子心目中爷爷是多么可亲可敬。

　　林先生对学生的宽容是无与伦比的。我从没见过他正面批评学生，更多的时候是表扬，比如总是说某某人的文章写得好，进步快！某某人口才好，有见地。以我为例，我跟林先生近二十年，他从未批评和指责过我，更不像有的导师那样对学生大加责罚、大发雷霆之威。最能说明林先生宽容的是，我做博士论文这件事。因为读的是鲁迅研究这个专业，所以做鲁迅研究的博士论文理所当然。当时我选择的是研究鲁迅的潜意识心理，且与林先生已讨论过多次，可谓木已成舟。不过，我一直想做关于林语堂的博士论文,这是发自内心的。由于碍于面子,也觉得可能性不大,直到最后一年我才下定决心改弦更张,改变论文的方向和题目。当我惴惴不安将准备好的林语堂研究论文提纲呈林先生过目时,他虽然表现出惊异,但还是温和地说:"你放在这里,我看看再与你联系。"很快地,有一天我接到林先生的电话,他这样说:"兆胜,提纲我看过了,很好!我同意你写关于林语堂的博士论文,我觉得你一定能够写好!"记得当时我被惊得目瞪口呆,因为许多同学的论文题目都由导师"钦定",学生虽然不感兴趣,有的甚至是毫无兴趣,也无可奈何!而林先生能够如此宽容地让我放弃鲁迅研究,选择几乎是鲁迅对立面的林语堂,这是大大出乎我的意料的,也给我留下了长长的思考。当我的博士论文入选"中国社会科学博士论文文库"时,林先生非常高兴,在为《林语堂的文化情怀》写的序言中,先生开篇这样写道:"从昨天清晨开始,重新阅读了一遍王兆胜先生关于林语堂的博士学位论文之后,确实感到是写得相当扎实的一部学术著作。记得是在前年春天举行的答辩会上,担任答辩委员会主席的著名现代文学研究家严家炎教授,十分认真地指出这篇论文'标志着林语堂研究一个新阶段的到来'。他的这番话语在当时听来,就感到是说得有根有据的,经过今天的再次阅读和思考之后,我更感到他的这一判断是多么的准确与敏锐。"对于自己学生的一个习作,林先生给予如此高的评价,并饱含了欣悦与喜爱之情,这是令我感动,也是让我备受鼓舞的。

其实，林先生可能那时也没想到，他的宽容与鼓励为我打开了一扇很大的天窗，从此之后我潜身于林语堂研究，至今已出版8部林语堂研究著作，发表50多篇林语堂研究论文。就因为当年林先生种下一个"因"，才成全了我后来全力探讨林语堂的这个"果"；而每当看到我研究林语堂的一个个果实，又总会让我想起林先生当年播下的这粒种子。

在近于"溺爱"的师生关系中，林先生并不是没有原则，更不是好好先生！一方面他有言教，更多的时候是"身教大于言教"，他总是以身作则。比如，每次我们从林先生处拿回自己的作业，都见到上面改得认真仔细，连标点符号都标示出来，可谓一丝不苟！那一次我和林先生到南方某大学讲学，刚下飞机就用餐，饭后院长表示："今晚我院有文艺演出，你们可去看看。"林先生的回答是："兆胜年轻可以去，我想早点睡觉休息。"还有一次到越南，我们同住一房间，因窗户坏了关不上，找服务生又太晚，于是我有点紧张，没想到林先生却说："不要紧，要顺其自然。咱们安心睡觉，保准明早我们都安然无恙！如果真的有事也没什么可怕的！"话刚说完，林先生就睡着了，而我则由于担心很晚才昏昏睡去。在博士毕业找工作时，林先生也是尽其所能，帮助每个学生。有的是他亲自给人家打电话，有的是写介绍信，我记得当年先生给我写了十多封推举信，还为我直接打电话不停地找人。不仅如此，就连学生子女的工作，林先生与肖师母也都十分关心。另外，林先生还是大方之家，他多次为希望工程捐款；

他还是一位美食家，总是请学生、朋友吃饭，我们多年来到底被林先生请饭过多少次，已无从计算，即使是在学生工作后也是如此！有时学生想请林先生，他和师母总是不允。林先生退休前后，工资都极其有限，但他却总是每聚必请，这是令学生既高兴又愧疚的。江西高校出版社出版了《林非论散文》一书，在"出版者言"中有这样一段话："林非先生乃大方之家，当提出编辑出版他的散文论集，以便给广大在校师生、文学爱好者和研究工作者学习参考时，他慨然放弃酬资以相助。人常说，方家难觅。看来不尽然了，方家或许就在你的身边呢。"这话是千真万确的，一个人或许在许多方面都看得开，但可能唯有在"钱"过不了关。因为钱太重要了，往往有通神惑人之效，所以，晋惠帝时的鲁褒著有《钱神论》，其中有这样的话："钱之为体，有乾有坤。""钱之为言泉也……无远不往，无幽不至。""无位而尊，无势而热。""危可使安，死可使活……贵可使贱，生可使杀。是故忿诤辩讼，非钱不胜，孤弱幽滞，非钱不拔；怨仇嫌恨，非钱不解；令问笑谈，非钱不发。"在我所见的人群中，像林先生这样对钱能看得如此之开者，可谓凤毛麟角！需要说明的是，林先生并非有钱之人，他曾设想卖掉普通的住宅，买个像样点儿的房子，但担心压力太大，也就放弃了！还有一次，当谈到金钱时，我对钱多钱少表现出无所谓的态度，先生立马表示反对，他说："那不一样，有钱和没钱就是不一样。不过，如果不能理智和明智地看待金钱，那就不智慧了。"

当然，林先生有时也通过暗示的方式对学生委婉地进行批评。比如，作为农民之子，我的时间观念不强，往往比别人自由随便得多，所以聚会时常常迟到，对此，林先生就笑着说："我每次参会都是提前五分钟到，这是现代文明人的标志。"从中可见林先生的时间观、人生观和文化观，也可看出他的批评艺术。

自2002年至2005年是我人生的重大关口，我的二哥、三哥和姐姐都相继去世，他们都没过五十岁。这让我陷入极大的悲痛之中，也给我造成极大的心理压力！后来，我写的《与姐姐永别》等怀念亲人的文章发表后，林先生对之赞赏有加，认为文章写得真挚感人，是难得的佳作。一次，林先生还这样安慰我："兆胜，尽管你的母亲和哥姐英年早逝，但你的身体没事儿，一定能长寿。你有点像你父亲，他不是活到八十多岁吗？"这话点在我的穴位上，因为家人多不寿，我一直担心自己的身体。林先生的话令我大感安慰，也让我深受鼓舞，因为我与家父都属虎，在性情上我比父亲更淡定从容，于是自己心中的阴影慢慢散去。从这种心理暗示中，足见林先生的细致入微与高瞻远瞩！不仅如此，林先生和师母还常打电话来嘱咐我："兆胜，可千万不要累着，更不要熬夜，晚上早睡，白天的时间足够你用的！"我知道这话的潜台词，那就是提醒我，由于家中接二连三出事，所以，要注意休息和好好保养。还有一次，林先生对我说："兆胜，你的成果已经不少了，工作不要太累，要细水长流！好好体会生活，多出去走走。读书、写作固然重要,但行万里路更为重要!"为了表达自己的人生观,林先生还总结出养生的要诀,那就是:"一动不如一静,站着不如坐着,坐着不如躺着,躺着不如睡觉。"所以,林先生中午总要小憩一会儿,而晚上总是雷打不动、九点多就上床睡觉。对于"生"和"死",林先生也看得很开,从不忌讳,更不赞成浑浑噩噩、一味地追求长寿。在《死亡的永叹》和《再说死亡》中都表达了他的生死观,他说:"对于每一个人都必然抵达的死亡这个终点,有什么可怕的呢,即使是害怕它又有什么用呢?倒不如无愧无恨和从容镇静地去迎接它。""在深邃地思索过死亡之后,必然会更热爱生命,必然会更憧憬生命的伟大涵义,要让它在真诚、善良、挚爱和关怀别人的氛围中度过,要让它为了人类美好的前程而不懈地奋斗,这样的生命才具有崇高和神圣的价值。""光明磊落的生存,追求崇高的生存,却肯定会永远地战胜死亡,因为像这样生存过的人们,尽管在最终也总会走到死亡的终点,他们的精神与业绩却始终镌刻和萦绕在一代接着一代的人们心中,鼓舞和激励大家走向辉煌的前景,这正是超越于死亡之上的一种永生的境界。"这种将"人生"看得远远大于"事业",将"精神""崇高""境界"和"人类"看得高于一切,将"天养"看得胜于"人养"的人生态度,是高屋建瓴,也是富有智慧的,这对我的影响也非常之大。

许多人不愿退休,甚至退下来后简直像换了个人似的,有的还因此大病一场。林先生则不然,退和不退一个样,在家在外一个样，是非得失一个样，他仿佛如水一样平和、恬淡、安然。每当去家中看望林先生时，他常常沉醉于美好的乐曲声中，他的笑声依然爽朗，他的气色依然红润。近八十岁的人，仍然保持着清醒的头脑，仍然能写出美妙的篇章，仍然吃饭和睡眠都香甜，这是林先生之福，也是我们这些学生的福气！

在一个人的一生中，最可宝贵的是有恩爱的父母之家、夫妻之家、孩子之家；但最为难得也更加宝贵的则是有好的老师，因为老师如灯、如镜、如火、如光，他们可以照亮学生，进而学生又可以继续照亮他们的学生，这就是所谓的"薪火相传"。我有幸遇到过不少良师、名师，而林非先生则是最有代表性的，他如水一样包容万有、宁静安详、谦逊自然、快乐自由，而又充满人生的智慧。水也有不平，但最后都会归于平静，将自己变成一面镜子，它可以照人，亦能自照。这就是在我这个学生眼中，林非先生的光辉形象。

怀"谨"如玉

众所周知,做人和识人因人而异,但大致有一定的规律可循。面相学家最重人"脸",尤其是"眼睛",同时兼及"骨相"和"手相";武学家将重点放在"手"和"脚"上,所以有这样的说法:"行家一出手,就知有没有。""手是两扇门,全靠脚打人。"养生家也是看"气色"与"腿力",于是有了"望、闻、问、切"的诊断之法,也有了"人老先老腿"的共识。不过,还有一种判断方法,那就是看一人"怀"里揣着什么?是金银财宝,是爱子,是良知,还是雄心壮志,抑或是梦幻?在我看来,还有一点更要注意,那就是他是否怀"谨"如玉。

在中国,"谨"字一向被放在至关重要的位置。它往往与"慎"一起被人们奉为座右铭,并成为中国文化的一个重要符号。孔子有言:"弟子入则孝,出则弟,谨而信,泛爱众,而亲仁。行有余力,则以学文。"《弟子规》中则将"谨"放在第二位,那就是:"首孝弟,次谨信。"周瑜身上藏了一个"谨"字,而现在又有著名的"南怀谨"。像谨言慎行、谨小慎微、谦虚谨慎、谨身节用等皆是强调"谨"的重要性!而在人与人的交相往还和祝福中,也常用"谨祝""谨愿""谨贺""谨颂""谨记""谨上""谨呈"等词语。可以说,长期以来,"谨"成为中国人和中国文化不可缺少的内容和密码。

何以会如此呢?一个最重要的原因在于,中国人和中国文化对于生命和天地的敬畏。因为聪慧的中国人能理解和领悟生命和天地的神秘,知道人有着先验的局限性和弱点。李白不是有"朝如青丝暮成雪"的诗句吗,欧阳修也说过人不能与草木而争荣,《三国演义》的开篇即有"滚滚长江东逝水,浪花淘尽英雄,是非成败转头空"的感叹,《西游记》中的孙悟空被林语堂看成"人自知不足"的寓言。只有当一个人明悟:天地自然之博大和神秘,人生之短暂与渺小,他方能获得某种觉醒与超越,进入一个"谨"的境地和境界。事实上,当一个人志得意满之时,固然可以改天换地;但遇到逆水行舟或人生坎坷之时,一根稻草也会将人绊倒的,这就是老百姓所说的:"遇到倒霉时,喝口凉水也还塞牙呢!"像好汉项羽、秦琼、关羽、林冲等都有虎落平阳和走麦城的处境,力大无比的李元霸也难抵雷电一击。我们的现实生活更容易感受到这一点。如你一不小心就会被薄纸划破手指,被坑坑坎坎崴了脚和闪了腰;又如言多必失,许多时候说出的话都是无用的,有时是有害的,当善言人短时,其实也就埋下了争端、不和与仇恨;再如贪吃、贪财、好色必要付出代价,因为围棋有言："贪吃必输棋。"孔子也说："食无求饱。"中医上表示："好色气血两亏。"从此意义上说，谨慎、有节制的生活，甚至是"失"和"给予"，可能是一种更大的"得"，一种"得天地之大道"。

而当下的许多人则不然，不要说"怀'谨'如玉"，就是连个"谨"也根本不放在眼里，甚至对于天、地、人、事都毫无敬畏，他们完全以"自己"为中心，为了达到目的完全可以不择手段。贪官动辄贪污受贿百万、千万甚至数亿，骗子坑蒙拐骗无所不为，奸商为了赚钱可以黑了心肝，而虐待亲生父母的不孝儿女也不乏其人。更有甚者，有的名人包括稍有成就者，吃、喝、玩、乐、嫖、赌无所不为，一次生日、结婚就花掉数十万、上百万、过千万，妻子越换越小也不在话下。还有醉酒驾车伤人、致人死地者不绝如缕。所有这些都令人"叹为观止"，都是"谨"之丧而不存的例子。殊不知，怀中无"谨"，就如同站在海滩的沙子上，他很难保持稳定，而一有海水他就会立足不稳，甚至摔倒和葬身大海。而且，这是谈他个人的损失，至于家破人亡、祸国殃民更无论矣！怀中无"谨"，无疑于如履薄冰，他随时都可能陷入绝境与死地。

怀"谨"如玉者对己有利，他能令人理解天地自然之道，也能明白他自己和人的弱点，于是进行身心的双修并进，从而在德性、境界和品位上不断走向完善与美好，就如同不断拂拭自己心灵的镜台，也似腹有诗书气可自华一样。另外，怀"谨"如玉者也会有益于他人、社会和国家，因为这种人不仅不易伤人，还会用温暖的光泽照亮世界和人生。

生命秘约

每个人的生命都像一棵树,甚至是那棵草。一些难以言说的秘密装在其间,如不注意或不细心,我们就很难发现它。像晾晒衣物,我常将自己打开,抖落那些人生的皱褶,让阳光进来,充分体会一种温暖的闪耀。

一

童年家贫,我常赤足在山间奔跑。一次,脚底被扎入一根棘刺,很深,几乎看不见。母亲用针为我挑刺,无果。一邻居大胆,并信心满满,自告奋勇前来帮忙,结果,像小猪翻地吃花生,脚下被挑出个大坑,鲜血直流,却不见刺的踪影。

正当我痛得大叫,母亲急得团团转,一女子姗姗来迟。只见她推开众人,上前,拈起细针,定睛看了,紧紧用手捏住有刺的部位,从远离有刺的地方下针。开始,针轻轻扎入,倾斜穿行,由表及里,像杠杆慢慢撬动。很快地,还没等我有痛感，小刺已露端倪，如小苗向外探头，长出地面。

年轻女子将小刺抹于指尖，给我和母亲看。担心扎到别人，用指甲将它掐断，放在嘴里用牙嚼烂，笑笑，露出洁白的牙齿，抹一把我的头，走了。她扭动腰肢，脚步轻盈，嘴里哼着曲儿，仿佛仙女下凡。

至今，我不知道，此女子何以身怀绝技，凭什么能如此手到擒来？她虽然只为我挑出针尖大小的刺，但给我留下深刻印象和长长的思考，以及对于世界人生的神秘感知，还有她作为奇女子的睿智与灵光。

仿佛一阵风，她不仅轻易解除我的痛苦，还留下美丽、善良、俏皮与智慧。

这可能是我对女子心怀感恩与崇拜的开始。

二

我的人生转折点要从婚恋始。之前走在崎岖山路上，之后则踏上坦途。

中学女同学后来成为我的妻子，岳父母大人则是我与女同学结识前认识的朋友，内弟则是我生命中那个时隐时现的贵人。

第一次踏进女同学家，是考完大学后无事可做。女同学父母给我写信："高考完了，没事就到我家玩两天。"那时，虽与女同学同班，但没说过话，她也不知道，我与她父母早成了朋友。所以，当我骑自行车经80里的山路来到她家，女同学竟有点摸不着头脑，后来听说因我到来，她的亲戚朋友都认为，我是她父母包办的女婿，都全力反对。

这可以理解。不要说我家徒四壁，一无所有，就是像麻秆般奇瘦的样子，也与女同学很不般配。所以，在女同学的亲戚中，有的主张不让我进门，有的说催我早点离开，还有的甚至提出将我赶走，以防止对女儿不利。最让我难为情的是，女同学对我到来并不欢迎，几乎没跟我说几句话，只出于礼节应付一下。

让我感动的是女同学的父母，他们问寒问暖、热情款待，为我做各种美食，这是一个寒门子弟从未吃过也没见过的。至今，时光已过去近40年，那次远行留给我的温暖仍没散去，如严冬过后那一河流动的春水。

最值得感念的是女同学的弟弟。那时，他还是个十三岁的少年，对我的到来不仅没排斥，反而充满善意。或许他第一次感到兄长般的珍贵，或是前世有缘，他的话不多，也没表示亲近，但明亮的眼神、白净的肤色、英俊的面庞，有礼貌的举止，对我是最好的欢迎。

那天，女同学的母亲做的馄饨，一大盆上桌，晶莹、白亮、香气扑鼻。正当大家吃得起劲儿，女同学的弟弟放下碗筷，有礼貌地说："大哥，你慢慢吃。"说完出去了。可是，当我们放下碗筷，他又回来笑着说："你们不吃了，我再来一碗。"后来，当我成为他的姐夫，岳母就提起这个细节，并说内弟从小懂事，自小到他姥姥家，从不讨要任何东西，即使姥姥和姥爷主动给，他也推说家里有。这次，担心客人吃不饱，他就先放下碗筷，见剩下了，又回来吃。为此，岳母夸赞儿子，说他有眼力见儿，为他竖起大拇指。

当我成为他的姐夫，内弟与我的感情经久弥新。多年来，我们之间从未有过哪怕一丁点争吵或不快，见面总是亲如兄弟，眼神、手势、说话等都是欢快的，像春风吹拂着柳枝，也像植物在阳光中滋荣，那是一种万里清秋、水平如镜的感觉。最让我感动的是，每次来京，他总是以领导口吻嘱咐姐姐："一定照顾好大哥，照顾不好，拿你是问。"严肃中有幽默，仿佛他是我的大舅子，不是小舅子。

前些年，我身体状况不佳，体重从147斤骤降到115斤。这让内弟着急万分。开始，我不以为意，因为在北京普通人到医院看病太难了。一次，我去医院检查血糖，竟从7点多排队到11点半。内弟却以严厉的态度，迫我放下工作，全面进行查体。他先为我在山东的医院奔波，后又回到北京大医院复查，直到有天晚上，他打来电话叹息道："大哥，现在可确定你身体无大碍，我今晚可睡个安稳觉了。"我莫名其妙，问他何故？他说："这半个多月，医生一直怀疑你胆囊长东西，所以要反复核查。现在疑虑排除，我悬了十多天的心终于放下了。"听到这话，我非常感动，作为内弟，他竟悬着心悄然为我忙活了这么久！

因在西藏挂职数载，内弟近来头发白了不少。年轻时，常为他那一头浓密的乌发称赏，现在看着他有些斑白的头发，感到非常心疼。我们都已年过半百，生命的痕迹像水从玻璃上流过，那是一种紧紧相依的感知与存在。内弟自少年到中年，心中一直有我，这次我的身体能很快恢复，离不开他的力挽狂澜。如说是他从生命线上将我救起，擦亮我后来的人生，亦不为过。

内弟上大学时，有个寒假过后，因买不上座位，他是站着从济南回东北的。多年过去了，每当想起此事，我周身都在战栗。一是心疼他，当年是怎么站了十几小时？二是自责，那时连买个座位的能力都没有！今年春节过后，我们从家中各自踏上归途，坐在快如流水、舒服至极的高铁上，又想起往事，禁不住给内弟写了两首诗。一是："通途千里如水流，高铁远胜绿皮笼。想起站着回东北，至今心中如纸皱。"二是："转眼已过三十秋，声名远播多业功。愿君再接与再厉，心系民生雁声留。"内弟从政多年，所到之处关心民生疾苦，所以有几句勉励语。

我很想写篇文章，题目是"假如世上没有风"。有时，我愿将内弟和我的关系以及他对我的好，比成春风化雨。试想，没有他的接纳、关爱和激励，就没有今天的我。像一棵禾苗，我需要风，他来风；我干渴，他下雨；我累了、厌了、倦了，他给我前行的动力。

也许在他觉得，这没有什么；但在我，却是内化于心的。

三

刚进大学，作为农民之子，我有些胆怯。不少同学生于城市，出身农村者不是家庭殷实富裕，就是还过得去。我则相形见绌，这从带的行李、穿衣戴帽就一目了然。那真叫一个"土"啊！

至今，还记得，我盖的被子相当单薄，冬天就必须将所有衣服盖在上面，还觉得脚冷。上衣是一件皱得不能再皱的绿军装，它小得几乎遮不住腰带，这还是姐夫当兵时穿过的，因穿了又穿、洗了又洗，已完全没了形状。脚上穿的是双破皮鞋，这还是上中学时家里破例为我买的，早已不成样子。其最明显的特点是，由于穿的时间太长，又不打鞋油，常被家人戏称为一双"绑"。所谓"绑"，即是农村用带毛的猪皮自做的鞋窝窝，因皮毛坚硬和不听使唤著称。当同宿舍的同学将自己的皮鞋擦得倍儿亮，西装革履笔挺挺走路，我这个农民之子就有些无地自容，一种自卑心理也会油然而生。

同宿舍共七人，其中两位家境很好，长得也很帅气，他们的生活像抹了油，使宿舍和教室都增色不少，有时简直可用光彩照人形容。记得，我上铺的同学，是名副其实的美男子，高个儿、身材匀称、皮肤白亮、眼睛颇有神采，尤其那一头乌黑的亮发闪着光芒。他经常洗头，用的是特殊的洗发膏，所以给房间留下满室余香。他还有把美丽的梳子，是胶皮上固定铁丝的那种。同学用梳子梳头，不论是中分还是左右分，头发都很顺溜，让我想起家乡山上绿油油的青草。最出彩的是，这位同学有一双非常漂亮的褐色高帮皮鞋，它被打得锃亮，他穿上它从教室前面走到后面座位上，一路的声音铿锵有力、节奏脆响，听来十分悦耳。更重要的是，这位美男子同学的学习成绩相当优秀，这令人更加佩服。相比之下，我辈就像一只漏气的球，不论穿戴、走路还是学习成绩，都甘拜下风。尤其是看过电影回到宿舍，同学总是议论纷纷。我发现，别的同学颇有见解，说得也非常在理，我则说不出个一二三，那时确实没有见解。如井底之蛙，来到大都市的我，眼界虽已打开，但更多是感到斑驳陆离，甚至有被光刺了眼似的眩晕。

后来发现，与我同室还有一位同学，他的穿戴并不比我好，尤其是脚上那双布鞋一下子给了我不少自信。加之，平时他在宿舍沉默寡言，脸也黑，毫无洋气可言，我断定其家境也不好。常言道：物以类聚，人以群分。随着我对他的关注，他也开始注意我，于是我们接触多起来，也常于饭后在校园里散步聊天。

我得知：他是临沂五连县人。父亲是小学教师，但身体不好，母亲多病，自己是长子，后面有妹妹、弟弟多人，其家境可想而知。一次，他给我讲了个故事，让我终生难忘。他说："母亲一旦不清醒，就往外跑。那天，母亲又离家出走，十多岁的我紧跟其后，但母亲跑得快，我跟不上，一边喊母亲，一边疯狂追赶，唯恐母亲离开视线。天越来越黑，母亲往山里跑，我奋不顾身追。不知经过多久，母亲实在跑不动了，我才追上她。更难做的是，将不省人事的母亲背回家，而将她放在背上站起来，就比登天还难。因为太小，母亲又沉，我跪在地上不知试了多少次，都没成功。"同学讲述这个故事时，泪流满面，目光充满恐惧与绝望，他接着说："折腾了一夜，自己一直没背起母亲。那时，荒山野岭，我害怕是其次，最担心母亲挣脱后再逃跑。"当听到这里，我的心一下子被抓住，对他产生说不出的疼惜，我们的距离一下接近了。甚而至于，原来我觉得自己在这个世界上最不幸，听了同学的陈述，才有所觉悟，他比我更苦。此时，同学长嘘出一口气："直到天蒙蒙亮，一个拾粪老人发现我们母子，帮我将母亲扶上背、站起来，我才将母亲背回家。"多少年过去了，我常想起同学叙述的这个画面，也没再问：他一个孩子最后是怎么将母亲背回家的？

最令我钦佩的是，这位同学有金不换的品质。他从未因贫寒困苦表现出丝毫自卑，对富裕同学更无半点仇视、嫉妒，而是像平端一碗水般对待每个人。因我们家境相当、志同道合，后来两人将有限的菜票和钱放在一起花。我们似乎知道彼此的心意，每当到食堂打饭菜，先去的那个总为对方打个好菜留着，自己吃差的。一次，未经我同意，他竟自己做主为我买来一双皮鞋，让我将那双"绑"换下来，他自己仍穿着那双布鞋。周末，我们常结伴而行，为了省钱，总是步行到济南市的书店、大观园、趵突泉、千佛山游玩，他都穿的是那双布鞋。济南的街道柳树纷披，在微风吹拂下，常作舞蹈状，

-97

也代表着我们青春的心境。此时，我分明能感到同学矫健的身姿、前后摆动的双手非常有力、被布鞋沙沙声带动是坚定步伐，还有我们的谈笑以及志在高远的坚定誓言。至今，36年过去了，这个画面仍被定格在我心灵的屏幕上，有着青翠的格调与明快的诗意。

1986年毕业后，他到我的家乡烟台工作。我则留在济南继续攻读硕士研究生，毕业后在济南工作四年，1993年考入北京，在中国社会科学院研究生院读博士，毕业后留在北京。表面看来，我们远隔千山万水，但友情从未间断过，仍像兄弟般亲近。仿佛是上天安排，他离我的家乡近了，还去过我村，见过我的哥哥、姐姐、弟弟，并给他们不少帮助。他的儿子也来北京读大学，毕业后留在北京工作。因我们的关系，双方的妻子也变得熟知，仿佛是一家人。值得一提的是，他毅力超群，学习非常专心用功，在大学时成绩优异，加上人缘极好，很快成为我班的班长。再后来，他的事业得到很大发展，成为一位优秀干部。

如检点我的工作成绩和成长历程，离不开这位同学的内动力。这既包括他的人格魅力，也离不开我们之间的深情厚谊，还有那种说不清的缘分。我一直相信前世今生之说，如果我们两人无缘，是断不会这样心心相印的。后来，他心直口快的妻子跟我很熟了，就这样开我的玩笑："兆胜，听说你俩关系好得不得了，是不是同性恋啊？"我笑答她："那不可能，我俩都是男子汉，都注重自我修养。但说我俩好得像一个人，那也不错。"现在，我们两个早年受苦的人，都找到一位好妻子，都有美满的家庭，这是需要真正感念的。

四

1982年，从蓬莱二中考入山东师范大学中文系的一共有四人，除了我，还有一男两女。男的姓柳，女的一姓丁，另一位女性姓戴。我与丁同班，柳与戴一个班，后来柳、戴成为夫妻，其中的缘分可谓深矣。

我们四人在节假日经常一起出游，去过大明湖，登过泰山，还在淄博实习过，所以留下很多照片和友情。那时，我们都很年轻，生命力旺盛，情感真挚，富有理想抱负，所以感情非常之好。至今还记得，我们去泰山，夜里在雨中披着雨衣偎依在一起，等待第二天看日出的情景；也记得，我们每年放假一起乘车回家的情状。还有，毕业后，我住在八里洼与丁姓女同学很近，常相往还的美好时光。淄博实习后，戴姓同学赠我两件礼物：一是黑色的陶瓷盘，上面有只褐色的牛，一朵翠鸟儿般的花朵；二是两只圆形的镇纸琉璃，上面有绿色饰品。数十年来，我自济南到北京，也搬过无数次家，这两件赠品都珍藏着。每次看到它们，都想起美好的四年大学时光，以及我们四人的友谊。

在此，我要特别说说这位柳姓男同学，他是另一班的班长，所以我总叫他柳班长。因我俩特能玩到一起，许多美好时光都是我俩营造的，青春与激情、现实与梦想、真诚与温暖，一直在我俩身上闪烁，即使现在快60岁了，也依然故我。

柳班长属于时髦潇洒、多才多艺、很招女孩子喜欢的那一类。大学期间，他最早穿喇叭裤，留自来卷长发，喜拉手风琴，尤其在女同学簇拥下，长发飘飘、一甩一甩将音乐奏得美妙动听。他还爱摄影，下晚自习后，一人在宿舍楼梯口的小暗屋里，捣鼓那些黑白照片。另外，他还愿意游玩，常去大明湖划船，与戴同学结为连理估计就是划船划到一起的。试想，那时的同班同学恋爱者少，最后能修成正果更少。他俩是我们中文系82级仅有的一对夫妻。

我与柳班长最契合的一点是好玩，即以不正经方式享受彼此快乐的感受。比如，晚自习后离睡觉还有好长一段时间，于是我俩就围着校园转，在操场上闲逛，天南海北胡吹乱说，有时连我们自己都感到离谱。那时，他喜欢抽烟，手指间老夹着支香烟，红光在夜间炽发，像我们的话题一样新鲜。一次，我们突发奇想，看能否在校园灌木丛中找到谈恋爱的男女，结果赶起好几对。白天，我俩还喜欢到校园外，坐在台阶上，看路上的车水马龙与人来人往，并发表自己的高见。有一回，我问："柳班长，你知道我看到飞驰的小汽车有何感想？"他看着我，摇头。我让他猜，他仍摇头。我就说："我多想用一种神力，只用两个指头——食指与中指，就可将那只得意洋洋的小汽车撬翻。"说完后，我还用手向他做示范动作。于是，我俩哈哈大笑，笑声中透出怪异与叛逆，也宣泄着青春的余力。现在想想，这一举动有些不健康，但也确实是那时的真实感受和自过嘴瘾的方式。记得，为了当律师，我们还练习嘴皮子，看谁能出口成章，说话像风卷残云一样。对俄罗斯文学中《一个官员之死》，我能以极快的速度背诵，语速之快匪夷所思，恐怕就要归功于青年时代我们的无聊与空洞。

　　有趣的是，我一直想从事书画创作和研究，做梦都想，然而，至今却被绊在文学的天地。柳班长正相反，当年他让我到他班给同学讲书法，别人都拿着毛笔蘸着墨汁认真跟我模仿，他却站得远远的，抱着双臂看热闹。可是，他从大学毕业应征入伍，到从旅长位子上复员转业，现在竟干起美术馆的领导，这岂不是个天大的笑话？后来，我跟他说："柳班长，当年你若跟我练书法，现在就派上用场了。"他回敬道："我后脑勺又没长眼睛，谁知道命运会这样跟我开玩笑？"不过，听说柳班长当上美术馆的领导后，夜以继日全身心投入工作，对书画艺术也渐渐喜爱起来。其实，柳班长非常聪明，干一行爱一行，到哪里都能跟人打成一片，将事业开拓创新出新天地。

　　我们俩都快退休了，平时因忙得不可开交，所以相见时难，只偶尔在微信上消遣一下。我一旦有好玩的视频，首先想到的就是柳班长，于是我俩的微信交流就变得妙趣横生。我与柳班长是属于能胡闹到一起，但不出格，又有意思的那种。只要我俩在一起，创造力就非常旺盛，有时可达到妙语连珠的地步，生命也因此生动灿烂起来，如枝条上那只颤动着翅膀的彩色蝴蝶。

前年回济南，我们四位老同学得以聚首。饭菜可口不说，满室的灯光与温馨气氛，似乎让整个空气浪漫起来。我们仿佛又回到往昔，那些青春岁月，有光、有色、有滋、有味，还带着难以言说的迷离以及遥不可及的五彩的梦幻。此时，我们的儿女都已长大成人，都到了我们曾经的年纪，许多语言似乎已经多余，剩下的只有无言的静默与倾听的美好。

五

姜同学不是我们年级的，他比我低一级，中文系83级，因书法同好，我们常在一起。看那时的青春照，他与我一样，带着羞涩，透着清纯，怀着美梦。转眼间，我们都不年轻，不过，时间的流水并未隔断我们的关联。

他毕业后到青岛，我则在济南生活和工作数载后，来到北京，一待又是26年。多少个日夜，我总禁不住想起这位挚友，一股暖流就会涌遍全身。在我的感觉中，我快乐，他也会欢笑；我忧愁，他也跟着伤怀。我送去鸿雁，他传来音讯；我默默不语，他就会挂怀。在这个世界上，似乎很早很久我们就已相识，我甚至内心有这样一种感觉：因为有他，我的人生变得充实与丰盈。

他虽是个山东大汉，但有女性的细致和温情。在我们的交往中，他总是为他人着想，最善解人意。因为我曾向他敞开心扉，几乎无所不谈；所以，他了解我的家事最多，也成为最理解我的那个人。提起我的兄弟和姐姐，那仿佛是他自己的，言语中充满关怀、亲切之感。前些年，家人不断出事，到北京看病就医难上加难。他那时在青岛医学院，知道情况后，就主动对我说："北京路途遥远，行动不便，你就让家人来青岛看病，这里有我呢，求医看病和住宿都不用你操心！"结果他主动与我家人联系，全程服务和照顾。这样的事不止一次，他从没厌烦过，更无怨言。对于我的感谢，他总是一笔带过："你和我，谁和谁呀！"

每次到青岛，他都在百忙中抽时间陪我，非常珍惜与我相处的时光。那种恋恋不舍让我感到非常温暖。一次，我的讲座拖了很长时间，夜已晚了，他与另几位同学一直在等着我。我对于他，也有着难以言说的留恋，相见时刻既珍贵又幸福。当然，不只是我，与他交往的人可能都有同感：他心胸开阔、心地善良、性格内敛、性情温润，是那种有水德的人。

他的记忆力超常，思绪缜密，令人百思不得其解。多少年过去了，至今提起我的家人，有的事情我都淡忘了，他还记忆犹新。像我的哥哥、姐姐的属相，弟弟的名字，父亲的脾气。还有我的一些朋友，包括82级两个班的人与事，他都能做到如数家珍。前几天，我写了篇文章，其中谈到上大学时，国家每月给我们师范大学的学生发放生活费22.5元。一个同班同学与我对证，说我错了，应是17.5元。无奈，我问姜同学，他这样回道："一共是21.5元。用于伙食17.5元，其他菜票11.4元，饭票35斤，70%细粮，6.1元伙食费是加工费。另外4元拿1元作班费，3元作助学金。助学金分三档，分别是4元、3元、2元。从1986年起，每人增加6元伙食补助。"后来，他又补充说："国家每月给每一位师范生21.5元，其中伙食费17.5元，以饭菜票方式发到手。另有4元灵活处理。83级是每人每月拿出1元作班费，另外3元根据家庭情况分三档。你们82级可能分了四档。"后向我班生活委员求证，她回复说："咱们刚入学时，每个人发17.5元饭票（包括菜票和粗细粮大米票），另外发2~5元现金补贴。王兆胜同学是5元补贴，所以总额就是22.5元。"两相比较，姜同学的记忆力多么不可思议啊！我只能由衷地感叹："厉害（在此，我将"害"字念成hei，而非通常说的hai）！"

不过，我这位师弟热爱书法，写一手米芾体，从其笔力雄健、金戈铁马、风姿绰约中，又可见其阳刚的一面。这是一般人不知道的，就如水一样，除了温润，还有另一种强力存矣！不过，这恐怕像太极功夫一样，那种发力点轻不示人，它内蕴于柔弱、平淡、和平之中。也如"十年磨一剑，霜刃不曾试"，不知这位老弟可曾显过雷霆之威？

我最欣赏其幽默，那种将什么都在一笑中化为乌有的智慧。他说话声调不高，未言先笑，语出惊人，似平地升起惊雷。他给我短信时，多称"兆兄秀嫂"，因我妻子的名字中有个"秀"，他与她很熟，所以这么叫。一次，他来短信说："昨天晚上83级几位同学小聚，有好几位还记得兆兄的小棉袄。"在此，"兆兄"是对我的简称，"小棉袄"是我读大学时穿的一件包不住屁股的棉衣。其中，诙谐幽默自然而出，也透出对我的关爱之情。另一次，我俩有如下的短信对话。他说："其实兆兄上学时给我印象最深的还是那件小棉袄。"我问他："哪件小棉袄，略用你彩笔形容之。"他回道："兆胜先生在山师求学期间，给人们留下印象较深的有以下几点：窄窄的脸上架着一副眼镜，镜片儿厚得不仔细瞅都看不清他的眼珠。走起路来略弓着背，走得很快，总像是在赶路。一年到头只换几件衣服，一件棉袄差不多能穿半年。印象中那是一件中式对襟小棉袄，深棕色，带有不太明显的图案，襻扣，衣身既短又瘦，也就是他那种瘦身板儿勉强穿得上。兆胜穿着这小棉袄，也不加一件外套，就这么急匆匆地在校园穿行。大学的几个冬春就这么过来了。"我的回信是："你记忆力超强，可惜我记不住小棉袄了，如留有照片，我一下就记起来。啊，小棉袄，可爱的小棉袄！"这样的交流很有意思，从中可见我们的幽默和知音之感。

在我们之间还有一种秘语，这在别人是没有的，也很难听懂。这样的欢乐不足为外人道。就像一个人能听懂人语，不一定懂得鸟兽虫鱼的话，更难理解花开花落甚至大地的心语。在我们之间流淌着一条不冻河，也是一种感应时令节气的心灵共鸣。比喻说，我们通电话，不是因为有事，可能正是无聊，至少是由于闲得慌了。所以，他会说："你今天看天花板了？"我就说："看到阳光照在上面。"他接话问："是直接照上的，还是玻璃反光？"我说："是水，是水盆里的水折射的。"他会继续问："不是水盆里的水，就不反光了？"

我说:"会的,但必须是水,是静止的、一平如镜的水。"他还紧追不舍:"到底是水,还是你的眼睛反光?"我会更怪异地问:"是在你眼睛里,我的眼睛反的水的光。"于是乎,我们哈哈大笑起来。问题的关键是,像《世说新语》里的人物,我们通话没什么正经事,只是打个哈哈就心满意足了。其中,我们在不经意间相互激发,竟能做到妙语横生,说出连自己都想不到的话,于是我们都陶醉在自我满足的快乐中。

有时总觉得,姜同学就是我的镜子,或者说我也是他的镜子。我们在相互映照中看到自己的形象。其间,无穷无尽的乐趣,有时在言语中,有时又在无言里。

六

长期以来,一直有件事困扰着我:人是生活在现实中,还是梦里?因为不少事似乎真实发生过,但又常令我生疑。

听村里老人说,有位老者沉溺于垂钓。一天,他心满意足坐在池塘边钓鱼,小孙子要坐在爷爷身边看,不允,他只能远站在爷爷身后看。爷爷以为孙子已离开,也不在意。突然,一条大鱼上钩,在高兴和激动之余,爷爷使劲往后一甩,结果不知道是用力过猛,还是鱼没上钩,爷爷空欢喜一场。然而,就在爷爷大失所望时,他听到身后一声惊叫,爷爷没钓着鱼,却将站在身后张大嘴,看爷爷钓鱼的孙子钩住了——空鱼钩挂到孙子嘴里,而且是嘴的深处。

这下可把爷爷吓得半死,在爷爷声嘶力竭的求救声中,村民纷纷拥来。大家你一言我一语，谁也没有办法。因地处偏僻山村，不要说远离医院，就是到了医院，孩子还不痛死？更何况，深入喉咙的鱼钩，医生有什么办法，大家毫无把握。

正当爷爷绝望，村民无计可施，有位女子推开人群，直到孩子身边。她看孩子的伤情，问明情况，不慌不忙道："快去找根竹竿，将中间捅开。"在众人的疑惑中，竹竿找来，女人将鱼杆取下，将鱼线从竹竿一端输入，慢慢放进孩子嘴中，然后抻直鱼线，再用力拉。钓钩被拉直，问题解决了。一村人鼓掌、欢呼、啸叫。

随着年岁增长，我越来越怀疑儿时听到的这个故事的真实性，或者根本就是梦中事？不过，不论其真实性如何，它都深嵌在我心里，成为一个关于智慧、女性、爱与美的故事。今天，我对女性感恩、崇拜，并深入研讨女性的智慧，离不开这个故事长久的影响和熏染。还有，当我爬上台阶或阶梯，总是心怀敬畏地回望大地与民间，这恐怕与乡村智慧女子的故事有关。她是我生命中那个人生智慧的开启者，也是一把密钥。

我总觉得，对一个人来说，知识是表面的，学问也不起决定作用，甚至思想也不像有人鼓吹的那么重要。我更看重情感与智慧，尤其是那些与生命相关的情、智、慧。在我的生命中，许多东西都可像扫尽落叶般不足珍视；然而，那些刻在心灵的约定却是永远的，就像留在记忆中那些稚嫩的童音和永恒的青春一样。

树木的德性

人与树木间具有天然的缘分：当人类没有进化还是猿猴的时候，他们就以树木为家，以树上的籽实果腹；今天人们住进主要由石块、钢筋和水泥构筑的房屋，他们同样也离不开树木的庇护衬托，更离不开家具木器的柔和、温暖与芬芳。四月的季节里生命的春意很大程度是树木带给我们的，原本萧条的树木此时长出光润的绿叶，也开放出各种颜色的花朵，以至于令人生疑：那树木之下是否深埋着绿色的宝石、红色的胭脂、紫色的玛瑙、黄色的金子和白色的雪花，否则怎能催生出这片片的美丽？而天寒地冻时节，家中的书架、木桌、木椅、木床以及木地板等都给人以平安、宁静和舒畅之感，这是石器和塑料制品永难比拟的。

我常心怀感激，长久注视着那些树木——它们一生很少离开土地而是安详从容地生长着。人类一向认为"树挪死，人动活"，以此说明：人不要像树木那样保守不动，而应该经常变动。如此这般，生命之水方能长流不息。如果从树木与人的区别看是有道理的；但从树木与人的沟通看，这一说法却值得怀疑，因为它蕴含着一个巨大的盲点，即人的异化。

在我看来，现代人的最大弊端不是动少，而是动多了，以至于今天一个主意，明天一个念头，甚至一天几个想法，于是人心不定，精神不宁，意志不坚，思想不深，顾此失彼，三心二意。如今的现代人，如同失了牵线在天空任意飞翔的风筝，连自己也不知道根在哪里，目的地在何方。而树木则不同，它除了不停地向上生长，向天空不断探询，还将根深扎于地，以汲取泉源养分。树木向上长出多高，也向地下扎根多深，这与只往上长而到一定年龄渐趋萎缩的人类大为不同。况且，树木还有矢志不移，心无旁骛、宁定守一的精神。如果人类在保持自己长处的同时，又能向树木学习，那么，他的思想境界就会大为不同。

迄今为止我仍不明白，树木生活的意义何在，它们春天开花，夏挡烈日，秋天结果，而更多的时候被人砍杀，去充当栋梁、桌椅床棺、书本原料以及燃料等，树木生下来似乎只是为了奉献。当我闲坐在路边和长椅上看空中的飞鸟，那些小生灵常到树上觅食、嬉戏、驻足，甚至筑巢，一种感触便会油然而生：树木真伟大啊！它是如此心胸开阔，慷慨大方，善良仁慈！当被弱小的生灵踩在脚下，树木不仅不生气愤怒，反而甘之如饴、快乐无限，因为从颤动枝头的欢乐舞动中可得证明。我想，如果自己化作飞鸟，也会感激树枝的，因为经过长途跋涉，又累又饿又渴又困，多么需要休息一下，补充体力精力，以应付前面更遥远更艰险的路途。某种程度上说，长途的飞鸟，它感激树枝远胜于大地。在这一点上，聪明的人类远不如树木：不要说为满足一己之私，人类间展开的生死争斗，就是为富不仁和拔一毛利天下而不为者，亦大有人在。有时，我看着身边的树木，不知树木是否也在看我，看熙来攘往的人类？如果树木有知，对于人类的躁动和自私将有何感想？

我还常被一棵棵老树深深打动，那是些怎样不同凡响的树啊！长寿得几乎如同人类的文明史，苍老中透出盎然的生机，秋风里以金黄的落叶铺地，寒冬腊月以赤裸之身与冰冷对峙。每当此时，对老树的敬仰之情，与老树相比的自惭形秽，就会充塞于我的胸间，不过，在我的生命中，许多动力、精神、同情与信心都来自老树，它们是我理解人生、人性和天地自然的名师。还有另一种奇怪的现象：一根同生数枝的树木，这些树枝能和平、和谐而又自在地生长，这比人类高明多了。为了权力、地位、财产、名声甚至什么都不为，人类即使是兄弟姐妹、师兄师弟，有多少人互相嫉妒、仇视，以至于相互残杀。曹丕和曹植兄弟以"七步诗"展开的争斗即是典型例子。一母所生和同门情谊，本该相互携手，共同抵御人生风霜雨雪，然而，恰恰相反，他们往往比别人更勇于争斗残杀。在此，人类反不如树木。一根同生数枝的树木，颇似翩翩起舞的花瓣，在阳光明媚中滋荣，在风雨飘摇中如潮如歌。

树木的家乡在森林，在人迹罕至的地方；树木喜爱集体生活，并注重同伴友爱，而人类却将之等距离栽种；树木性喜清洁宁静，人类却让它吸食尘埃；树木最爱自由，愿意沐浴清风明月，乐于和浮云流水为伴，人类却将它迁到都市，使它深受各种束缚。为此，我常为树木抱憾，也心怀感激。但从树木的角度看是怎样，我不得而知。但有一点可以肯定，那就是树木在许多方面远比人类高尚慈爱。张晓风曾在《行道树》中谈过树木的心情，可以帮助我们理解树木的精神。作者让"树"自己说："许多朋友都说我们是不该站在这里的，其实这一点，我们知道得比谁都清楚。我们的家在山上，在不见天日的原始森林里。而我们居然站在这儿，站在这双线道的马路边，这无疑是一种堕落。我们的同伴都在吸露，都在玩凉凉的云。而我们呢？我们唯一的装饰，正如你所见的，是一身抖不落的煤烟。""落雨的时分也许是我们最快乐的，雨水为我们带来故人的消息，在想象中又将我们带回那无忧的故林。我们就在雨里哭着，我们一直深爱着那里的生活——虽然我们放弃了它。""立在城市的飞尘里，我们是一列忧愁而又快乐的树。"

面对树木的精神境界，作为一向以聪明智慧自居的人类，还能说什么呢？我们只能对树木感恩戴德，多向树木学习，努力克服人类在所谓进步过程中出现的异化现象。

显与隐

时下，在社会、文坛和学界，都有一种风气在迅速滋长漫延，这就是争先恐后地"显露"自己，即所谓的"扬己"，甚至是自我"显摆"和"暴露"，有的还变成一种嗜好瘾癖。我们不说影视和文学中的"下半身写作"，只是电视主持人和嘉宾的表现就令人叹为观止：男子爱剃闪闪发光的"光头"，女士争相向大众"露乳"！作家和学者也以多多"上镜"为荣，一些无德、无才、无知、无耻之辈丢尽了嘴脸，一些有点学识者也不知进退荣耻。还有，作家一年如不出个长篇小说，就以为被文坛忘了，于是，他们有的数月即写就一个长篇。这是个不甘和难耐寂寞，人人争相表演的时代。

严格说来，在开放的时代大胆展示和张扬自我无可厚非。问题的关键是，我们张扬什么？是民族正气、美德、仁慈，还是世俗、无聊、低级趣味和污秽？中国古人有言："隐居以求其志，行己以达其道。"如果说"星光大道"电视节目让大家都来"露他一小手",还能靠模仿秀让无聊的国人娱乐一下;那么,像"红楼梦选秀"、某些导演的大片则是劳民伤财、误人子弟和滑天下之大稽!而"小沈阳"的春晚"火爆"则是国民审美情趣走低的表现!当"争献小技歌且吹"甚至"以丑为美"成为一种时尚,这是相当危险的。

我不是保守主义者,而是赞成和向往开放意识、进取精神、创新思维和表现主义,就像喜爱屈原、司马迁、孔子、诸葛亮、唐太宗、郑和、黄宗羲、鲁迅等人一样;但是,同时也强调"隐藏"的重要性,尤其反对没有前提、知止、耻辱的"显摆"和"暴露",更反对世俗、无聊、无耻的丑恶表演!因为"隐藏"不仅是一种德性,同时也包括了中国文化的智慧与大道!老子在《道德经·显德第十五》中说:"古之善为士者,微妙玄通,深不可识。"何谓"深不可识",即是指:"道德深远,不可识知,内视若盲,反听若聋,莫知所长。"所以他提出:"保此道者,不欲盈。夫唯不盈,故能蔽而新成。"孔子是个进取者,是个一直宣扬自己学说的人,但他仍然说:"君子不重,则不威;学则不固。""不患人之不己知,患不知人也。"说的也是"隐藏"和"内修"的重要性!庄子则在《列御寇·第三十二》中,借列子强调"韬光养晦",避免"光彩外现",成为一个俗人。其实,中国历史上的隐士多乎哉!功成身退的范蠡、张良是如此,出山实现宏志的诸葛亮也曾是"卧龙",还有陶渊明、林和靖、八大山人都是隐者。其实,知"隐藏"才能理解安定、丰足、蕴涵、快乐、福祉、智慧,才能与天地之德、之道同行。

钱穆在《晚学盲言》中说过："唯性乃存藏于内,欲则必发于外。故性可常,而欲必变。"何以如今人们唯"显露"是从,甚至童叟也争着"亮相"?一个字是"欲"之使然,是强烈的"功利心"在作怪!试想,一旦"火"了,一个普通大学教授即可成为千万富翁,一个普通二人转演员的出场费可翻百倍,一个孩子可从此入主演艺圈,一个老人可借"文化大师"之名到处骗钱,以世俗的眼光看,何乐而不为?但殊不知,这些"显露"者失去的是底蕴、底气、正气、宁静和人格操守,从而成为世俗生活的泡沫。中国古代有"伤仲永"的故事,一个天才少年因被父亲带着到处"显露",结果最后"江郎才尽"。今天,让子女争着"出名"的家长,是否想过仲永,是否知道"宝剑入鞘葆光"的道理?还有,写"博客"上瘾的作家要警惕:"不节制地挥霍文字,写作一定会变'滑'、变'差'、变'坏'。"

我主张:人生也好、文学也罢,都可以"表现",但要避免庸俗无聊,讲究境界和品位;同时,更要宁静致远、韬光养晦、甘于寂寞、厚积薄发。因为人生和文学,都是寂寞中事。

黑白情结

人类与这个世界沟通的方式有多种，像依靠形体、声音、色彩、气味都是，还有感觉和无意识，在我，色彩具有很大的魔力。当火红的朝阳从东方升起，当傍晚的红霞栖息西天，当烈火在炉中燃烧，当少女披上红绸的衣裳，甚至当孩子的笑脸像熟透的苹果、高粱一样红润，我的心中总是意气风发，大有"长风破浪会有时，直挂云帆济沧海"的豪情。此时，我知道自己是被青春与热情感染、点燃，一种对生命无限热爱和珍视的情绪在心中荡漾，有如大海中波涛涌动的潮水。还有黄色，这象征中国人和中国文化的色彩，它代表着成熟的绚烂，也寓含着丰富和饱满，还显示着生命从高峰滑向低谷的颤动，更深蕴着死亡之涅槃重生。黄色的龙袍是这样，山中的凤凰是这样，金黄的稻谷是这样，蟹肥菊黄和飘落的黄叶也是这样。不过，赤、橙、黄、绿、青、蓝、紫这七种颜色虽各有风采，但它们都离不开黑白两种基本底色，此所谓"绚烂之极归于平淡"是也,这也是我为什么一直更喜欢黑白两色的根本原因。

童年和少年时代,我唯独喜爱一个"白"字,至于为什么这样是说不清楚的。身在青山绿水之中,做农活累了,就躺在如海滩样绵软的黄土地上看天,欣赏栖在蓝天上的白云,那种洁白、轻灵和悠闲让我心醉。尤其令我着迷的是,有时白云还会幻化成各种形状,如羊、如狗、如鸡、如兔、如天鹅、如龙、如虎、如人,从那时起在一个孩子心中,天地自然神奇美妙而又神秘莫测的一粒种子就播撒下了。后来,我才知道,让白云飘飞、变幻的神奇之手是天宇中的"风",是风让白云长了翅膀,有了灵气和生命。也是风为山、为树、为村庄的烟囱和房顶披上了头巾和衣裳。还有,弥漫于北国天地间的白雾、寒霜和大雪也常常让我神往,并令人肃然起敬:原本清晰的山、树、庄稼、人,还有村庄都披上了白色的衣裳,一派素裹。在一个未成熟的心灵上,白雾、白霜、白雪无疑是来自天国,或来自仙境神府的美好使者,也是从那时起,我相信在人类生活的世界之外,还有一个独特的世界,那里是一尘不染的圣洁干静。

由白云、白雾、白霜、白雪开始,我渐渐偏爱与"白"相关的各种事物。比如棉花,为什么从黄土地和褐棉杆上能生出一朵如云般的"白"来,莫不是老天爷神奇的点化?记得每当暮秋初冬时节,妈妈就开始做一家八口人的棉衣棉被,她用的就是棉花。因为家里穷没有钱,所以棉衣被的内层是旧棉而外层是新棉。当时我不喜欢旧棉,而独喜欢新棉,因为旧棉黑而硬,而新棉白而软。当妈妈在铺有竹席的大炕上平展旧棉时,我就远远离开;而当开始展开新棉时,我就凑上来不停地摸索新棉。当时的妈妈还感到奇怪,她恐怕怎么也想象不到很小的儿子有着怎样的一颗内心,那种对于洁白、干净、平和、柔软和轻灵的棉花的感情。

今天,我崇尚纯洁、善良、温柔、和平、慈爱和逍遥,恐怕都离不开棉花的恩赐。有时,在天寒地冻的冬天,看着许多在冷风中瑟缩呻吟的树木和人,心里就会变得悲悯起来,眼中也会噙满泪水。这时,我会深深感谢辛勤劳动的那些人,也感谢为树木穿衣和为花根培土的那些人,我也会想起我身上的棉衣和床上的被褥中的棉花,以及它给我的温暖。棉花真如天使一样,它从遥远的天边飘然来到人间,默默地奉献出自己的纯洁与温暖。还有白天鹅,它洁净如瓷、姿态美妙、音韵动人、温顺仁慈、自由悠然,令人为之倾倒。这也是自神仙国度飞到人世美好的精灵,不管在草地上蹲卧,或是在水中游走,还是在天空翩翩起舞,它都不同凡俗,像天上的一朵朵白云。也可能是爱屋及乌,我还喜爱白纸、白衣、白器皿、白鸽和白棋子等,因为在它们身上我看到了我年轻的心灵和审美情趣。这可能是我自小就喜欢中国书法和围棋的原因吧。看到白色的宣纸和晶莹透亮的围棋子,我总忍不住用手去摸索它们,转瞬间心灵就被它们氤氲了一大片了,这种感受就如同自己的一颗冰心被温水慢慢融化一样。这时候我才开始理解了,当年的徐渭在遇到他人身穿素衣时,何以禁不住用毛笔在上面写字画画,因为在他的内心里,白之美占据了身心的全部,他要与之融为一体的。

相反,对于"黑"色,那时我是不喜欢甚至讨厌的。像天上的乌云和漫漫长夜,意味着狂风暴雨和黑暗,也意味着我必须待在家中,既不能欣赏自然界的万事万物,也不能与小朋友一起玩耍;像黑色的乌鸦预示着不祥和灾祸;像夜间飞翔的蝙蝠丑陋而令人生厌,也不寒而栗;还有黑洞、黑屋、黑猪、黑狗都让我恐惧。甚至在下围棋时,总喜执白而不爱执黑;而用毛笔写书法和画画时,虽有创造艺术生命的快感,但也常常有怜惜白纸的被污损的不快,因之也就难以做到游刃有余,自由自在。可以说,童年和少年是我"知白恨黑"的时代,也是眼中揉不得沙子的清纯时代。

离开梦一样的乡村,结束了纯粹自然的生活,来到都市并开始了大学生活,这就进入了我的青年时代。大学里,书本如山一样伫立在面前,老师用新知识的玉液琼浆润我心田,思想的枝叶和花朵开始冲出心灵的地面茂盛地生长和开放,还有爱情之火也悄然在心中燃烧,直到将梦想化为灰烬。这时候,黑暗不知不觉间让自己旋转甚至飞舞起来,我仿佛成了没有灯光也没有观众的戏台上不停表演的一个"舞者",在风声和泪水的包裹中忽起忽落。也是在此时,我爱上了鲁迅,这个在黑暗中呐喊和歌唱的思想家像黑夜中的灯火将我照亮了。鲁迅写过那个没有门窗将人窒息的黑屋子,也写过黑夜、地狱和影子。在《影的告别》中，鲁迅写过这样的话："人睡到不知道时候的时候，就会有影来告别。""我不过一个影，要别你而沉没在黑暗里了。然而黑暗又会吞没我，然而光明又会使我消失。然而我不愿彷徨于明暗之间，我不如在黑暗里沉没。""我将在黑暗中彷徨于无地。"这是将孤独者从彷徨于无地中引领出来的真声音，它最好地表达了我青春年代的心声。从那时起，我开始思考失败、孤独、苦难、虚无甚至绝望等问题，也渐渐喜爱与"黑"色有关的事物与意象，像黑夜、蝙蝠、影子、黑色棋子、墨、炭、盲人等。

以往只有在白日里才能感到人生的意趣，而黑夜则形同空无，甚至显得可怕。青年时的黑夜则是由无到有，由空到实，这就是说有时候"虚无乃是真正的实有"。在黑夜中，我不仅仅让思想自由地奋飞，充分体味自己的孤独寂寞，自己和历史的生命在时间的点滴中流逝，有如春蚕吞食着桑叶一样。此时才知道"少年不识愁滋味"，如今是"独上层楼望断天涯路"了。在无尽的夜晚，我还觉得虽然目力不及于物，耳朵听不到声音，但感觉却异常的敏锐，想象力也超常地生长起来。比如，在没有月亮和星星的夜里，整个的夜色就是一个少女的飘扬的长发，而我们就被包裹在其中，当第二天天明之时，黎明的金光就渐渐使黑发变白，于是年轻的少女也就成了老妪了。以往我是在白天中理解生命的青春；如今我开始体验到黑夜才是年轻的存在了。还有盲目者，以前我总认为他们的"空无"，此时我方感到他们的实有，那种在黑暗中内心的充实。因为他们看不见，所以才不至于"为五色所迷",这也是所谓的"能看见的倒迷惑,而看不见的却清醒"。据说,中国古代有个画家在墙壁上画了一条龙,但一直没给龙点上眼睛,因为如果如此,那么龙就会飞走了。这一天,听说画家要给龙画眼睛,人们应者云集要一睹画家高超的技能。结果,当画家用黑漆漆的墨汁为龙点上眼睛时,龙立即起而飞去。这是赞扬画家的点石成金的"神笔"的,而在我看来则是证明"黑"色的神韵的。还有人的眼睛,如果有"眼"无"珠",那也就不能明亮,"白"中有"黑"方能见出神采。还有人得出这样的结论:看人的眼睛是否明亮,即可分辨其"聪慧"与"愚钝"与否。

与"白"相比,"黑"色往往更为厚实、凝重、沉穆、内敛,有着饱满的力量,从根本的意义上讲也往往更为"明亮"。这也是为什么,有时一个女性衣着黑色,却显得英气逼人,耀人眼目。这也好比煤炭,它看似沉实愚讷,但却富有光焰和神采,因为它的心中有光明有热量。基于这样思想的改变,我渐渐不像以前那样对"黑色"抱有偏见甚至恐惧,而是愿意与之相亲和相守。在黑夜中,我获得了我的充实与宁静,我的心仿佛成为黑色夜空中的那轮弯月,在闪耀着泡沫的海上走自己的人生;听到乌鸦的叫声和看到蝙蝠的翻飞,我心态从容地感到了生命的存在和力量,这是一种"枯藤、古道、昏鸦"的意境和生命感受,也是"恶之花"所呈示给我的启示;用浓墨在宣纸上书写或执黑棋与白棋较量,我心情舒畅快乐,有如一条游龙在白云间出没,这是生命和艺术的自由闪现。

以这一思想和心灵的变化来反观以往对"白"色的痴迷,我有些愧颜,觉得那时是多么肤浅、平庸和世俗啊,这就好像在欣赏了眉间尺那样沉默有力的黑色大汉后,对以往喜爱的白面书生不屑一顾似的。

其实,"白"与"黑"是不可替代的,它们就如同一只手或一个铜钱的两个面,各有其价值意义,也好似白天与黑夜、男和女、阳和阴,二者是互为依存、相得益彰的。如果厚此薄彼,或相反,那都是没有真正理解宇宙的真相和生命的本意。这是近几年体会到的。比如,西方的素描或木刻艺术,非常注重明暗对比,有时为了显示"明亮",不是一味地凸显其明,而是用"黑暗"来映衬,从而达到黑者愈黑,而亮者越亮的效果,人与事的立体感也因此而产生。还有,黑亮的眸子,某种程度上说是因为有了白亮无瑕的眼球才更为明澈;宣纸上的墨色因为纸白更加充满神采;黑发与白丝相参方见出二者的分别,也表征着此人的年龄和生命状态,等等。

中国书画中常有"飞白书"和"计白当黑"的说法,就很好地说明了"白"与"黑"的辩证关系。本来是一笔墨黑,但因为其中有笔迹未至之处,即"留白",所以这个"白"却使"黑"更黑;而且这个"白"即是无言之黑,它的妙处甚至胜于有"黑",正所谓"此地无声胜有声"是也。同样的道理,欣赏一幅中国文人画,许多人只顾看有画部分,而不理解无画之处,即那些"留白"处,且不说它的存在正是一些实有,只说它的通气之功和空寂之美就不可或缺。这一点,在八大山人和齐白石的绘画中表现最为分明。还有"淡墨画",在浓墨中加入少许清水,墨是淡了,但其中的表现力更强了,趣味也更浓郁了。一枝淡墨竹子与荷花,其苍润、灵气和神采自是焦墨难以比拟。

以往人们理解围棋,更多是从胜负的竞技性来切入,于是白与黑双方就成为你死我活和誓不两立的对立面,殊不知,这样的求胜心和杀心太重必定不能取胜。其实,一个真正的高明棋手应该有这样的围棋思想:白黑双方就如同阳阴一样,各有其性,又互为依存,在二者构筑的世界中,最要者是谐和、均衡、自由与创造,这样即可不战而胜。如果没有一颗平常心,即使再高的棋艺也难取胜,更不要说使围棋达到化境。还有男女两性关系也是如此,如果说男性为"阳",女性为"阴",那么二者不是孰优孰劣,更不是一方非要压倒另一方,而是各尽其性,互相依存,取长补短,以达到一个完美的整体。所以,对于男性而言,阳刚过重而无阴性则必折损,而阳刚不足阴气太多则必异化;对于女性来说,过于柔弱而无阳气则必无英气,而阳刚多于阴柔则必为女强人或做河东狮吼了。

如果从自然、社会、伦理、道德等方面来理解"白"与"黑",那是非常清楚的,于是就有了"泾渭分明"、"明辨是非"、"澄清真伪"、"权衡利弊"和"判明得失"等必然结果。但在哲学、心理学和美学的意义上说,有时许多事物是不好评说的,比如"白"与"黑"即是如此。煤炭无疑是黑,但在光的照耀下它却闪亮发光,在燃烧中亦可以光照明;一个人在黑夜中是看不见东西的,但久而久之他却能练就一副在黑暗中辨物的明亮之眼;白天是明而黑夜是暮,但白发却是老态而青丝却是年轻;眼球为白而不能见物,可眼珠为黑却可见到光明。还有"塞翁失马,焉知非福"的寓言也是这样:塞翁失了马,邻居以为是失,可塞翁说未必,说不准是好事,结果确实如此,失马不仅回来,反而领回一匹更好的野马;当邻居向塞翁道喜时,他却又说未必是福,结果因儿子骑野马将腿跌断;当邻居又表示关怀时,哪知塞翁又说谁会说这不是好事呢,果然在征兵中别人有健儿不得不去前线当炮灰,唯塞翁子却得以保全。这个故事很有启示性:它告诉人们得失会互相转换的,固执于一点不及其余是不可取的。还有庄子的无是非观也是如此,从哲学的层面讲就是这样:有时"是"即为"非",而"非"也即为"是"的。

人到中年后,年轻时的许多看法都不知不觉间发生了变化:原来喜爱绚丽的春夏,一变而为平等地对待一年的四季;原来的风风火火你追我赶,一变而为从从容容和笑看世界人生;原来偏激甚至过于喜怒爱恨的心绪,一变而为中正平淡,原来常常被眼中的人事所动,一变而为随意于时间、生命的落花流水。

时至今日,在我的眼里,"黑"与"白"是这个世界上的两种基本色,而且它们又是"一而二"和"二而一"的东西。比如说,白天与黑夜是容易分别的,但二者交融和转换的时刻却说不清楚,而生命的形成与闪现往往也正在于此。所以,"白"与"黑"的情结是理解世界、人生和生命本质的一把钥匙。

知识的滋养与生命的丰盈

如深山石缝中的一粒种子，如无特殊机缘，我是不可能走出大山，进入都市尤其是北京这样的文化大都市的，更无可能由一个农民之子进入神圣的学术殿堂。我将改革开放比成东风，将高考制度比成移栽，将老师的培养比成哺育，将朋友家人的关爱比成阳光雨露，于是我这颗微不足道的种子才没被置弃，以至于晒干枯萎，而是被裹挟着进入大都市的文化圈，有了不断成长的机会与可能。转眼间四十年过去了，回首往事，在感慨之余，更多的是感恩——感恩那些让我知晓知识力量与精神价值的人与事，以及历史的沧桑与时代的机缘。

一、艰难的追梦之旅

人的出身就是个谜。我不知道有何理由，不同人出生在不同的国度、省市、城乡、家庭，因千差万别，也就有了不同的起点甚至命运。出身高贵者可能很难理解起于贫寒,一个人的辛苦劳顿几乎是命定的,像背负大壳的虫子,他很难有翻身机会。

1962年12月3日,我生于山东蓬莱县(现为蓬莱市)村里集公社(现为村里集镇)上王家村。这个小村离蓬莱仙阁虽只有80里,但却是典型的山区,是个被称为"南山"的封闭所在。直到80年代改革开放后很长一段时间,这里的交通还极其不便,不少女性仍穿大襟布扣衣服和绣花鞋。于是,纯朴古风中透出封闭、保守和落后。

我家是地地道道的农民,数代甚至十几代都在乡务农,过的日子就是面朝黄土背朝天,日复一日和年复一年。与土地为伍、像黄牛般在田里耕种,对我家来说是永恒的命运。我上面有三个哥哥、一个姐姐,他们虽然学习都好,但很快初中毕业都回家务农了。究其因,一是家里穷,需要他们回家干活以帮贴家用;二是由国家整个形势决定的,学习再好也没用,工农兵推荐上大学与他们毫不相干;三是身在农村,祖祖辈辈都是这样,何况他们又没什么理想抱负。

我身下还有个弟弟,所以我基本属于家中最不受重视的孩子。但与哥哥、姐姐、弟弟不同,自小我就不愿干农活,反倒对读书、学习充满兴趣。关于这一点,最直接的原因恐怕要归功于母亲。母亲识字不多,但非常敬重老师,喜欢文化人,她的理由很简单,那就是:识文断字和有文化的人才明理。她曾用一笔画出一个"鹅"字,内嵌"先生"一词,形象生动,仿若能够飞起来。这个意象对我影响很大,它让我对知识、文化、先生、鹅,以及天鹅都产生无比崇敬之情。母亲还有个特点,她不让我帮她干活。一旦帮她干家务,她就不高兴,还极不耐烦地说:"走、走、走,有空读书去,一个大男人老围着锅台、围着家转,会有什么出息?"而一旦我捧着书,哪怕不认真读,母亲见到也会喜笑颜开,那种欣慰和喜悦仿佛要满溢出来。因此,我的读书、爱书以及走上学术之路,最早的源头是母亲,是一个没多少文化的母亲对于知识、先生的向往之情。

二哥在家中最早与书结缘。在劳作之余,他常借书来读,尤其是沉溺于读小说。曾记得,他借读的小说有《渔岛怒潮》《高玉宝》《桐柏英雄》等,我都曾偷偷取来拜读过。因二哥担心借的书被弄脏或丢失,往往读完就藏起来,我要费半天时间才能找到,这就更激起我的阅读欲。直到今天仍忘不掉当时找书、渴读、担心、害怕的情景。还有,在乡下寂寞的长夜,在剥花生和玉米的困意中,二哥常给我和弟弟讲《三国演义》与《水浒传》等小说,这让我最早领略了小说的神奇与魅力。是二哥在不经意间点燃了我热爱文学的那盏"心灯"。

上小学前,母亲得了重病,于是,这个本来就一贫如洗的八口之家陷入了绝境。不过,家里有沉重的阴霾,它被深深刻在父母及哥姐脸上;家外却是阳光灿烂,是个快乐的天堂。尤其是在我上学读书后,有同学、玩伴特别是知识的滋养,家里的不快也就有了洗刷之处。由于学习一直名列前茅,所以走出大山、去见识外面的世界,就成为我的一个美梦。有时,我看到一望无际、平如地毯的山间麦浪,耸动鼻子尽情吸吮着麦子与大地散发的芬芳,就有一种希望油然升起:如果天地用一种神力将我托起,轻置于铺满金光的麦芒之上,然后,我就可以乘势而飞。也有时,躺在田间地头,看到绽放的棉花,与高天飘浮的白云相辉映,自己也仿佛化身成仙,随着棉花和白云一同飘到山外的世界。还有时,做梦也全是山外的人与事,变幻的色彩与故事,让我的人生一下子光彩照人起来。尤其是高考制度恢复后,不时听到有人考上大学的消息,走出大山的愿望就愈加强烈。

小学、初中有好几位老师对我产生过影响:王春雨老师写的一手好字,刘炳华老师有着母爱般的情怀,孙同茂老师常给我补习数学,这是我能继续升学的关键。1977年中考我取得了优异成绩,并有幸成为村里集中学刘有兴老师的学生。刘老师让我当班长,并给予我更多信任和期望。1978年我又考入全县仅有的两个重点中学之一的蓬莱二中,于是离高考成功只有一步之遥。那时,一个中学只有十几人或几十人能考上重点中学,我村只有我一人考中。然而,出乎意料的是,进入重点中学后,我的学习成绩一落千丈,仅半年时间就成为班里垫底的,最后在1979年高考时名落孙山,连个中专也没考上。后来,我又回到原来的村里集中学,班主任还是刘有兴老师。对我的高考失利,刘老师没另眼相看,反而关爱有加。1980年,我又没考中,刘有兴老师就劝我改考文科,并给我不少鼓励。今天,我有所醒悟:我的这个人生转折离不开刘有兴老师的指点,尤其是他像父亲般没嫌弃我,他的眼里满是关爱。还有我的家人,在我两次高考失败时,他们没有怨言、骂声,更多的是安慰与宽心。大哥还一如既往为我上学借钱,二哥、三哥、姐姐、弟弟都将省吃俭用下来的钱给我。母亲于1975年去世,姐姐给了我母亲样的关爱,她千叮咛万嘱咐,让我一定想开,不要做出傻事,像有的高考落榜者那样轻生自杀。父亲则默默承受我的失败与沮丧。

1981年我又连考不中,心情仿佛是掉进深潭的月亮,满是空洞与悲凉。此时,我遇到一位素不相识者,他看了我的成绩单,鼓励我重整旗鼓和再接再厉,并以言相激。他说:"我女儿高考成绩不错,但为考上名牌大学,她不想进一般大学,准备继续复读。"这话让我重获勇气和信心,回到蓬莱二中继续复读,并于1982年考上山东师范大学。这年,这位陌生人的女儿也大获成功,以全县第二名、蓬莱二中第一名的成绩考上中国人民大学,分数竟然比我高出30多分。今天看来,如无这位陌生人的关心与鼓励,很可能就没有我的高考成功,更不会有我后来的成长。值得提及的是,从认识我开始,这个陌生人与他妻子一直关心我,并给予我经济、心理、精神的帮助。这使我多年的冰冷、孤独之心得到温暖,对于世界人生和人性也有了新的认识与理解。有趣的是,这对夫妻后来成了我的岳父母,从此我与他们一家人有着更加紧密的关联与缘分。

高考制度为我这个农家子开启了宽阔之门，老师以神圣之手牵引着我的梦想与希望，家人是支撑我不断跨越障碍的有力支撑，陌生人用大爱给我以力量和信念。于是，我走过千山万水、度过无数劫难，实现了自我超越。如将高考前的路途比成攀崖，多少农家子在这条路上跌落，我最好的发小王有杰在连考不中后自杀身亡，而我则是这些攀登者中少有的幸运儿。

二、喜获生命的花开

当年，我大学志愿报考的是法律系，希望有朝一日能成为著名法官或律师：戴上假发、敲着镇木、以富有激情的辩论惊倒四座。为此，自己还在私下里反复练习口才。然而，事与愿违，我却被录到师范大学，而且是中文系。这种失望不亚于高考失利。不过，毕竟考上了大学，而且是全国重点大学，所以没实现当律师和法官的不快，很快就烟消云散了。

进入大学后，有三件事最让我惊异：一是学校每月发给生活费22.5元，基本是免费吃饭。这让我们这些师范生倍感安慰与喜悦，也对国家充满感恩之情。当走进学校食堂，看到可供选择的食物丰富多样，我一下子被惊呆了：自小到大，除过年过节，很少吃饱过肚子。一日三餐吃的都是让人烧心的红薯，节日吃的饺子也多是黑面的，这也是在高强度高考下营养不良导致成绩下滑的主因。而今，包子、饺子、馒头、米饭都是雪白的，油条如金子般灿烂，辣椒炒肉丝和水煮肉片令人垂涎欲滴。所有这些，我们都可自主选择，充分享用。所以，进大学食堂第一天，我仿佛进入梦境，也如入天堂，知道在那个落后偏僻的穷山村外，还有这样一个用美食铺就的辉煌道路。二是开学第一课，请的是古典文学庄维石老先生授课。此时，庄先生早已退休，但每年新生入学都要请他上一课，这是中文系的保留项目。当满头白发、清气矍铄的庄先生不带讲稿，古典诗词出口成章，我被其博雅和风采所震动。后来，这一形象一直成为我学习的榜样，也成为我为学生授课的典范。三是山丰海富的学校图书馆令我震撼，这让我想起小时候偷二哥借来的书贪读的情景，也成为我酷爱书籍、耽于阅读的开始。以后在北京图书馆、美国康奈尔大学图书馆等看到更多书，并充满热爱与沉溺其间，都与初入大学被其图书馆的书感动有关。大学仿佛是个滑冰场，它让我有了别样的感觉：穿上冰鞋，滑翔、旋转、舞动、跳跃，再加上山东师范大学的校园之美，这使我有了说不出来的欢愉，也得到了一种精神的慰藉与超越性。

大学期间有个两难选择：一方面，我是中文系学生会干部，为组织工作用去大量时间，在成就感之余又常有失落；另一方面，我想报考研究生，有一种强烈的继续深造的愿望。当时，我的师友、校友，也就是刘有兴老师之子刘同光来信，极力劝我考研，从而改变了我弃政从学的志趣。20世纪80年代初，考研并未成风，参考者不多，招生名额更少，成功率相当低。

加之考研者往往早有准备，我直到大三才下定决心。于是，我进入十分艰苦的备考状态：每天只睡五小时，除下午雷打不动的锻炼身体，全身心投入学习。以一个后起者的身份拼命向前追赶，我比高考前更努力，付出更多，最后竟考上朱德发教授的硕士研究生。这是一种弯道超车，在最短时间以最快速度，我在弯道越过很多人，成为那个胜利者。这次我不仅走上学术人生之路，而且重获自信。这是我后来不断进步、超越的关键。

可惜的是，我没能很好握住三年的硕士研究生学习机会。第一，我的兴趣太过广泛，书法、拳击、武术、围棋等都成为我的爱好，尤其是围棋用去我很多时间。像进入迷宫，我被围棋等爱好牵引，达到不能自拔的地步；第二，由于恋爱了，女友又在北京名校读研究生，往北京跑的时间较多，有时一放假我就急不可待乘车到北京。第三，也可能考研拼得太猛，一旦考上就松了劲，这让导师颇为不满。朱德发老师在我入学时，就给我提出非常明确的目标：三年时间，第一年打基础，第二年冲出山东，第三年走向全国。然而，两年过去了，我在专业上并无多少起色。好在最后一年我开始发力，很快将硕士论文写完，结果得到朱老师的充分肯定与赞扬。后来，我将硕士论文投到名刊《文学评论》，做梦也没想到竟有一节被发表出来。这让我兴奋不已，对于学术研究也增加了不少信心。

跟朱德发老师这三年，我受到的最大影响是学问人品的合一。从学术上说，朱老师十分勤奋，有积极进取的雄心，富于创新意识，尤其是对于前沿问题颇为敏感，这成为我之后学术研究的向度与准星。从人品上说，朱老师身体力行、甘为人梯、关心弟子，有父亲之风，甚至远超父亲对于儿子的关心。关于这点，不只是我一人，所有的朱门弟子多达百人都有同感。他时不时来电问寒问暖，常过问早已毕业的弟子的科研计划，对弟子的身体健康关怀备至，还不忘关心弟子的家人孩子。亲情因有血缘关系，其热爱之情多出于本能；老师与学生则并无血缘，却如火如光似灯，是靠精神的传承照亮学生内心，这种付出完全是一种高贵的精神品质，是天底下最伟大的奉献。在此，朱德发老师是个榜样，在三年时间及之后数十年里，他如太阳般将我的世界人生照亮，不论是白天还是暗夜。

硕士研究生毕业后的四年时间，我一直在济南工作。这样，夫妻两地的分居生活十分不便，也相当难熬。开始，我对北京并无兴趣，因它太大，又过于喧闹，还人生地不熟，而我在济南则分到两室一厅的新房。因此，在北京、济南两地的何去何从，让我大费周章，有难解的心结。当时，我有许多奇思异想，如放弃拥有的一切，做个自由人，只身到北京做个北漂。对我的想法，家人开始不同意，岳父建议我考博，但我兴趣不大，有点一意孤行。最后在我的坚持下，他还是做了让步，但提出：让我先考博，如实在考不上，再按自己意愿行事！我觉得岳父说得在理，就同意了。因我做事认真，经充分准备，最后考取中国社会科学院文学研究所林非先生的博士。于是，我的学术人生之路从此基本确立下来。

三、如沐春风化雨

如果说上大学是我人生的一级跳，跟朱德发老师读硕士是我的二级跳，跟林非先生读博士则是我人生的三级跳。刚到北京确有点茫然，这不仅指学业上的选择，也包括适应城市之变。比如，我刚进中国社会科学院时，考的是鲁迅研究专业，林非老师一直在此方面给我授课，我们拟好的博士论文题目是《鲁迅的潜意识心理研究》，进展也非常顺利。但林先生有所不知，在研究鲁迅尤其是其潜意识心理时，我一面从鲁迅那里获益匪浅，得到深刻的省思与批判意识，但也常有孤独虚妄之感，尤其是活得并不快乐，甚至有些消极悲观。仿佛整个人生被裹上厚厚的黑布，不要说夜晚，即使在太阳高照的白天也是如此。所以，读博于我既是一次质的飞越，也让我陷入难以排解和自拔的境遇。又如在济南，周边都是熟人和同学，到北京后则人生茫茫，尤其是在北京文化中人与人之间比较疏离与隔膜，这让我常感到有些透不过气来。

好在读博时我读了很多书，被知识的海洋深深吸引。又好在林非先生是美食家，常带弟子下馆子，我这个农民之子由此真正领略和享受到美食。是林老师让我从天下美食中得到体悟与提升，也让我感受了他的宽广视域、人生态度和人格魅力。不要说三年博士，我1996年博士毕业，至今已有二十多年,一直是由林老师和肖师母请学生吃饭,他们虽只有微薄的那点退休金。学生要请他们,却坚执不允!除非赶上教师节和老师过生日,他们才不再坚持。林先生的大方在学界也是出了名的,出版社出版他的著作,他竟几次都不要稿费,如出版社坚持,他就提出将钱捐献给希望工程。林老师还有个特点,除了学问、人情、音乐,把许多东西都看成身外物,没任何收藏之好。还有,林老师性格温和,在严肃认真的前提下,一直保持如水般的圆融通明,仿佛是面光亮的镜子,既照亮别人,更反观自己。朱德发老师对学生容易发火,这成为督促学生努力上进的动力;林非老师则从不发火,多年来没有批评过我。这倒不是因为我做得多好,而是林先生有着极大的包容心与忍耐力,以及待人处事的独特方式。林非先生更多的是以欣赏他人的态度待人,包括他的所有弟子。林先生经常表扬学生,在外人面前更对学生夸赞不已。以我的感觉,林先生对学生有些溺爱,我就是在林非先生的夸赞与溺爱中成长的。这让我改变了长期以来的定论:溺爱对于教育和孩子是有害的。我敢说,在整个学界,像林非先生这样欣赏和溺爱弟子的恐怕绝无仅有,至少是少见的。林非先生与肖风师母还有一个优秀品质,那就是纯粹。他们没有世俗的功利,对于文化、学问、文学、艺术和真善美是那样执着与向往,相反很少贪恋钱财和权力;他们彬彬有礼、温文尔雅、待人以诚、心地纯良,没有攻击性,更不势利和见风使舵,是青年朋友的良师益友;他们相亲相爱、相敬如宾,是真正的伉俪情深。每次过马路,他们总是相互扶携,是一道亮丽的风景线。在请饭时,肖师母总是斜挎钱包,也总是代替林老师张罗和提前付款,唯恐被学生抢了先机。在我的印象中,他们夫妇是心心相印的。这一年多,林先生住院,师母每天往返于家和医院,对于80多岁高龄的她来说,其辛苦可知!然而,林非老师和肖师母坚持不让学生去医院探望,处处为学生着想,这让弟子为之动容。今年,朱德发老师与世长辞,据他女儿讲,两年前已查出癌症,但除了女儿,朱老师没对任何人说过,包括他的众多弟子,而是一如既往、比以前更加努力地写作,直到今年春天他还写出关于郭沫若《女神》的长文。其实,在我的两位恩师身上,更多的是高风亮节,是一种如金不换的高贵品质。

  在准备博士论文的最后时刻,有一天,在林非先生家里,我终于鼓足勇气,说出自己想更改博士论文题目的想法。我这样说:"林老师,我想换个论文题目。"林老师不经意问我一句:"你怎么想的,我们准备和谈论了这么长时间,你想换什么题目?"在林先生认为,即使换题目,也不会逸出鲁迅研究。当我说想换林语堂的论文题目时,林先生非常惊奇,他张着嘴长久地看着我,仿佛是他做梦也没有想到的事。然后,他有些不信地问:"你说什么?"当确定无疑我想写林语堂的论文题目,林先生沉默了。此时,我将早已备好的较为详细的论文提纲给他,并表示:"林老师,这是我的提纲,您看看。如可行,我就换林语堂的论文题目。如不行,我还是做鲁迅的。"这在我有选择余地的语气中，显然透着坚定和执着。林先生当时只说了一句话："好吧，放在这里，我看看，再给你答复。"回到学校，我心有忐忑，但也安宁，因为我不认为老师会同意，只是一试而已，否则我今后会后悔。试想，哪个老师能让你改变专业方向，去写一个并不相干的论题，更何况林语堂是个边缘作家，一位当时在学界尚未被解禁的作家？但于我，是多么想做林语堂的研究论文啊！除了它将成为国内第一本关于林语堂的博士论文，主要因为我对林语堂更有感觉。如果说读鲁迅作品在有所得时，总有一种暗调和悲观袭上心头，读林语堂作品正相反，它让我有一种冲破乌云密布和重见天日之感，是在沉重大地上的一次飞升。换言之，读鲁迅更多的是压抑、痛苦、悲剧和阴冷感；读林语堂则如沐春风、其乐融融，有一种被温暖抚摸和阳光照亮的感觉。进而言之，读林语堂的作品如大光照临，亦似受了天启般地受用。

出乎我的意料，没过几天就接到林老师电话。他有些兴奋地说："兆胜，你的论文提纲我看了，我觉得可行，相信你一定能写好！我同意你改题目。什么时候来家里，咱们再详谈。"这让我喜出望外，高兴得难以自已。如果说，人生最快乐的莫过于出彩；那么，林先生让我更改论文题目一事，就是我人生最好的出彩。当冬去秋来，鲜花开放；当礼花在暗夜缓缓升起和绽放，那是一首诗，一首美轮美奂的诗。林非先生能让我更改论文题目，我将之视为人生中难得的一次生命绽放。这是因为：做林语堂的论文题目是我梦寐以求，也是发自内心的，这对于学术将会更有意义。还有，林非先生以难得的宽容与理解，为我打开了一扇学术人生的大门，也铺平我今后二十多年的林语堂研究之路。我的博士论文答辩主席、北京大学的严家炎教授给我的评语是："这或许标志着林语堂研究一个新阶段的到来。"当我的博士论文入选中国社会科学院"博士文库"丛书，林非先生更加高兴，并为我写了长序，对论文更给予高度赞扬和真诚鼓励。多年来，我写了百余篇关于林语堂的论文，出版十多部林语堂的研究著述，回想起来，都离不开林非先生当年那个"因"。如无他的宽容大度和高瞻远瞩，我如何能有研究之树上的果实累累，以及生命之花的绽放？

还有我的散文研究和散文创作。在研究林语堂之时，林非先生还希望我多研究散文，有时也动笔写写散文，这样才能不断开拓自己的研究视域，并有所实践和体悟。因此，除了研究林语堂，我在散文研究和创作上多有努力，至今已出版多本著作，发表论文百余篇。如果说林语堂研究是我的一只翅膀，散文研究和创作是我的另一只翅膀，二者合力才能使我飞得高远。今天，当我不断喜获丰收，成果不断推出，我就感念林非先生的指点和栽培：是他（还有师母）用辛苦的汗水与智慧，将我这棵并不成熟的小树培育成材。当我在各大学讲课，开始带博士研究生，我也有了自己的一片阴凉，让后来学子从中受益。其实，这都要推到之前的那个"因"——

林非老师、朱德发老师，还有那么多在我学术人生道路上的贵人。

今天，我已克服鲁迅研究以及长久以来的孤独寂寞与生命悲感，而获得了一种花开的美好感受。不过，我知道，这不能只归功于林语堂，也有鲁迅的巨大功劳。因为如无鲁迅的孤独寂寞和悲剧感，我就难以理解人生的真相，也就不可能进入林语堂的"一团矛盾"，更不能体会林语堂超越悲剧的努力与创造。学术人生是一个复杂的巨大涡流，它需要在不断旋转、缠绕中实现突破、超越，获得新的轮回。2003年至2010年是我人生的火焰山，两个哥哥、姐姐与父亲都先后离世，于是他们一下子抽走了我人生的希望。当了解这一情况后，我的两位恩师——朱德发先生和林非先生——都千方百计为我宽心和排解，这对我走出困境、重获信心相当重要。在此记下两位恩师在我最困苦时，所给予我的推力与支撑。

四、生命之蝶舞

常言道："四十不惑，五十知天命。"这几年，我对于学术、世界人生有了更多的认知和理解，内心也起了一种微妙但深刻的变化。这颇似太极，它让一个人获得知识的飞扬，也进入一个生命和精神的翔舞状态。我慢慢认识到，只知"知"是远远不够的，也不能只听"有声之声"，更不能无视落花流水以及境中花、水中月的意境。生命的超然有时只在一个"悟"字。

早年喜读激扬的文字，像梁启超的超拔俊逸、才华横溢，鲁迅的深刻峻急，尼采的怀疑精神和超人境界，甚至李敖与董桥的放任自流；中年喜爱孔子、庄子、屈原、李白、韩愈、徐渭、宗白华、林语堂、茨威格、纪伯伦的浪漫作品，因为其中有充沛的真挚感情与心灵奔放；近年来更喜欢普鲁斯特、托尔斯泰、老子、白居易、老年苏东坡、梁漱溟、钱穆、王鼎钧等人的作品。《追忆逝水年华》在一般人看来或许是平淡甚至絮叨的，在我看来却充满生命的低吟浅唱、轻歌曼舞，尤其是其中寓含的对于生命孤寂的悲而不伤。钱穆的学术人生是贯通在一起的，即使晚年双目失明，也仍保持对于学术人生的热度——那种不温不火的生命的感触与心会。我希望学术人生从高扬的调子上降下来，回归生命的常态，特别是知不足后的自信、微醺般的快乐、超然物外的自由。换言之，学术人生如何消解与幻化天地自然人生的悲剧感，进入一种生命的醒觉状态，在我看来是最重要的。这就好像生命的流水，一条河由原来的自高天而下，作为瀑布的奔放激扬固然是一种美，但经过长途跋涉到了入海处，一条河流就会舒缓下来，以一种命定的方式融入大海，其中有悲情，但却并不伤怀，而是一种由"有"到"无"、又从"无"到"有"的超然。其实，这种"无"本身是另一种"有"，因为在哪一天，这些海水就会化为水气、雾和雪花，向天空和大地飞扬、飘落，变成生命的真正喜悦与妙曼舞蹈。

我常喜欢将一些感悟写下来，从而形成一种连接我、心灵与世界的关系，也成为学术人生的法门。我写道："一个是人之道，一个是天地之道。二者可进行融通，真正的道并不孤独，道不远人。""要游于道，不能让道挡住人生之路。""人生一定要通达，有化解之功！写作本身就是一种蝶化的过程。生命是有分量的，有时很重，有时很轻，但关键在一颗心。""道之修行，不可太过执着，否则就会凝固。道如云，有山根在，但却潇洒自由，随心任性。似水流，有天地根，但随意赋形。""凡是被拘囿，不论是痛苦还是欢乐，前进抑或后退，乃至成败得失，都是失之于道！道如光如花，自然明灭凋零，亦如风，来去自如。""我平时多静心，听大地发出的声响，而不是人的喧嚣！一个智者，更多做一个静默的听者，一如一块山中的石头。""一块砖头无法与金砖相提并论，但因为砖块垒积的高楼却比金砖还有价值。世界的分别心是因为我们加上了个人判断，谁能保证我们的判断无误？这也是我说的对人对事对世界要包容、融合、喜悦、谦卑。如此，眼中所见多是美好与喜悦。"这些文字是学术与人生、心灵与世界碰撞后的落蕊。

由一般性读书，变成好好阅读生活和天地这本大书，是我近年来的心会。年轻时因爱好广泛确实耽误了不少美好时光，这曾让我后悔莫及。如今，我有了新的体悟：天底下无废物，天生我材必有用。所有的东西都含有道，都是不可或缺的，关键是能否悟得天地大道。如今，所有的爱好都有助于我的学术，反过来学术研究也都能升华我的人生，因此学术人生成为我的整个生命和生活的图式。比如书法，它的天地之道、忌俗、书法之正以及创新等,对我的学术研究都有帮助和启迪;围棋中有两只眼即可成活,这对于学术论文的选题、结构以及通透都有启发。围棋布局时的一个妙招,到了中盘和后盘很可能成为败笔,反之亦然。因此,学术研究是一个充满变数甚至神秘的过程,决非可简单进行预设甚至套用的。如有人曾问我研究林语堂有何心得,我说:"林语堂为文往往神龙见首不见尾,有时是神龙见尾不见首。如在《孤崖一枝花》一文中,整个文章的大部分与主旨无关,都是讲人工的艺术都不如自然的好。快到结尾才说,悬崖一枝花就是这样:你看它也开,不看也开,自然之美也。这让我想起韩愈的不少文章也是如此。基于此,我研究林语堂很少用概念和理论去套,那是形式主义研究,我称为广场太极舞,是一种没有生命参与的僵化研究。我研究林语堂重在心灵对语和灵魂贴近。"同理,好的太极一定不是广场太极拳,也不固定在哪家哪派哪式,而是一种融会贯通、广取众长后的创新。关于此,甚至连太极高手自己也不知道哪一招式会如何变化,关键是要有所创生。还有,当看到和真正理解了一滴水的力量,这不仅是指水滴石穿,更是它的坚韧与自足,我就会以之参透学问,进入新的境界。比如,学术研究除了观点创新,钢铁般的意志品质甚至充沛的体能都非常重要,这是保证一本书甚至一篇文章能尽善尽美的关键,这是水滴石穿和热锅中的一滴水可长久不灭所带给我的启示。一滴水微不足道,但其神秘的圆融的结构与无坚不摧的力道就是一种天地大道,以之入学问道必会使学术进入"化境"。

　　学术研究反过来也会助益人生，会锻造和淬炼人生。以读书为例，它看似简单，实则充满丰盈的内蕴。我将读书至少分为以下层次：精读枕边书、诵读快乐书、阅读专业书、浏览闲杂书、品尝趣味书、赏玩艺术书。比如，夜深人静、万籁俱静和孤独寂寞时，闻闻书香，翻翻书页，就会感到琴瑟和鸣，字迹是人生轨迹，那个余字只跟着一个句号占尽一行，这比人生还要孤独寂寞，但却那么的悠闲自适自足。因为一个字被所有字留在后面，与一个空洞的句号站在一起，相互扶拥。人生更多的时候何尝不是如此？否则何以会发出"得一知己足矣"的感叹？认识到这一本相，就不会变得孤独寂寞，反会获得某种醒觉与超然，这是悟道的关键。我常从学术研究中体会静心之妙，于是让自己感到八风不动、安定如山。通过学术锻造的心灵仿佛是面镜子，它外可映照天地外物，内可反观自己的身心，于是获得了一种少有的通彻明悟。读大学之后很长一段时间，我严重失眠，这为自己的人生投下难以言喻的阴影，也是一种无法形容的痛苦。然而，随着学术研究的推进，尤其是通过静心和体悟天地大道，我彻底治愈了失眠。如今，我找到了睡与醒的开关，也能体会到好的睡眠与美梦的意义，尤其是一种超越自我的人生的幸福感。如一个武林高手，我以丝绸为学术兵器，舞动着太极般的美妙人生。以往，我们总对"黄粱美梦"不以为然，甚至多有批评。其实，通过学术研究，我会获得一份理性和清醒："无"是这个世界人生的真相，而"有"只是暂时的，甚至是梦中事。理解了这一点，以"黄粱美梦"的方式过人生岂不充满智慧？否则就不可理解，何以古人认为：中国人的智慧在于：睡中睁一眼，醒时闭一眼。另外，在阅读和研究曾国藩的过程中，我发现如此著名人物竟在第七次才考中秀才，其父更是在第十七次才考中秀才。即使如此，曾父却改写了曾家五百年内无秀才的历史纪录，成为一个开拓者和创造者。这让我更加坚信：对比曾氏父子，我的四次落考又算得了什么？于是，多年压在心中的耻辱与重负一下子被挪开了，我进入一个逍遥自适的境界。

我藏书甚富，可谓"坐拥书城"。不要说从事学术研究，就是进入房间都会被我的书架与藏书震撼和熏染，那是一种难以形容的美好感受。我曾用"书的姿容"和"温润如玉"来形容它们，也会从中感受到古人所言的"书中自有黄金屋，书中自有颜与玉"确是真谛。有时，我被一本装帧素雅的书吸引；也有时，在阳光照耀下我用手细细抚摸那些纯实木书架，久而久之，书和书架都会光彩照人。这让人自觉不自觉生出这样的感喟：人生是如此的辉煌壮丽，它简直妙不可言，然而人生苦短，我们恨不能长生不死。我从喜爱杂学到挚爱杂项收藏，于是构筑起自己的"沐石斋"，一个以木与石为主的驳杂的"物"的世界。通过研究文学中的"物"、物性以及天地之道，我学会与"物"相处，也学会了"自己与自己玩"的人生方式，于是快乐与悠然、幸福与超然、自得与了然不期而至。

在觉醒中品评滋味

中国人力求在有限的人生中尽可能地摆脱各种各样的束缚，才能使自己的身心得到解脱和逍遥。在追忆与想望中超升。

淬火人生

人们常常将社会比成一个大熔炉,有价值的人生都要经过冶炼和锻造。不过,还有一个更重要的阶段不可忽略,那就是"淬火"。

"淬火"是指将冶炼得火红的钻子等,拿出来千锤百炼,然后再放在少许水中,令其尖端或锋芒受水,从而达到"淬化"之效。人生亦复如是,一个人虽经炼狱和挫折,但如果没有得到"淬火",他也只能停留在较低的层次,难成大器之才。"淬火"之于人生,犹如"画龙点睛"和"点石成金"一样,颇有事半功倍、妙笔生花之功。

才高气傲和目空一切者,往往多会受尽人生磨砺,有的还会命运多舛,其主要原因恐怕与他们不能"身处下位而虚其心"有关。大海因其身处下位,方能接纳百川,一个人也是如此:只有虚怀若谷,取人之长而补己之短,他才能逐渐变得博大、丰富和深邃。正所谓"满招损,谦受益","道冲,而用之或不盈。渊兮，似万物之宗"。（老子的《道德经》）我们很难想象，一个人身处高位而目空一切，百川能流向他那里！所以，人生要达到较高的境界，必须"虚心向学"，避免骄傲、狂妄、自大之弊。

"敬畏之心"也是淬火人生的一个重要方面。时下，人们往往我行我素，有的甚至丧失了原则和底线，更不要说还有人心中毫无"畏惧"了，其结果必然导致人生节节走低和失败的结局！其实，从某一方面说，人的潜力无可限量；但从根本上说，人应该对生活的世界，甚至一草一木都不能失去敬意！杀人放火、作恶多端和多行不义者必自毙，就是一些小事也常常能决定一个人命运的轨迹。比如，一个年轻人在车上不给老人、孕妇和儿童让座，这个老人很可能就是你未来的岳父母或公公婆婆、上司或同学朋友的父母，而孕妇和儿童又难保不是你朋友的姐妹兄弟？又如，你不加小心很可能被书页划破手指，一根草也会令你大翻筋斗，这都是因为不了解柔弱者力量之故！因之，一个经过"淬火"的人，他对于世界上的人、事、物，一定是心怀了敬畏之心的，犹如一平如镜的池水闪着平和温暖的光芒。

"平常心"是人生的一种化境，它对于人生的喜怒哀乐、成败得失、富贵贫贱和阴晴圆缺都看得开了，一如理解了日月星辰和春夏秋冬的转换一样。在现实生活中，不少人都难以冲破"富贵心"这张大网，不要说权贵、歌星和阔太，即使是一些作家、学者也在所难免！以女性的婚姻为例，许多人都以嫁入富门为荣，有的不惜做"老夫"之"少妻"，真可谓一种社会"奇观"！当年，林语堂博士最佩服《浮生六记》里的陈芸，说她有一颗"布衣饭菜，可乐终生"的"平常心"，所以令人崇尚。林语堂还说，他崇拜陈芸，不是对于"伟大者"而是对于"卑微者"。一个人有了一颗"平常心"，他就不会失了自我、自尊、自爱，更不会走向世俗、狂热、贪婪与无耻的境地。

"快乐之心"在现代社会是最难得的，因此也是弥足珍贵的。当子贡问："贫而无谄，富而无骄，何如？"孔子则回答他："可也，未若贫而乐，富而好礼者也。"一个"未若贫而乐"，直道出了"乐"的重要性！我们在都市里常看到这样的情景：在汹涌的人车之流中，一个农民工悠然地骑着一辆三轮车，后面坐着他的妻子，妻子怀里抱着孩子，一家人满脸喜悦，其乐融融！而更多的市民包括知识分子则形影匆匆、满面愁容！另据调查说，偏远农村农民的幸福指数，远高于大城市的市民。何以故，与对人生真义的理解直接有关，当人们不是将"快乐"和"幸福"，而是将"权"、"钱"、"名"等看成目的，实际上他们已失去了人生的航向。常言道："人活一世，草木一春。"所以，中国先哲早有"人生若梦"的说法。有价值的人生当然需要奋斗和拼搏，但不能只限于此，而是应该知道进与退、上与下、得与失、盈与亏等的辩证性，尤其不能忽略人生快乐与幸福的本质。只有当一个人真正理解了"快乐"之于人生的本体性意义，他才能有自由、丰实、幸福可言，才能超越世俗的云烟。

当然，这里所说的"快乐"并不只是物质的，也包括精神的，更是一种超越"今朝有酒今朝醉"的放浪生活，从而达到有节制和内敛式的精神境界，这是"淬火人生"的另一个维度。在"名利心"、"富贵心"和"虚荣心"的驱使下，不少人极容易陷入自我彰显、自我暴露、自我膨胀的泥淖，于是自我炒作、摇头摆尾、搔首弄姿、争献小技歌且吹！殊不知，人生一面需要"显露"，但更不能没有"隐藏"，所谓"韬光养晦"、"厚积薄发"和"十年磨一剑，霜刃未曾试"即是此理！某种意义上说，一个人只有理解□深意，他才能"守"住天地大道，才能"□根本。清代李密庵有一首"半字歌"，最好□显半隐"和"半露半藏"的生活哲学。他说：半之受用无边。半中岁月尽幽闲，半里乾□村舍，半山半水田园。半耕半读半经□，□雅半粗器具，半华半实庭轩。衾裳半素半轻鲜，肴馔半丰半俭。童仆半能半拙，妻儿半朴半贤。心情半佛半神仙，姓字半藏半显。一半还之天地，让将一半人间。半思后代与桑田，半想阎罗怎见。饮酒半酣正好，花开半时偏妍。帆张半扇免翻颠，马放半缰稳便。半少却饶滋味，半多反厌纠缠。百年苦乐半相参，会占便宜只半。"一个"半"字即是"淬火人生"的花朵在闪耀。

宁静与超然是"淬火人生"的定海神针。随着现代文化

—149

中"变革"、"创新"、"革命"等口号的提出一浪高过一浪，人们获得了一种"动"的力与美，但是，其负面作用也越来越明显。换言之，在"死水微澜"的社会文化中，确实需要一种突破性甚至革命性的力量，但完全不顾"常态"与"静一"的做法也是相当危险的。时至今日，"动文化"和"快文化"已成为中国乃至于人类的一个具有神话意义的向度，而"静"与"慢"则处于被忽略、批判和否定的状态，于是人心浮动、急功近利、患得患失、如坐针毡等成为现代文化的流行病。有人曾这样说：当一人受了不白之冤被投进监狱，而且没有止期；然而他却没有焦虑与苦恼，仍能宁定超然地度日，这样的人生没有任何困难能将他打倒！因为他心中有"大宁静"与"大超然"在，是超越了世俗云烟甚至超越了生命表相的一种人生智慧。就如大海中的孤岛，也像狂风中粗壮的树干，尽管波浪汹涌、飞沙走石、枝叶摇荡，可它们却巍然不动，宁静守一。

  博爱之心是"淬火人生"的一个法宝。当一个人仅从"一己"考虑，尤其只从"功利"的角度考虑，他也会获得一种巨大的力量；不过，这种力量总是有限的，也是很难更加深远地传达出去，为更多人所接受！真正伟大、永恒、高远、深切的人生境界是将自己与社会、人生、天地紧密相连，即有一颗"博爱之心"！换言之，大快乐与大幸福往往是人类社会与天地自然在自己身上的投影，也是自己用"心光"去照亮世界人生的暗影！任何自私自利或个人一己式的爱都是受到遮蔽的，一如蝙蝠永难飞出夜的黑暗。这也是为什么不少人在毫无报酬的情况下甘做志愿者，有很多收藏家将一生省吃俭用得来的藏品无私捐给国家，而比尔·盖茨这样的富商竟将自己的财富全部捐出，不给子孙留任何财产。这都是"博爱之心"的导引所致！当一个人能超越"一己之私"，他就会获得难以想象的力量，人生也就进入了一种化境。

"淬火人生"就如同"脱胎换骨"和"羽化登仙"一样，它能使人产生化学反应，发生质变，灵动和飞翔起来，达到高妙的境界。有人说：给我一个支点，我能撬动地球。同理，有了"淬火"，一个人一定会心存大道、超凡脱俗，获得真正的人生智慧。

苦中作乐

应该说,家庭、社会、自然有着无数的美好事物和感情,也正因为如此,人才感到生活中还有欢乐、有幸福,还有希望。但同时也应该承认,人生不如意者十有八九,这个世界除了歌声还有悲哭,除了爱还有恨,除了希望还有失望。当人们告别欢笑和愉快的童年和少年,走进成年,社会的矛盾便纷纷而来,有时像大山一般重压下来。随着知识的增多,社会阅历的丰富,以及认识能力的渐渐提高,加之不断而来的失败和挫折,人们会感到越来越沉重的压迫。那么,如何从这种重负中解放出来,不为环境所役,也不受自己所役,而成为一个自由人,让自己的生活过得轻松自如?这显然需要在逆境中克服压力的超拔精神。

在艰苦的境遇下要获得自由,首先要解决对逆境的认识问题。每个人命运的顺利与坎坷是不同的,有的人可能一生比较顺利,而有的人一生却比较艰辛,可这属于较为个别的事例。就好像天才与傻子都只占人口的极少数一样，一生绝对顺利和完全背时者恐怕难有，即使有也少之又少，而对大多数人来说，命运都是公平合理的，即成败、得失参半。只是他们成败、得失的时间场合可能有很大的差别罢了。在某人看来，别人总是成功者，而自己总是失败者，这一印象恐怕是由于他的错觉导致的，因为自己很少了解别人的挫折，却较多注重自己的挫折。

根据自然法则，阴和阳、圆与缺、成与败、得和失等都是对立统一而又相互转化的，它们不可能一成不变，守中存一。老子说："天之道，其犹张弓与？高者抑之，下者举之；有余者损之，不足者补之。天之道，损有余而补不足。"意思是说：天道自然法则，不就好像拉弓一样吗？弦位高了就压低它，弦位低了就抬高它；弦长了，就缩短它，弦短了，就补足它。天之道是减损多余而补充不足。就月亮来说，它的真正圆满也只有一二日而已，而余下的时日都是在圆与缺之间转换着。苏东坡曾写了一首词，其中就说到自然的变动消长和人生的变化无常。词中写道："人有悲欢离合，月有阴晴圆缺，此事古难全，但愿人长久，千里共婵娟。"人生的悲欢离合就像天上月亮的阴晴圆缺一样，是事物的必然。这件事自古就是如此，但愿人能长久，在千里之外也能相知相思，健康长在。

既然天地之"道"即是不满、逆境为多，而圆满和顺利为少，那么，人们就应该认识天理，将"不如意者事"看成是常态，而不是特例。换个角度说，如果圆满和顺利那么易得，我们的日常生活中就不需要各式各样的祝愿了。认识到这一点，人就会对逆境采取心安理得、从容不迫的态度，而不被其纠缠或束缚住。更何况，逆境可以锻造人的性格、意志与品质，可以为以后的人生铺平道路。古人说："故天将降大任于斯人也，必先苦其心志，劳其筋骨，饿其体肤，空乏其身。"就是说，对那些要成就大业的人来说，艰苦的挫折是必不可少的。你还指望"温室的花朵"能有多少作为，成就什么业绩？

如果从心理学的角度来说，"吃苦"也有着不可替代的价值和意义。举个简单例子，一个人如果从来没有吃过糖，而吃的总是苦果，那么，一旦有一天吃到了糖，他就会高兴极了，会感到人生太美好了，这个人生真是值得一过。甚至这块糖有可能成为他一生的信仰，即这个世界上不管如何艰苦，但总有一个美好的东西在等着他，只要努力，总有一天会如愿以偿的。相反，假如有一个人每天吃糖都吃得腻了，这时有人再给他一块糖，他很可能不以为然，体会不到这块糖的美好，更体会不到其价值和意义。此时，假如不给这个人糖而是给他苦果，其结果又会怎样呢？恐怕他会抱怨太苦了，甚至对这世界也会产生怀疑与仇视。他会觉得别人都是幸福如意的，只有他自己毫无快乐可言。这说明吃苦是幸福的一个必要前提和准备，中国古人说得好："吃得苦中苦，方为人上人。"

可以说，从根本上解决对逆境的认识，是人类摆脱人生和生命之束缚的基本前提，清楚了这一点，就会有明透圆通之感，就如同举其纲、张其目，提领而顿百毛皆顺所达到的效果一样。

其次要为自由而奋斗。就如同鱼的游动、鸟的飞翔一样，人也需要自由，需要按照自己的意愿和喜好生活，而不是受制于人，成为"奴隶"。这就是说，人在这个世界上要为自己的自由而努力，不得自由，就与盲目聋耳无异。然而，在这个世界上，人的自由处处受到束缚和限制，亲情、工作、友朋、恋爱、婚姻，以及衣、食、住、行等都会有不同程度的约束。一个追求自由的人就应该割断各种束缚，成为他自己。马尔腾曾坚决地说："不管待遇怎么丰，报酬怎样厚，地位怎样高，你千万不可从事于一种不容许你自由、光明地做事的事业，你不当让任何顾虑，钳制住你的舌头，购买去你的意见！你当将自由、自立，作为你的神圣不可侵犯的权利，而任何顾虑，都不能使你放弃之。"显然，这是一个自由宣言，表现出自由的价值，及其对个体生命的重大意义。现在有许多人苦恼于为了工作和金钱而不得不失去自由。如果人们了解了马尔腾的自由论点，是否会有所触动，是否会重新选择、重新设计自己的道路呢？因为自由是不可以用金钱买来的，却可以为金钱而出卖，以牺牲一生的自由为代价所造成的损失，恐怕是金钱无法补偿的。

其实，人之所需无多，关键是他能否甘于贫困、甘于寂寞。庄子说过："鹪鹩巢于深林，不过一枝；偃鼠饮河，不过满腹。"就是说，小鸟在深林中筑巢，只不过需要一个树杈；田鼠在河边饮水，只不过喝饱肚子。那么，人有什么必要去过多追求外在的物质呢？孔子在《论语》中说："饭蔬食饮水，曲肱而枕之，乐亦在其中矣。"意思是说：吃普通饭菜喝白水，弯着胳膊当枕头，其中也有无穷的乐趣呀。孔子的学生颜回的理想即是"一箪食，一瓢饮"足矣。看来，最关键的并不是物质的多少，而是如何对自由与物质进行协调和取舍。当然，甘于贫困和甘于寂寞有个前提，即在物质生活上达到最基本的满足，如果食不能饱腹，有家难以赡养，居无定所，甚至身无立锥之地，那就很难超脱了。这就必须先为生活之必需而奋斗。有了这一基本前提，才能考虑这样的问题：如何挣脱外部世界的束缚，不因家务、工作、人际关系等的缠绕而失去自由。

有时，人生的挫折不只是表现在物质生活得不到满足，杂事缠身，难得自由，还表现在生活或人生理想的重大变故上。和谐的生活被打破了，既定的道路和理想被摧毁了，有时甚至连生命也面临着严重的威胁，可以说，此时人处于绝望的境地。比如屈原，他在遭遇谗言、放逐时就是这样。然而，面对几于绝境的时候，不同的人却有着不同的生活态度：屈原、王国维、傅雷、老舍等人是采取非常激烈的自杀方式，以与自己的信仰一同毁灭来与这个世界对抗；而司马迁、苏东坡、梁漱溟、林语堂等则采取非对抗的苦中作乐的方式，以心灵的自由和不懈的工作与这个世界保持平衡。显然，前者过于沉溺于己身的悲郁和理想的破灭之中，后者则不为现实所拘囿，而是用心灵的自由去化解所有的束缚，具有一种超越意向。这就好像三月的阳光,它总是以其温暖的热度、微笑和自信去消融冰雪,从而带来"春江水暖鸭先知"的明媚春天。这样的人很少有什么东西能够摧毁他们,他们的心里可以担当泰山,可以跑马,可以渡船,因为他们的心胸和气量广大而深厚,他们对人生充满着永远无法磨灭的热爱。林语堂虽然看到了生命的悲剧性质,但与鲁迅不同的是,他与这个世界并不是采取一种悲剧的对抗方式,而是以无比的热爱笑看世界和人生,并且善而处之。所以,林语堂不管在生活中遇到何种不如意的事,他都能以达观和从容的态度生活着,他相信生命的意义就是这样:缺乏和不满足是正常的。在林语堂看来,能在这个世界上活着,本身就是一种福分,是上苍美好的赐予与厚待。值得注意的是,在生命的黄昏,看到年轻人的身姿和笑容,看到大地使草木发出绿芽,听到小鸟的呢喃和歌唱,林语堂总止不住老泪横流。对林语堂来说,最主要的还不是他对生命的感伤和悲惋,而是他太热爱这个世界和人生了。在《八十自叙》中,林语堂这样说:"生命,这个宝贵的生命太美了,我们恨不得长生不老。"

司马迁受宫刑之辱,这在中国古代算是灭顶之灾,几乎没有什么能比这更令人难堪的了。如果换成屈原,那他很可能悲愤比作《离骚》时更大,举动比投水自杀时更壮烈。司马迁却不然,他慢慢地接受了自己遭受的奇耻大辱,心情归于平静后,完成了中国历史上最为光辉的著作之一——《史记》。试想,如果司马迁意气用事,过于沉溺于己身的痛苦,心中缺乏忍耐与承受力，缺乏苦中作乐的审美理想，要从那样的黑暗与重压下解放自己，并创造出惊人的奇迹，那简直是不可想象的。

苏东坡是一个人生道路非常坎坷的人，他的辉煌与挫折共同构筑了他精彩的生命历程。这个生活在11世纪的中国智者，以其自身的历史抒写了一首首"宠辱皆外于我，唯有自由永存"的壮丽诗篇。撇开苏东坡的受宠不谈，我们只看他被放逐到荒僻之地儋州（在今海南省）时的情怀，就可以知道苏东坡是怎样一个自由人，是怎样一个苦中作乐的人。当时的海南岛还是蛮荒之地，不适合人类居住，更何况苏轼这样的京中翰林。那时的海南，夏天极其潮湿、闷热，秋天雾气很重，秋雨连绵不断，所有的东西都会发霉。苏轼的床柱上还长了许多白蚁。物质生活也极度贫乏，苏东坡说："此间食无肉，病无药，居无室，出无友，冬无炭，夏无寒泉，然亦未易悉数，大率皆无耳。惟有一幸，无甚瘴也。"对这位60岁的老人来说，这样艰苦的环境如何能够生存？更何况，这种放逐并无止期，很可能是他最后的死地。离开京城的繁华与富足，来到海南这个僻远之地，尽管吃得粗劣，水土不服，无朋无友，寂寞无聊，但苏东坡并没有悲观、厌世，也没有失去生活的乐趣与美好的理想，而是很快安定下来。

苏东坡给朋友写信表达了自己达观超然的生活态度和决心，他说："尚有此身，付与造物者，听其运转，流行坎止，无不可者，故人知之，免忧煎。"他给弟弟的信中说：我上可以陪玉皇大帝，下可以陪卑田院乞儿。在我眼中天下没有一个不是好人。须知，苏东坡的被贬、遭逐主要是因为奸人谗言，与屈原相近，但苏东坡远远不似屈原那样极尽痛骂之能事，而是认为天底下没有坏人，都是好人。这与他的佛家修为，与他受"性善"思想的影响不无关系。从中也可看出苏东坡的超人之处。这明显近于"道"的无是非观。其实，在这个世界上，人的是非善恶、高下曲直，往往都是相对的，所不同者是环境与修养有异。从自然法则来说，人都是这个世界上可怜的生物，都具有共同的悲剧性命运，人应该相携相助、共度人生才是。然而，那些所谓的"坏人"却不明此理，一味糊涂和遮蔽，这也不完全是他们之过。可能正是在此基点上，苏东坡才能解脱，不与害他的人（有的甚至是他的朋友、学生）计较。

在海南，苏东坡自己制墨，自己采药，自己盖房，同时，抄录了《唐书》《汉书》，注释《尚书》，编定《东坡志林》，考订药书，赋诗作词，等等。所取得的成就颇为不少。最有意思的是，苏东坡在杂记《辟谷之法》中提到"用食阳光充饥"的办法，他说："此法甚易知易行，然天下莫能知，知者莫能行者何？则虚一而静者世无有也。元符二年，儋耳米贵，吾方有绝粮之忧，欲与过子共行此法，故书以授之。"苏东坡这种苦中作乐的生活态度颇为难得，似乎这个世界上没有什么东西可以将他打倒，因为他是以"虚一而静"和"包容万有"的态度去生活的。守定而"一"，则既可得住"道"

中,又可超然"物"外,完全达到"逍遥游"的境界。

还有梁漱溟,在"文化大革命"中,他深受迫害,但他一面以"士可杀而不可辱"的态度对之,一面又以少有的忍耐、宁静、信念与外力、与命运抗争。他在此期间还坚持学术研究,他的许多著述都是被毁损后另起炉灶重新写成的,而在那时,他没有资料可供参照,只有凭借记忆,依靠平日的学养和积累。可以说,梁漱溟表现了与傅雷等人不同的坚忍和超然物外的生活态度。能够做到苦中作乐的人,与那些刚而不折的人不同,他们往往有"大道"作为基石,心有天地,见识高远,可辱可曲,以柔克刚,信仰不灭,生命不息。世界可以变幻,可以残酷,可以冰冷,但是,人心却能守静抱一,一心向善,温情可喜,达观从容。这种人生往往喜而不露得意之色,悲而不改心静乐观,成败胜负都一任天地自然的变化。可以说,如此人生已达到了不败不朽之大境界。要达到苦中作乐的境界,还有一种生活方式应该注意,那就是比较的方法。中国有句古话,人是无法比较的,"人比人得死"。但反过来说,如果一个人能正确地运用比较的方法,那么,他就会求得一种平衡与安宁。对有的人来说,他总是将自己的"失"与别人的"得"相比,将自己的"败"与他人的"成"比较,结果得出了这样的结论:谁都比自己顺利和幸福。从而产生了相当悲观的看法和生活态度。一方面,与比自己幸运的人比较,是为了虚其心,取人之长,补己之短。从此意义上说,孔子的话"三人行,必有我师矣"是对的。去掉嫉妒之心,一心向上,广结良师益友，取法其上，如此即可近朱者而赤了。另一方面，在许多事情上，又要与比自己运气差的人相比，这不是为了满足自己的虚荣心，而是增加自己的自信心。老子说过，天之道是损有余而补不足，而人之道则是相反，即损不足而补有余。李绅有两首《悯农》诗说得好，一首是："锄禾日当午，汗滴禾下土。谁知盘中餐，粒粒皆辛苦。"另一首是："春种一粒粟，秋收万颗子。四海无闲田，农夫犹饿死。"杜甫也说："朱门酒肉臭，路有冻死骨。"想想那些不务正业并用百姓的血汗养肥自己和家人的官僚政客，那些穷苦人真是天下最伟大的人，当然也是最可怜的人。想到此，我们还会与人比富吗？还会感到自己是苦不可忍吗？其实，真正苦难的还是那些日出而作、日落而息的农民，他们用血汗养活了天底下的一切人，而他们所得却微乎其微。因此，一个良心未泯的人应该更多地为老百姓想想，为他们造福。只要想想天底下的百姓，对一个受过良好教育的人来说，他的那点苦楚又算得了什么？有时，这种比较还可以推演到与天地间的其他事物相比。比如，耕牛的一生是永无休止地拖犁拉套，驼骡的一生则永远是驮负和载重，它们比起人类更是痛苦不堪，身受劳役。还有鸡、狗、猪、鸭、鱼、鸟等，总是被人随意宰割。这些动物好像天生就是为人而存活着的。还有这个地球，它要负累多少山川、河海、建筑、树林和人类……想到这些，人就应该感到庆幸，感到幸福。虽然现在有不少人良心丧尽，不以人为人，但是毕竟作为人类在这个世界上生活还是一种幸运。何时人类能够摆脱人本主义观念的束缚，站在自然本位的角度思考人类与世界万物的发展和命运，人和其他动物才能有慢慢解脱苦难的可能。

  在对科学和物质崇拜的今天，人类似乎越来越深地陷入受难和异化之中，人类正在加速自我毁灭的进程。从此意义上说，人类似乎面临着一个不可解决的悲剧。在这种人类无法改变的"竞争"之中，作为人类中的清醒者，只有确立苦中作乐的生活态度，力求在有限的人生中尽可能地摆脱各种各样的束缚，才能使自己的身心得到解脱和逍遥。这可能是现今人力所能做到的唯一事情吧！

"米"的世界

我们生活的世界复杂多样,许多方面往往都超出我们的想象。

宇宙浩瀚无垠,地球在它的怀中小得可怜,沧海一粟都算不上。另一面,地球又以其博大养育了无数生灵,在它面前许多东西都可忽略不计,比如一粒"米"。

即使与桃李西瓜等许多东西比,一粒"米"也小得不足挂齿;但不能否认,"米"也有一个世界,有不为人知的博大。

"米"虽小,它的世界却很大,特别是功用。如让人自由选择,"只取其一",更多人恐怕会毫不犹豫选择"米",其次是"水",而不是瓜果蔬菜,更不是金银财宝和绫罗绸缎,因为没人愿意饿死。

少年时光我挨过饿,"米"变得金贵,不得不以红薯为食。后来,国富民丰,粮食充足,但从不敢浪费,一粒"米"掉到饭桌上,哪怕落到地上,也捡起来吃掉。在困难年月,一粒米就是一块金子,是与生命息息相关的。

不过,"米"之于我,又有更丰富的内涵,也有深入骨髓的永恒记忆,还有难以形容的美好想象。就像春天到来,被染绿的柳树在春风中漫舞,总让人感到一种难以形容的优雅与沉醉。

童年时,家中无"米",但生产队的场院里,谷米堆积如山。单个的米粒虽小,但在一个童子心中却生出惊奇与感叹:原来,"小"也可以变"大",一粒粒"米"堆积起来也能成"山"。后来,在读书和成长过程中,看到"日积月累"、"积小成多"、"积羽沉舟"、"集腋成裘",特别是老子所说的,"合抱之木,生于毫末;九层之台,起于垒土;千里之行,始于足下",我对"米"就充满敬意,再也不敢瞧不起它,包括那些"小"的事物。

家乡盛产玉米,其工程浩大而有趣。不要说从种到收,就是待玉米熟了,从硕大的玉米棒子上剥下碎金般的米粒,就是一种辛苦的享受。金黄的玉米粒牙齿般整齐排列,我们的小手将它们一排排剥下,如水般哗啦啦落下。聚在一起的玉米粒,像个庞大的家族,充满生机活力。为了省力,父母和哥哥姐姐还教我用剥剩下来的玉米核做工具,将玉米粒从棒子上剥下,工作效率大增,这是"借力打力"的较早实践。在磨坊粉碎玉米,看到金黄的米粒变成温柔的细面,在清香四溢中又有一种痛惜,似乎能听到玉米在高压碾磨后发出的哀鸣,此时的心怀为之震动。那时,偶能吃到玉米面饼或年糕,也充满复杂的滋味。一面是清新可口的甜美与享受，一面是将完整的玉米粒经过磨、压、蒸、咬后，成为口腹之物，于是，就对玉米生出不忍与感怀。

大米非故乡物产，童年少年时，见得少，吃得更少。只偶尔过年，不知家父从哪里弄来一小碗。那时，我吃大米为次，主要被其形状震撼。一是"小"，大米虽有"大"字，但比玉米"小"得多。二是"白"，它晶莹剔透的色泽仿佛装着一个透明的灵魂，它既能被我们这些孩子的眼睛看透，本身就是一个能看透孩子心事的明眸。后来，长大成人，看到"和田玉"，我第一个想到的就是"大米"，那温润的白就是一粒粒和田籽玉，是高级的羊脂白。相反，"玉米"中虽有"玉"，其色泽更像"黄金"。当大米被蒸成米饭，那个香气、透亮、晶莹、柔软，可谓入口即化、沁人心脾，无需吃菜而只干吃，就有一种说不出的满足与幸福。此时，我也知道，由大米变为米饭，它所经历的艰辛与苦痛，最后是用精气与灵性滋补我们的身心。还有泰国香米，它的形状让人心酸，瘦弱得失了普通大米的丰腴；然而，却有着令人销魂的香气浓郁和美感享受。它仿佛带了佛性，一下子将我的心性带到一个顿悟和超然的境地。

花生米也是一种"米"，在我家乡广为种植，我对它特别熟悉。开始，花生还未长成，轻轻一剥就开了，花生米像被水泡过，有点白，脆生生，吃起来别有味道，是初解了人生的滋味；当花生成熟，变得较难剥开，用指甲费劲打开，里面的花生米满而实、坚而脆、甜而香，可咀嚼得满口生津，加上我们童子的笑意，画家可画出一幅"快乐图"；当花生晒干，花生米从皮壳中剥出，在一声脆响中，紫红色的仁儿活蹦乱跳脱颖而出，嚼在嘴里干爽有劲、其乐无穷；用花生油炒花生米，是男人颇为喜爱的下酒小菜。略加点盐，让火候正好，稍凉一回儿，花生米在嘴里咀嚼，脆响中有无穷的韵味。不过，在满足中，也常从花生米的角度浮想联翩：为什么花生米不能摆脱被"咀嚼"的命运？本来完好的花生米，安安稳稳躲藏在硬壳里，却被剥开、取出，然后在滚烫的水和油中煮炒，再被"咀嚼"？读大学时，当我读到曹植的"煮豆燃豆萁"七步诗，怦然心动和情不自禁想起花生：用花生秆和叶子作燃料，花生油烹炒花生米。于是，心灵就会变得无限柔软，有一种说不出的感恩油然而生。还记得，童年时，村里有个榨油坊，我常去那里玩，看到整个榨油过程，特别是花生米怎样被挤压，最后变成花生油的艰辛。那些赤身裸体的油工，是一点点将油从花生米身上压榨出来的，在吆喝声、吱呀声中，我能听到有一种痛苦的声音。当油工将一把花生渣或一块花生饼送给我，我在大快朵颐时，总忍不住为那些花生米惋惜和流泪。

最让我感动和深思的是小米。在"米"的世界中，"小米"可能最小，也最柔弱，看它的身型，就有一种说不出的"悲"从中来。像娇小的弱女子，一见之下就会生出怜惜。还有小米的黄色，那是从大地深处幻化出来的精魂，一种让人心安和愉悦的存在。当秋天到来，凉风习习，万物萧条，我能感到"小米"的意境；当严寒到来，寒风瑟瑟，冬夜的小米粥在叙说着温情；当生病了，别的什么都吃不下，唯有小米粥上面漂浮的一层淡黄的色泽，能提起食欲、增加底气、活化生命。我家乡产的小米极少，只会在庄稼地边或一角种一点，俗称"谷子"。当谷子长成，它会像年轻姑娘的长辫子般粗壮，那是难忘的风景：头低得很低，沉实得有点沉重，风吹过，连带着周身的枯叶，边摇晃边发出秋声。此时，我会特别感动于一年的收成，体会谷子做的美梦。

在农村，只有妇女生孩子或有贵客来，家人才会做一碗小米饭煮鸡蛋，那时的我无缘品尝，只从味道和色泽就能感到人间的美妙：生命就在这种不自觉的转换中升华，一种难以言说的悲喜交集在心头荡漾。后来，有亲戚朋友寄来山西和陕西小米，这让我感到天下的"小米"何其伟大：那种黄得有点深沉的色泽，加上美妙动人的包装，它养育了多少中华儿女和天地之子，也用自己的柔弱诠释了难以言喻的神秘。

后来，我到中国大西北，特别是站在敦煌鸣沙山前，那细如尘土的沙粒让我突然想到"小米"：细沙虽不能吃，但与小米何其相似，那种柔软得近乎于无的"微细"与"柔弱"，从内心深处激起我们的怜惜、悲悯与感恩。换言之，"细沙"何尝不是天地的"小米"，它以一种哲学精神和宗教情怀一直在普度着众生。

"米"字很神奇，它由一个"十字"加四个不同方向的

"点"组成；如果旋转起来，那就是一横之上有三个"点"；将它看成八个"点"也未尝不可。另外，米字略加修饰，就会变得更加生动起来，从而成为"迷"、"谜"、"眯"、"咪"、"糜"、"靡"、"醚"等。比如说，糜米，据《辞海》解，它又称"糜子"，是一种不黏的黍类，与软糜米的"黍子"不同。由此可见，"米"字表面看来简单，其实并不简单，用妙趣横生和妙不可言来形容亦不为过。

中国历史上有个著名的书法家叫米芾，又称米南宫，其"米家山水"画法名气很大，影响深远。中国新疆有个"米泉市"，常牵引着我的思绪。作家张晓风有篇文章的题目叫"米泉"，她表示："在米上打个孔，酒就会流出来。"中国的度量衡往往以"米"为单位，一米等于三尺，又相当于一百厘米。有人说，之所以如此，那与中国人对"米"的喜爱和崇尚有关。

不过，到底需要用多少颗米粒才能摆成一米的长度，我们不得而知。

有心人如有时间，不妨试试，在一米中到底能摆上多少粒"小米"？

酒中的仙气儿

一

最早接触"酒",我还是个孩子。那时,我的家乡山东蓬莱产一种地方名酒,叫"醉八仙"。

早就听过"八仙过海"的故事,看到酒瓶上的八仙人物,总感到有一股"仙气儿"能从酒瓶中走出来,特别是当大人打开瓶盖,将酒倒入碗中的时候。

于是,我连"醉八仙"、蓬莱阁、酒是一同喜欢上了。

二

我村有三位称得上"酒仙"级的人物,他们常喝"醉八仙"。

一位是我同学的爸爸。他平时和蔼可亲,笑容可掬,一喝上酒就云遮雾罩,向我们这些孩子叙说仙国之事。最精彩的是他鼻子上的一点红,那特别的"亮"点表明,他离成仙不远了。

第二位是一个说书人。不喝酒时,他是怎么也不会张口的,一旦喝了"醉八仙",特别是喝得恰到好处,就会来到村里的聚场——一个叫大石马的地方说书,像《封神榜》《说岳全传》《聊斋》《桐柏英雄》就会绘声绘色从他那两片薄嘴唇中流出,有时伴着酒气和口水。此时,他仿佛中了魔似的讲着,将一个村子的精、气、神都点醒了。

第三位是我父亲。他一天一瓶"醉八仙",从早到晚喝的是仰脖子酒,不加菜,连花生米也不吃。不过,父亲很少醉,喝得多了,会往炕上一歪,打起深沉的呼噜,有时,还伴着长吁长叹,从这里我似乎能听出父亲的快乐与伤感。上大学后,假期回家,我总给父亲带瓶好酒,但他总说不如"醉八仙"。此时,我发现父亲喝过的酒瓶子随手扔了一地,有立有卧,看来被喝光酒的空瓶子也会醉倒,透出了仙气儿。

那一年,我登蓬莱阁,在八仙曾喝酒用过的石桌前坐了一回儿,又到悬崖边北望大海,在碧空无云中有清风仙气扑面而来。此时,我才体会到"醉八仙"是与仙岛、大海以及海市蜃楼连在一起的。

我第一次感到,自己虽没喝"醉八仙",但仿佛已经醉了,有些飘飘然起来,也实实在在感到,周身被一股仙气儿灌注。

三

后来,我品尝过"醉八仙",但并没感到有多少仙气儿。真正有一种灵气,是我第一次喝醉的时候。

那是第一次到岳父母家,正好赶上过春节。欢乐的气氛让我们青春的心有些荡漾,特别是内弟在欢乐的气氛中有些寂寥。于是，他提出与我一起喝酒。

我一听也有些跃跃欲试，就说："行啊，喝着玩吧！"

在一旁的岳父酒量不行，就劝阻说："你们俩算了，好好说说话不成吗？"

内弟就说："爸，你别管。大哥能喝着呢！喜庆日子，多难得，不喝点酒，多没意思。"

我知道内弟的酒量有限，喝杯红酒脸就红，他要与我对喝，我根本不介意。

我问内弟怎么喝，他说："听大哥——您的。"

我说，那这样喝："你喝红的，我喝白的。"

内弟说："我喝两杯红的，你喝一杯白的？"

我信心满满说："咱俩一人一杯，我决不占你的便宜。"

内弟神秘一笑说："这可是大哥你自己说的，不要后悔啊！"

我补充道："君子一言，驷马难追。"

就这样，我俩开始喝起来。我先喝了四两汾酒，后来内弟建议换酒，于是我就改喝董酒。

喝了二两董酒，我突然发现，内弟不仅没醉，反而却越战越勇，尽管他面红耳赤。

此时，我感到不适，再喝就醉了，便提出到此为止。

没想到，内弟跟我认真起来："大哥，好汉可是一言九鼎啊！继续发扬革命精神。"

又喝了二两董酒，我就什么都不知道，醉了。

这一醉，我作了个逍遥游，天南海北、上天入地、知与不知。

自己似乎变成一缕游丝,还游到蓬莱阁,最后进入"醉八仙"中睡着了,只是感到这个葫芦似的酒瓶子太狭窄了。

经过一天一夜酣睡,醒来时,岳母为我煮好的小米粥,我仿佛变成那个做过黄粱美梦的卢生。

后来,妻子告诉我,内弟是一边喝酒,一边出去呕吐,再回来与我一比高下。

我找内弟讨说法,他跟我嬉皮笑脸道:"大过节的,陪不好姐夫,是我失职。"

四

后来,我又醉过一次。

那是大学同学来北京,我们几个人都醉了,呕吐得厉害,还在宾馆住了一宿。第二天一早回家,头痛欲裂。我不得不坐一站地铁,下来缓缓再坐一站,这样反反复复,可谓历尽千辛万苦才回家。这次,我体会的不是酒的仙气儿,是活受罪。

自此后,我有意控制自己,不喝那么多酒,更不贪杯。更多时候,以小酌形式,让自己体会喝酒的乐趣,至多是微醺状态,刚刚好的时候,就坚决不喝了。

我曾一人自斟自饮过一年多时间,喝的是高度酒衡水老白干。微醺时,我能写出意想不到的美妙书法,还会乘兴诵读李白的《将进酒》,于是人生、书法、生活、日子也就被注入新鲜活力,更多了很多的仙气儿。

这是一种灵魂出窍和精神飞升的过程,如一个滑冰健将在冰上轻松滑动、旋转、飞跃,自己好像一下子也变成了一个梦境。

五

这几年基本将酒戒了，最主要的是不想喝，喝了感觉不太舒服。

不喝酒又有什么关系？生活本就没有必须，只要心态好，精神足够强大。

当静下心，我会将年轻时收藏的好看的酒瓶拿出来欣赏，自有一种快乐变成的仙气儿。

我还珍藏了一瓶女儿红，原打算有女儿时作陪嫁用。现在年近六十，不可能有女儿了，于是常拿出来欣赏。有时看着看着，女儿红突然变成了何仙姑。

儿子出国时给我带回一瓶秘制花酒，我为其美妙的形状吸引，一直没喝，置于书案上观瞻。瓶高35厘米，瓶底宽6厘米，瓶口宽3.4厘米，内装栗黄色的酒。这又是另一版本的何仙姑。

那天，我读到张晓风的散文《米泉》，有这样的句子：在一粒米上打个孔，酒就会从中流出。这既是诗，又是一股仙气儿。

我愿从"醉八仙"开始，到自己的沉醉，再到今天的无酒生活，都一直保住这股"仙气儿"。

这也是为什么，我能从林语堂的话中获得生命的真意，这句话是："尘世是唯一的天堂。"其中看似无酒，却有久久不散的酒的仙气儿。

缘

中国人历来讲一个"缘"字，所以有不少与之相关的词语。

比如，有"缘分"、"因缘"、"缘由"、"缘故"、"血缘"、"夙缘"，又有"文字缘"、"生死缘"，还有"缘木求鱼"、"金玉良缘"、"不解之缘"、"广结良缘"。"缘"主要指"微妙的关联"，这在丰子恺的"缘缘堂"和《缘缘堂随笔》中可见端倪。

从字形看，"缘"字很有趣。它左为"纟"，是线的牵连；右为"彖"（tuan），由"彑"（ji）和"豕"(shi)两部分组成。"彑"指"猪头"，"豕"是古人对猪的称呼。猪长了长嘴，并用上吻部分包住下吻，所以，"彑"和"豕"组合起来是"半包边的猪嘴"。从感觉上讲，"彑"又像鸟嘴，也像一双紧握的手，与"豕"联系起来，就像一人抓住一只猪的样子。不过，这是通俗甚至随意的理解，其实，"彖"字既古老又雅致，《易经》中就有"彖辞"，是总括之意。

历史上和文学作品中有缘之人与事甚多，可谓数不胜数。

最著名的是《三国演义》中的刘备与关羽、张飞的"桃园三结义",还有刘备的"三顾茅庐"请诸葛亮出山。《红楼梦》中贾宝玉与林黛玉之间也有个"缘"字,有缘而聚,无缘而分,属于婚恋中"有缘无分"那种;反过来,他与薛宝钗则是"无缘有分",最后仍是"无缘无分",各奔了东西。

先说我与妻子的缘分。我们是中学同班同学,平时很少说话。她是典型的学霸,以全县第二、本校第一名的成绩考上名牌大学;而我则考进省属的一般大学。按理说,女学霸是不会下嫁于我的,在四年大学中我们虽偶有书信往还,但彼此了解甚少,最后能走到一起靠的完全是缘分。从结婚之日起,至今我们已共同走过31载,也过了30年的"珍珠婚",这与许多难过"七年之痒"的婚姻不同。在通向50年金婚和60年钻石婚的人生路上,我们彼此信任、相互关爱、珍惜缘分、充满白头到老的信仰,于是也就有了虽然平淡但却快乐的生活。

后说我们与北京的缘分。我在山东蓬莱南面的一个小山村生活19年,到济南上大学、读研究生和工作11年。1993年,我考到北京读博士,后留京工作,至今又近30年。我常想,作为农民之子,能从偏僻的山村来北京工作,这本身就是个奇迹。我土粒般的生命,到底是什么力量将我从大山深处运至北京,并以此为家?妻子与北京的缘分更深,她1982年17岁考到北京读大学,如今已过去39年。她回忆说,当年是一个扎两条小辫子的青涩姑娘,竟在北京扎下根,转眼间在此生活了近40年。有时，我们走在大街上，会恍如隔世，因为孩童时做梦都做不到，山之子能展翅而飞，越过山山水水，摇身一变成为北京市民。

再说与北京海淀的缘分。我们在北京待过好多地方，但比较起来，与海淀区的缘分最深。20世纪80年代，妻子在中国人民大学读本科和硕士，我多次往返于济南和北京之间，特别是从北京站乘车到木樨地，再转320或332公交车到学校，一路风光无限。至今我还记得：在经过白石桥、北京图书馆、魏公村时，不宽的土路两边古树参天，深沟中铺满金黄的落叶，尽显北京的秋意与辉煌。中国人民大学虽然不大，但精致中透出书卷气。夜晚，凉风习习，当我们顺着静谧的校园小路，一边散步一边闲聊，那是青春、爱情和美好人生的序曲。1999年，我们夫妻几经周折，在海淀区皂君庙有了一套两居室房子，于是续上了与海淀的旧缘。有趣的是，皂君庙离中国人民大学很近，坐地铁只有一站地，骑自行车也只有十几分钟。在这20多年时间里，我们以海淀为家，心中始终装着妻子大学时周边的景象，像一只小鸟儿绽放在枝头，这是一种难以言喻的美好感受。后来，儿子的初高中都就读于人大附中，它就在中国人民大学隔壁不远。说实话，儿子与他母亲一样也与中国人民大学和海淀有缘，看来缘分也会遗传和扩散的。

值得一提的是，我们与农科院有缘。皂君庙与农科院只有一路之隔，从家中走到它的南门不过五分钟。儿子当年入农科院幼儿园，后就读于农科院小学，所以每次早上送孩子上学，我们夫妻都顺便在院子里散步，后有所准备返回家吃饭。多年来，我们与农科院结下不解之缘。后来，我们将皂君庙的房子置换到农科院，于是成为其中一员。现在的农科院较前更加漂亮舒适，仿若一个五彩纷呈的大花园：它东西各有一个可以散步的花园，整个院子花树品类繁盛，不同季节开着不同的花。从南门进来，两面都有石榴树，花开得娇艳，累累果实如高挂的红色灯笼；院中有松树、槐树、柳树、桃树、梅树、银杏、海棠、法桐、栗子树、迎春、玉兰，还有牡丹、芍药、玫瑰、月季、樱花等，这些都是农科院以先进技术培育出来的良种，花开时节可谓花团锦簇、美不胜收。我家住在一楼，南面窗外有一排呈五株连一线的海棠树。当粉白的小花开放，在微风中颤动，清纯秀丽的风姿扑面而来。今年，五棵海棠树竟有三棵结果，初如米粒，如今大如山野甜枣。我在整个院子里观察过，许多海棠树都没有结果，而我家窗前竟有如此累累的果实。

在天地和人世间，许多事情恐怕都由各式各样和大大小小的"缘"组成。有的能认识到，有的恐怕隐含着，需要观察和发现。

但不管怎么说，重视"缘"、珍惜"缘"、感恩于"缘"，再加上多结善"缘"，生命之水就会长流不息，并发出令人悦耳的潺潺之声。

说"足"

与"手"相比,"足"很少抛头露面,也不炫耀于人,它总是甘拜下风。这不仅因为它的位置低下和落后,也因为它用途单一、其貌不扬。"足"总是深藏不露,颇似人群中的谦谦君子,又像"万人海中一身藏"的隐者。

《山海经》中有一足之动物,它们是夔牛、毕方,可谓天下之大奇!二足、四足者多为人与禽兽,而事实上,马车、自行车多为二轮足,汽车则多为四轮足。螃蟹有人说是八足动物,又有人说是十足动物,后说是由于八足加了两螯之故。还有古人云:"百足之虫,死而不僵。"这个"百足之虫"指的就是"吴蚣"。而"千足之虫"为"马陆"。

足之用可谓大矣!人无足不立,鸟无足难飞。试想,有多少人因失足致残而痛苦,中国还有"一失足而千古恨"的古训,讲的也是"足"的重要性!"千里之行始于足下"讲的亦是此理。飞禽的起飞也是如此,它们尽管主要依靠翅膀,但没有"足"的蹬地发力，起飞是不可能的。所以，有太极高手无需绳系，而将小鸟把玩于股掌之中，就是因为每当鸟以足蹬地欲飞之时，他就用内力将之化解，小鸟足上无力，当然不能展翅高飞。还有，一足跑不过双足，双足跑不过四足，这就是由马车向汽车形成的必然过渡。不过，如果真要说"百足之虫"的速度一定比双足的鸡鸭快捷，那也未必能够令人信服！

从医学上讲，"人老先老腿"。所以，有健身者开创压腿之法，而佛家、瑜伽对于"腿"都十分看重，其高位盘腿、脚成莲花都内含了深厚的功力！现在兴起的"足道"也是重视"足"的一个表征，这一点甚至超过了对"手"的保护。还有人从自然之道的角度畅谈"足"的美与自由！比如林语堂曾写过一篇《论赤足之美》，其中有这样的话："赤足是天所赋与的，革履是人工的，人工何可与造物媲美？赤足之快活灵便，童年时的快乐自由，大家忘记了吧！步伐轻快，跳动自如，怎样好的轻软皮鞋，都办不到，比不上。至于无声无臭，更不必说。虎之爪，马之蹄，皆有极好处在。今者天下之伯乐，多矣。由是束之缚之，敲之折之，五趾已失其本形，脚步不胜其龙钟，不亦大可哀乎？然则吾未如之何，真真未之如何也已矣。"因之，"裹足"与"放足"是保守与解放、传统与现代、丑与美的分界线。

其实，"足"已成为一种文化，因此称其为"足文化"亦无不可！像由"足"组成的语词就有：立足、手足、足下、

-179

足金、足球、插足、失足、富足、充足、满足、知足、十足、评头论足、举足轻重、不足挂齿、不足为奇、三足鼎立、手舞足蹈、画蛇添足、金无足赤、捷足先登、空谷足音、美中不足等，这些语词不仅已经习以为常，而且包含着中国文化的精髓。如"人无完人，金无足赤"即是中国人对于世界人生、天地大道的深入理解！还有"足球"，它不仅仅像西方人理解的那样只是一项体育活动；从中国文化的角度看，它更是一种有关"足"的文化，是"足"的诗化人生，是"足"的艺术化哲学。还有跆拳道、泰拳等武术都是对于"足"的最好注释，其中有大道存矣！难怪中国武学中有"手是两扇门，全靠脚打人"的说法。

不过，中国文化的精妙之处更在于：不拘泥于"物"，还要注意它后面的深意，包括那些相左、相反、相对甚至难以言说的方面。所谓"管窥蠡测""君子不器""羚羊挂角，无迹可寻""只可意会，难以言传""会心之顷""空中之音、相中之色、水中之月、镜中之像"等，即可作如是观！以蛇为例，它虽无"足"，却在草丛间、沙漠里疾走如同闪电；风云无"足"，但能飞渡山水，天马行空，悠然飘荡；鱼水无足，可有大自由、大自在、大逍遥。还有梦想、爱情、诗意也并无"足"，但它们可以纵横驰骋、上天下地、无孔不入。因此，有时又不能对"足"进行机器化的理解，要将它与"心""情""梦"联系起来考虑。不是吗？有人失去了双脚，但却在轮椅、电脑上实现了自己的梦想，成就一番大业；也有人双足完好，但一生却一事无成，甚至走上犯罪之路。所以，有时"足"是有益、有助、有功的，但有时它也会成为一种负累和羁绊！

若要进一步探根寻底，那么这个世界上的一切都是有"足"的，没有"足"就没有附丽，没有根，没有生存与生命，也就不会有美。蛇之"足"在"大地"，风云之"足"在山间，鱼之"足"在水中，水之"足"在河床与海底，梦想、爱情、诗意之"足"在人的心灵。总之，归根结蒂在于天地自然，在于其间的"大道"。就如同天空的风筝，它的飘遥奋飞、悠然自得似乎是无"足"的，但其丝线却握在人的手中！正如老子所言："谷神不死，是谓玄牝。玄牝之门，是谓天地根。绵绵若存，用之不勤。"在此，"天地根"可理解为"天地"之"足"也！

"天足"，一面可解为"自然之脚"，即未受限制和异化之"足"，与"裹脚"和"三寸金莲"正相反对；另一面又可解为"天地"之脚，是谓"天地根"，是天地之大道之所在！世界上的"足"多种多样、难以尽数、不一而足，但是，寓存"天地大道"的"天足"则为"一"，那就是谦卑、不盈、内敛、和光、同尘。

知"足"难矣！"知足"亦难矣！"知足常乐"更难矣！"足"在脚下，在心中，在道里。

扇子的语言

"扇子"两个字很特别：与"窗户"有关，与"羽毛"相连。两个"习"字仿佛让人感到"凉风习习"，快意自生。

中国古代早有扇子，只是那时主要是"团扇"，即用蒲草或丝绸做成的圆形或方形扇子。在庙堂为威仪权力的象征，于民间则用来清凉。

小时候，家里就用蒲草剪裁成圆形，以布条饰边，手握其蒲草柄，在夏天用来纳凉。大人用这种最普通廉价的团扇不停扇动，为锅底的火扇风助燃，为孩子赶走蚊子和暑气。

生长于乡间，几乎没人不熟悉这种扇子，平时它被随意扔在床上、放在桌椅上、挂在墙上和门上，是每个家庭中的老物件。

年岁渐长，开始认识不同的团扇。如在《三国演义》中，智慧人物诸葛亮用的就是一把羽毛团扇，于是有了"羽扇纶巾"的风流倜傥和谈笑风生。

团扇有一只柄，它可以握在手里，有提纲挈领和一剑在手的关键作用。

团扇的圆或半圆取圆满之意，像开在扇柄上的一朵大花儿。

高级的团扇两面可用绘画等方式装饰，扇柄也可以雕刻，但整体上是直白朴素的，从不隐讳自己的心事。

宫廷的团扇以精致为主，除了画面精美，还饰有坠子，让人想到秀雅的少女的姿容。

"折扇"的出现较晚，主要是城里人或文人雅士的手中物，它是由扇面、扇骨、扇钉组成。由于可折叠，可随意开合，还由于材质关系和以书画装饰得更加多样，深受人们喜爱。

它像窗户一样可随意开合，便于携带，既可拿在手上，又可插入腰间或脖子后面，还可拢在宽大的袖子里。

在金庸等人的武侠小说中，铜筋铁骨的扇子甚至可做兵器应敌，发挥挟带方便、随意取用、锐利无比的作用。

扇面可用各种书画装饰，扇骨可进行更复杂的雕刻，尽显折扇的丰富多彩与灵活多样。在消夏之余，可一览艺术之高妙。

有一种女士折扇，材料用象牙等名贵材料镂空雕刻而成，再施以香料，一股脂粉气扑面而来。

如是女子的物件，此类名贵扇子至多有些矫揉造作；一个大男人握在手上，就显得有些滑稽。

儿子小时候做过一个轻巧有趣的折扇，至今记忆犹新。

他将吃冰糕余下的木片留下来，在一端扎上孔，再在另一端画上朵朵小花儿，然后用铁丝串起，一把折扇就做成了。工艺上虽比较粗糙，但一个几岁的孩子能有如此奇思，善于动手功夫，也很难得。

当然，若选用湘妃竹，再有艺术大师的雕工与书法，那就是一把名扇。

湘妃竹折扇的上面，不只有斑斓的湘妃泪，更有一种历史的沧桑岁月，还有打造出来的精致典雅。它如一个仕女也像一位雅士，尽得文化的风度。

有人在折扇的扇面上绘出仕女、花草、鸟兽虫鱼，有的则将山水高士、十八罗汉、诗词歌赋描绘其间，还有人画的是江山万里图，只要打开扇子就可尽情领略天地之宽、万物幽微。

与团扇比，折扇不论在内容还是形式上都有了质的飞跃。

如果说团扇直来直去，将所有的语言都写在"脸"上；折扇则颇有城府，更多时候将话藏在心里，藏在那些可以随意开合的皱褶中，也可以说是在岁月的皱纹或记忆里。

团扇虽可绘制很多内容，但远没有折扇来得丰富、含蓄、内在、超然。折扇让人想到孙悟空的如意金箍棒，可随意变化，充满神奇和神秘。

一把折扇被折叠起来，可置于手中随意把玩。或揉或搓、或捏可抒、或左或右、或上或下、或动或静、或敲或打、或旋或转、或抛或接，久而久之，竹子或木质做成的扇骨就会变得盈然而富有光泽，温润如玉。

折扇也因性格的内敛、包裹了心事，变得充实富足。

一旦打开一把折扇，那是别有一番韵致的。

有人如徐徐拉开帷幕，也像打开一个宝藏，尽情欣赏折扇中的万里江山图，倾听其间山川鸟兽发出的秘语，从而显示咫尺天涯之妙。

有人用一种特殊技巧，手、腕、指在与扇骨的巧妙配合下，抖然地打开折扇，在一声脆响中轻摇扇面，凉风徐来，沁人心脾，这是人们往往难以理解的天地的声音，也是文人雅士透出的一种风骨和潇洒。

此时，扇子与人合二为一，心气相通，互相诉说衷肠，以及彼此间的理解与知音之感，也奏响天人合一的美好乐意。

某种程度上说，打开的折扇发出的是人之声，也是人这棵树上开放的花朵；反过来，人也可以被理解为扇子的扇柄与骨骼，是具有根本性的存在；当然，还可以将人理解成为天地的花朵，当一个折扇被打开，人也一定心花怒放，其肢体语言也如扇面般打开，形成可以让人心领神会的喜容。

其实，除了窗户与扇子有关，风箱、风扇、空调、肺腑、人心都包含了扇子的原理。它们关闭后是一个不为人知也难以理解的秘密，一旦打开就有一呼一吸也有内在的语言传出，向人与天地诉说。

还有一棵树、一条河也都让我们想到扇子：树干与河流是扇柄，枝繁叶茂和冲积平原是扇面。

特别是面对天空和大海时，树木与河流以扇子的形式在诉说着什么，伴着云雨雾气和潮起潮落，生命的秘语不断传达出来，这需要静心去听和用心体悟。

炎炎夏日，扇子会给这个世界送来阵阵清凉，人在其中，如在梦里，如痴如醉。

当秋风凉了，再摇动扇子，已不是为了消暑，而是为秋叶伴奏，听树木这把扇子将黄叶般的语言音符纷纷摇落。

其实，往大处想，天地何尝不是一把更大的扇子？

春天用微风将一片片细雨摇醒，夏天用暴雨的扇面扇起雷电，秋天以长风的扇子萧瑟万物，冬天使巨大的扇子合上寒冬的珍藏。

晨曦将万丈金光洒满东方，那是一天的扇子打开。

夜幕降临，天地的折扇关合。

与此同时，梦的扇面打开。于是，一个个熟悉而又陌生的语词，有意无意、有声无声从心底跃然而出。

半醉半醒书生梦

　　我现在从事学术编辑和研究工作，有时还写点散文和随笔，于是人们称我为编审、学者、作家。作为社会中人，不客气讲，我为人正派、做事认真、作风干练，不失为好男儿。不过，实质上，我只是个"书生"，一个不可思议、半痴半醉甚至半傻、常作"梦游"的古怪书生。

　　提起"书生"，人们先会想到他的无用和好笑。古人不是说过："百无一用是书生。""宁为百夫长，胜作一书生。"刚上大学，老师曾用讽刺口吻批评某些人不思进取、封闭保守，举的例子就是中国古代"摇头晃脑"背死书的老学究。鲁迅小说《孔乙己》里的主人公，他这个无用的老"书生"几乎被批得体无完肤。还有，说起做"黄粱美梦"的那个古代书生，人们多少是带了几分不解甚至嘲讽的。不过，即使如此，长期以来，人们对"书生"仍怀有一份敬意，至少是一丝温暖、善意或怜惜之情吧？

然而,今天的时代大为不同了,我们很少有"无用书生"的容身之地!不要说"无用书生"无经营之长技,不能像那些艺人高歌一曲就可日进斗金,就是经千辛万苦、成年累月写成的著作,有时不仅没稿费,还要自掏数万元腰包出版;就是在世人眼中,书生也都变得古怪,成为令人生厌、不足挂齿的多余人和怪物。有朋友曾对我说,他用心血写成的书出版后,小心翼翼递给妻子,本想博得几句鼓励和安慰,结果对方像"清风不识字"一样快翻一过,就把书扔到一边,不置可否。朋友只有叹息,我就开他的玩笑说:"兄弟不要伤心,更不要将此看成漠视,能翻一下就很不错了,你这书生的尊严就没完全丧失。"还有一位20世纪80年代末相识的同事,他曾在刚恢复高考时,以优异成绩考上大学,当地一高官将没考上大学的女儿嫁给他,后来他们生得一子。没想到,随着商品经济大潮的来临,高官之女抛夫弃子,从此再无情意。这位同事既作父又作母,常带幼子来校和参加聚会,父子情深一目了然;同事木讷少语,多是满面笑容的听者,他的音容笑貌让我想到秋阳下丰获的大地。我不知道,在同事心里,作为一个农民之子,被别人看成的逆境和坎途,对他是否成为一份感恩?因为人情不管如何淡漠,大地是从不嫌弃弱者的。还有一个与"无用书生"有关的故事,它曾撼动过我的灵魂。那是一档电视节目,说的是一对家庭老夫老妻的恩怨。整个画面都是妻子以强势的手势和语言,悲愤地叙述着丈夫的无能与无用。丈夫曾是个大学生,但在身为中学教师的妻子眼里，无疑是个废物，他无权、无钱、无能、无趣，在与他人的比较中，妻子极力贬低、矮化甚至丑化丈夫，我看到了一个妻子的无情、蔑视甚至厌恶。当主持人问及她最不能容忍丈夫哪一点时，这位妻子竟说出了"读书，死读书"，"别人都去挣钱，他却整天待在家里读书"，"读那些滥书又有何用？"她还举例说：一次，周末与哥哥、妹妹几家同去钓鱼，丈夫一手拿鱼竿，另一手仍捧着书，让她几乎气死。有趣的是，无论妻子如何言说和愤怒，丈夫却没有反驳、更无愤怒，而是平静如止水般听着，一如一只可随意被扔进垃圾的筐子。不知为什么，看到这个画面，我禁不住泪水长流，为这个世界的狭囚与功利，更为这些"无用的书生"的命运。他们在如狼似虎的社会竞争面前，是何等软弱、无力、无望，只有等待灭亡和绝种的命运吧？

想想古代的杜甫、蒲松龄和曹雪芹，用我们今天功利的眼光看，他们就是"百无一用"的书生。不要说他们没有在官场周旋、钻营的心智和技能，没有在商场昧了良心大发横财的头脑，就是让他们填饱家人的肚子都难。然而，他们却创造出"朱门酒肉臭，路有冻死骨"的诗句，写出《聊斋志异》和《红楼梦》这样的经典名著，于是变成了"无用"中的"有用"，因为这些书生有正直之心和悲悯情怀。也许有人会说，杜甫他们最后有所成就，而现在的书生是无所事事和毫无用处。事实上，在杜甫们的年代，在今日看来"有用"的写作也属"无用"，甚至是"无聊"之举！不是吗，即使在20世纪30年代，林语堂还在小说《京华烟云》的序里写道："'小说'者，小故事也，无事可做时，不妨坐下听听。"如果说，在那个时代，杜甫们的妻子或社会风气容不下这些"无用的书生"，那就不可能产生这些伟大作家和作品。

我也是生活于当下的书生，某种意义上说是个"无用的书生"。好在我运气好，遇到了不嫌弃并且一直鼓励、爱护我的人。年幼家贫，是母亲告诉我，要读书、断字、知书、达礼，所以，即使处于社会最低层，母亲总是希望我读书。甚至出现这样的情况：看到我读书，母亲就喜笑颜开；我放下书、要帮母亲干活，她却一脸不高兴。后来，母亲离开人世，父亲和哥哥、姐姐、弟弟全力支持我读书，我能由农民之子考上大学，读到博士学位，都与他们的推力和辛苦有关。我的岳父母最重学习，一女一子均考上名牌大学，他们将学习看得比什么都重要。也是在好学这点上，我和岳父母一家人有了缘分和共鸣。所以，多年来，我的岳父母从不问我挣钱治业之事，倒对我出的每本书、发表的每篇文章都十分关心。我的妻子是优秀的，也可称为伟大的，在许多方面她都非常人可比：我与她曾是中学同班，她曾以全校状元、全县第二名的成绩考上北京的名牌大学，而我却以低于她数十分的成绩考上一普通大学，然而，在我面前她并没有名校的优越感；她的家境远胜于我，我家是一无所有、道地的贫穷农民，但她却从不嫌穷爱富；她不到四十岁就晋升为中国社科院的研究员，而我到了44岁才成为一个编审；儿子自小到大都是妻子带管，除了正常学习，各种补习班和升学计划都由她考虑和完成，我很少过问；我在家中就像个大孩子，除了偶尔涮涮碗，可谓是典型的甩手掌柜，一切事务均由妻子办理。一个典型的例子是，连我的内衣和袜子都是由妻子洗的，我只是脱下一扔了事。每次出差，所有物件我从不操心，都由妻子代理，届时我提起箱子放心出门就是了。最令我得意的是，在家中我是完全自由、无拘无束的，甚至可以犯浑和说胡话。比如，到了夏天，回家脱下一身束缚，我赤裸着只穿妻子一条裙子，虽有点紧，但惠风和畅、舒服无限、如飘如仙。妻子不管，只是笑笑而已！又如，我在家里常毫无来由、自言自语道："啊，春天，美丽的小鸟儿，你姓什么？"我还会感叹："啊，世界，你动人，你动人，你还动人。"说这话时，我无目的、目标和针对性，只像个演员更像个傻子一样吟咏，且一遍一遍、不厌其烦，直到自己腻了为止！对此，妻子不恼不火，无言地包容，仿佛没有听到似的。到后来，儿子一听到我"啊"一声，就接过话头，代我陈述下去。再如，我洗完脚，总喜欢往脚趾缝里夹卫生纸条，这样既吸水又舒服，但因没有自捡的习惯，所以纸条常留在床头或落在地上。尽管妻子时有提醒，但我总将她的话当耳旁风，她也就不停地为我收拾。我虽知道自己不对，也理解妻子的辛苦，但总改不了，甚至无意于改正，妻子也只能默默地容忍。这让我想起林语堂对妻子的感恩，他说："最让我感动的是，妻子能容我在床上抽烟。"他甚至说出这样的歪理："在家中如不能随心所欲，那还叫家吗？"

数十年来，兆胜能够感到家的温馨，很大部分在于：妻子对我这个"大孩子"式书生的照顾和包容，包括对一些"小恶习"的忍耐。

关于家庭经济与发展，我更是个"无用的书生"，除了爱书，可谓一无长技。直到现在，我仍未买车，而且对此毫无兴趣。多少年来，我一家三口住的房子只有数十平米，堆积如山的书令我们无法容身，是妻子下定决心买下一套大房子，才避免了我这穷书生蜗居陋室的结局。买了房子，妻子一直催我装修，但我一拖再拖，直到四年后，妻子才无奈地说："你不动，看来只有我自己动手了。"于是，她开始投入到辛苦、持久、奔波的劳作中。在装完新房后，妻子又接着将旧房装修一番。那时，除了买家具等重大事项外，我很少帮忙，在整个装修过程中，我只去瞧过两次，而仍然是整天将自己泡在书中。我知道，在这方面更暴露了我的"书生"慵懒和无用，但妻子却任劳任怨、毫无怨言，这让我备感自责和内疚。最值得提及的是，对于我这个无用的"书生"，妻子不仅从不责备，更无愤怒和厌弃，反而总是说："我觉得你做个书生——干干净净（其实，我一点不讲卫生，甚至有些邋遢，此处为心灵之谓也！兆胜注）的书生——挺好。现在，外面的环境复杂多变，你读读书、写写文章、做做学问不是很好吗？"她还加了一句："在这个急躁和功利的年代，有宁静的内心、耐得了寂寞、守得住孤独，是很不容易的。你要有定力。"应该说，与妻子生活的二十多年，她没给我这个无用的"书生"任何压力，也从不将我与许多"能人"比较。不过，妻子对我也不是过于"溺爱"和"纵容"，在许多方面要求还是比较严格的。比如，我有一颗不安的灵魂，年轻时曾想过出家当和尚。因进不了北京，还曾想放弃一切，成为以书画为生的"北漂族"的一员。前些年，单位由不坐班改为坐班，我心生退意，即欲放弃一切而成一"自由人"。我甚至对妻子这样说："放弃公职后，我最想做的事，是留起长发、蓄起胡子，左手一枝竹竿，右手一块玩石，左肩前后挎背一副围棋（黑子在前，白子在后），右肩是写字、画画的笔墨纸砚。然后，像个乞者似的行走天下。这样的人生还真值得一过。"然而，妻子却反对说："这种想法倒有点诗意。不过，一个真正的君子一定要有责任和担承。你想，现在有多少人没工作，即使有工作收入也极低。你从事的工作是有意义的，也是你喜欢的，每天看优秀学者写的优秀之作，每天都在提高，多好的事！更何况，你单位的事业蒸蒸日上，遇到坐班这点小困难就胡思乱想，你可要知足才是。"妻子还补充说："面对困难，不同的人有不同的看法和做法。如你不怕困难，困难就会怕你。"听她一席话，胜读十年书，于是我欣然接受劝告。至今，我已坐班三年有余，确实没被困难打倒。

从妻子身上，有时我能感到一股丈夫气和难得的远见卓识，这正是所谓"巾帼不让须眉"。这可能既是我这个无用"书生"之福，也是优秀和伟大女性的光辉闪烁与迷人之处。有时我想，无用的"书生"在当下渐渐变成稀有品种，在此，我不得不放声疾呼：人类进步需要激烈的竞争甚至战斗，但也要有宁静甚至慵懒的生活与人生，这样方能养成一种恬淡、裕余、内敛、超然的精神气质。因为生命和人生到了醇熟的境地，不只是要算计如何成功、获得、追求和奋斗，还应好好体会怎样快乐地度日，以获得心灵的快乐和人生的智慧。

任何人可能都难避免受"富贵心"的影响，但最重要的是不要受其驱使和奴役。《红楼梦》里的王熙凤何等聪明，又是多么高傲甚至目中无人，但她做梦都不会想到，当她死后，女儿身处危难，别人甚至亲戚、朋友都在落井下石，唯有刘姥姥施以援手，救人于危难。何以故？一个重要的原因是，王熙凤曾对刘姥姥动过恻隐之心，接济过她。许多人都赞美宋家姐妹尤其是宋美龄的美丽，但我觉得她不是最美，至少她不可能嫁给一个无用的"书生"，因为她有"富贵心"。今天，好多人尤其是女性，之所以不能达到高尚纯美的境界，变得世俗无趣，就在于有太强的"富贵心"。沈复在《浮生六记》中写到他的妻子陈芸，这是一个"布衣饭菜，可乐终生"的女性：她没有"富贵心"，而是有着散淡、自然、快乐、优雅的心性，所以才能对一介"无用"的书生视若珍宝、爱护有加。

当然，说自己是无用的"书生"，这既是自谦，更是站在世俗一面来说的。事实上，我们又有"书生"的"有用"的另一面。"书生意气，挥斥方遒"是何等气魄？中国古代士子的"剑胆琴心"以及伯牙、子期的知音之感，那是我们的向往和追求。中国现代的鲁迅、林语堂也是有节操的书生，他们"从不骑墙,更不说违心话,连这种想法都没有",这是书生的硬骨头精神。我们虽无法与古代先贤相比美,但也有自己的独特之处和书生本色。比如说,多年来,我过着一种有节制的生活,对妻子情感专一,感情从不外逸,除了妻子,从未与任何女性发生肉体和精神纠葛,这种"守身如玉"既是一种责任,又是一种生活方式,更是一种信仰。与亲人、同学、朋友、同事甚至是陌生人,我都保持一种和善和友爱的态度。有时,即使看到树丛的枝条在寒风中摇曳,也会为之动情、落下热泪,其心境与情韵颇似"感时花溅泪,恨别鸟惊心"吧?我总觉得,一介书生既要保持自己的内心纯粹、圣洁,又要心怀天下,有大的悲悯、温暖和仁慈,就像伟大的阳光总试图去照亮世界的每个角落一样。

现在,越来越多的博士争先恐后考公务员,其次是开公司、开店赚钱。即使是许多学者、文人在一起,谈的往往也多是股票、炒房、升官和女人。《红楼梦》中的薛蟠还会做流氓诗,而今日学者、文人却失去了"以诗唱和"的兴趣与能力,彼此之间只会发无聊短信。"真正的书生"往往被世人看不起,更无论那些"无用的书生"了,于是乎,书生成为今天"稀奇的古董"。我不知道,除了我,还有没有会做梦的"半醉半醒"的书生了。

都市灯光

18岁之前我是在农村生活,那是一个怎样自然、绚丽、快乐而又饱满的人生图景啊!当时,虽然经济条件很差,常常是衣食不继;虽然交通十分不便,相当的封闭保守;虽然无书无报可读,总觉得焦渴难耐,但是,我们有广阔无边的自然山野,有长着翅膀的云霞,有浩荡涌动的河水,有各种简单好玩的游戏,有无数的飞禽走兽和鸟语花香。可惜的是,当夜晚降临,太阳和农人都进入梦乡,整个村庄却变得黑暗死寂起来。而青春年少精力充沛的我,只有呆呆地仰望着挂在天幕上的星星和月亮,静静地欣赏着牛马驴骡、猪羊狗猫和各种昆虫合奏的交响乐。那时,我总是这样想:乡村只长了一只眼睛,它白天睁着而晚上闭着,至多是开着一条缝隙,那就是月亮、星星和煤油灯发出的幽幽的清辉。我甚至有一种奢望:如果乡村有两只眼睛该多好!它们可以轮流照亮天空和大地,这样,我们这些孩子可以随时随意随地看到山乡每个角落的美丽。

考上大学走进都市，没想到我的梦想竟然变成了现实：城市的夜晚因为灯光的照耀而光明灿烂，有如白昼，甚至比白天更加色彩缤纷。白天闭着眼睛的路灯、车灯还有室灯，夜里都睁开了，它们变得精神焕发、神采奕奕和生机勃勃。因为有路灯，所以黑暗的夜晚明亮了；因为有车灯，夜行司机的眼睛明亮了；因为有室灯，空洞的房间饱满、生动和鲜活了。此时，我注意到那些没有光明的路灯或居室，它们仿佛是失明的眼睛，空洞、昏暗而死气，这让美丽的都市有了瑕疵，失了神韵。最突出的是周末或节日之夜，都市的灯都披上了盛装，变得美妙动人，人走在大街小巷和广场楼阁真像进了海市蜃楼一般，一种飘然欲仙的感受会油然升起。当街道两旁的彩灯一齐闪亮，那就是一条望不到尽头的游龙；当道路上空的彩灯不停地闪烁明灭，那就是一架阔大的云霞虹桥；当都市广场，尤其是天安门广场的灯光亮起，那就是一片灯的海洋……

对比乡村，都市往往更加丰富绚烂，至少表面上看是这样，因为它有更多的形色不同的人，有更加杂乱和难以预料的事，有更为喧嚣及令人不安的声音，也有让人眼花缭乱与难以捉摸的色彩，还有无穷无尽几乎将整个都市撑破的欲望。在这样的都市里，我于许多方面诸如噪音、欲望和争斗都是不以为然的，却唯独喜爱这灯光，尤其在如漆的暗夜。依着我的理解，灯光是都市在夜晚的眼睛，如果没有这只明亮的眼睛，

-197

都市不知有多么黑暗，充满多少罪恶呢！另外，我们还可以将灯光看成都市夜晚的灵魂和生命，如果哪一个夜晚停了电，再伟大、再美丽、再辉煌的都市也会立即变成一座死城。也可以更加夸张地说，世界上任何一座名城都离不开灯光的照耀，近的像香港、东京，远的像巴黎和纽约都是这样！我所居住的北京城是辉煌的，它充满珠光宝气，也像一个帝王的梦境，令你感到它的富丽堂皇和神秘色彩。这里，除了雄伟的宫殿庙宇建筑，除了如蓝绿宝石样的林苑湖水，美妙的灯光也是一个不可或缺的因素。每当盛大的节日，我总喜欢到天安门广场去欣赏那些"谜"一样的夜灯，置身于灯光交织的"汪洋大海"之中，亦真亦幻，如现实又似梦境，让人领略和感悟着人生的神奇与真义。

在农村时我就喜欢下雨，这里除了可不出工而待在家中，心有余闲地读书玩耍外，还有一个重要原因，那就是静听雨声。当雨中的下午尤其是夜晚，一切都出奇地平静，包括家禽和昆虫都像是睡着了，我坐倚在温暖的火炕上，听雨水敲打大地、屋瓦以及梧桐树叶的声响，那里面充满欢快，也包含了一股凄凉之美。直到今天，我甚至还能感到当年雨水的纷纷与迷离，亦真亦幻，贯通古今，它们或急或缓地敲打在我心灵的琴键上。可是，来到都市雨水却越来越少了，有时下雨就成为一种奢侈品。也正是因为这样，所以一旦哪一天下起雨来，我都会激动不已！尤其是夜晚，当我听到雨声，就会立即起床，拉开窗帘，从窗户望出去，在迷茫的灯光中体会夜雨，那真是妙不可言的画卷！有时，夜已很深，我会被雨声叫醒，于是静静地欣赏风雨，想象被灯光照亮的雨水幸福地滋润着干渴的城市，一如婴儿偎依在慈母怀中饱饮乳汁，每当此时，我感动得都不舍得安眠。

有一天半夜，突然下起大雨，这是数月的干燥后喜降的一场秋雨，我激动不已，竟然突发奇想到都市的雨夜中去走一走。于是，我打上雨伞，没穿水鞋，将自己投身于都市的夜雨中。此时的灯光已不像晴天时的刺亮，而是变得朦胧温和；被雨水冲起的泥土气息仿佛将我带回了故乡；令人舒畅的清凉透进肺腑，爽心悦目；除了灯光闪烁的车辆在赶路外，街道已少有行人，这样，我可以尽了自己的心性一人在路上闲逛，充分体会都市夜雨的心声。

当走到一个拐角处，我被眼前的一幕吸引和震撼了：在路旁一大片绿茵之上，高悬的路灯和地灯亮如白昼，在它的视野内一切都纤毫毕现——微风使万物轻轻摇曳，灯光使一切都带上了光泽与暖意，雨水敲打着树叶、花木和草叶，也敲打着从地灯中发出的光芒和热气。此时，我仿佛触及了都市夜雨与灯光与万物极富诗意乐感的和鸣，这是一场美到极致的演奏会：风雨用手弹奏着树叶、草叶的琴键，也在弹拨灯光的琴弦，我甚至还能体会出它对我带着湿气的目光之演奏。我看过一些音乐演奏会，但都没有这一次来得真切、自然、内在和感动，它让我的心久久不能平静，有如灵魂得了重生一般。我知道，我要感谢都市的灯光，是它以迷茫的明亮为我设置了一个舞台景致，也是它以心灵的琴弦和了我的鸣唱。以前在乡村是在黑暗中体会夜雨的心语，而这一次是在光明中看到夜雨的吟唱。

　　灯光是都市的眼睛、心灵和灵魂，也是都市的血液和元气；没有它，都市就是病态、懦弱的，也是死寂的，这就好像一个气球泄了气，一只风筝折了翅膀，以及一辆汽车缺了油是一样的。但是，灯光也有让人心烦的时候，那就是它有意被用来挑逗人的时候，像理发店前不断变换旋转的广告牌，如歌舞厅及音乐会中天旋地转的滚球，都是这样。站在这些灯光面前，人极容易眩晕，是不能宁静和安详的，也是没有美感和诗意可言的。这是被异化的人类将灯光异化最突出的表现。

　　都市灯光让我看到了黑暗中的美丽与诗意，但从根本上说，它却永远不能代替太阳、月亮和星星，甚而至于不能代替萤火虫的微光，所以，人类在利用灯光照亮黑夜时，不能无所限制，更不能在光芒中失控、眩晕和迷失。也可以这样说，光明不能没有黑暗，正因为有了黑暗，光明才更有意义，这就好像女性之于男性，阴之于阳是一样的。

　　我歌唱都市夜之灯光，但却永远不会忘记童年时乡村的暗夜。

生死地心泉

在地下很深很深的岩石间有一脉泉水。它的古老恐怕无法用人类时间衡量，很可能与天地并生，与日月同在。对此，泉水自己浑然不觉，它被大地尤其是厚厚的岩层深裹着，就如同母亲子宫孕生的婴儿一般。外面的世界无论怎样明艳、美妙和热闹，这一脉地心泉都无从知晓。它仿佛生来就在坐禅入定，悟道明心，它不急躁，无欲无念，甚至没有感觉也没有心灵地生活于大地的内心之中。

有一天，泉水被一种敲击声惊醒。开始，这声音隐隐约约、含含糊糊，后来声音变得清晰可闻。此时的泉水听出来了，这是金属与岩石碰撞的声音，也是金属与金属间发出的敲打声，其中还夹杂着人类的吆喝与议论声。对于眼前发生的变化，泉水感到有点突然，也难以忍受。试想，在一场酣睡中，有人突然用铁锤重重地不停地击打你的心肺，那是一种什么滋味和感受？最令泉水苦恼的是，它竟然不知道人类到底在干什么，又是为了何种缘故和目的？

泉水最后终于明白了，人类在打井，在寻找地下的水源。虽然泉水与人类未曾谋面，但从他们的谈话中，它似乎理解了人类的处境和苦衷：如今人类严重缺水，不要说土地严重的沙漠化，就是牲畜和人类用水都成了一个问题，干渴成为人类继续生存下去的头号敌人。泉水还听说，长期以来，村民吃不上水，人们感到水比油贵！为了打出这口水井，山乡村民已费时十年之久，而费去的人力、物力和财力更不计其数。其中有多少人怀疑过，动摇过，放弃过，但总有人继续打下去，因为他们坚信自己脚下一定会有泉源。听到这些，泉水对人类充满怜悯之情，它不仅让自己从震惊中平静下来，反而还为人类暗暗加油，唯恐在这一壁之隔中，人类的信心完全动摇，毅力耗损净尽，从而彻底放弃努力。泉水顿悟道："许多失败者往往并非因为别个，只由于功亏一篑！如果再坚持一步，他们就会获得胜利。"

理解了自己存在的意义，也理解了人类对自己的渴望，地下的泉水一改往日的平静，反而变得激动甚至焦虑起来，它多么希望自己真能为人类所用！因为经过天长地久的光阴日月，它自信已修成正果：纯洁柔滑似良玉，清洌甘美如糖饴，醇厚平和像佳酿，而且，它所含的丰富的矿物质也是其他泉水难以比拟的。当然，泉水还有着忍耐不住的好奇，它非常想一瞻人类的风采，看看外面的世界到底是什么样子。毕竟这脉泉水千年百代被埋没在地下的黑暗中。人类教育孩子常有这样的话:"大丈夫志在四方","海阔凭鱼跃,天高任鸟飞"。泉水越想越兴奋,恨不得马上走出狭仄与黑暗,来到广阔的光明的天地。

随着村民老少山摇地崩的欢呼,泉水感到被一种莫名的力量牵拉而出,像四面密封的房间突然打开门窗透了气似的,泉水自地底涌动而出。带着饱满的信念与激情,泉水看到一个筒状的地道自下而上伸延开去,末端人头攒动,笑脸欢呼,从中有缕缕阳光洒落,于是,泉水眼前一亮。很快地,泉水到达人类够得着的地方停下来,它看到人们眼中的喜悦与焦渴。提出样品,全村老少逐个品尝,他们仿佛喝了蜜似的心满意足与赞不绝口,因此,泉水既自豪又自得。接着,在水桶打水的一片忙乱声中,一些泉水被带回千家万户,另一些泉水仍留在井中。于是,喧闹的乡村在夜幕下归于静寂。

对比自己被深埋地下时的暗无天日和混沌无知,如今的泉水快乐满足。清晨,它可以最早领略井边树上飞鸟那甜美的歌声;白天,它可以听懂孩童稚气的问答;夜晚,它可以与少男少女一起谈情说爱。在有风的夜里,它还能静静思索,看天空翔动的浮云,听云气明灭时星星的窃窃私语和弯月上发出的悠扬琴声。这是泉水在地下难以享受的人间美景。村里有个漂亮的小姑娘常到井边打水,泉水非常喜爱她,因为她傻得可爱,而她的父母也是如此。一次,泉水听到姑娘同父母对话,高兴得乐不可支。姑娘在井边看了好一会儿,迟迟没有打水回家,母亲寻来。她这样惊奇地问:"妈妈,快来看，井掉到影子里了。"母亲笑着责备女儿："傻孩子，你说也不会话。"此时，父亲正打井边路过，他责骂妻子："真他×的，什么女儿生什么妈。"泉水听到这颠三倒四的表达方式，忍不住窃笑，它倒不是笑他们的傻，而是笑他们的淳朴无机心。

最令泉水感动的是，曾有一个男孩儿对它非常依恋，那是海水对海岸和对月亮的深情。不知有多少个日月，那个男孩子一直卧在井台边向下痴看，即使大人骂他打他，他也不走。据说，那个男孩儿母亲死了，他好像要透过泉水看到冥间的母亲似的，男孩子痴痴幽怨的眼神令泉水激动不已。泉水常常被男孩子看得羞涩，心中也会荡漾着说不出的激情。泉水自认为，男孩子是将它视为知己了，将它当成温柔、多情纯洁、宁静的少女了。通过泉水这面镜子，男孩子不断地映照着自己那大而明亮的眼睛，也寄托着无边无际而又充满神奇的幻想。后来，那个男孩子因为考上大学，远走高飞，离开了乡村而投身于大都市了，但他却一直怀念着那井清清的泉水。尽管时光流逝，人事已非，但泉水永远留在男孩子的心中，因为它将自己的静穆、纯洁、慈爱与灵性等美好品性传达给了他。

泉水最幸福的时刻可能是人们纷纷来取用它的时候。当漂亮的小伙子大姑娘非常娴熟地将水桶送入井中，稍抖腕力即将水桶倒扣水中，水满后以迅雷不及掩耳之势将桶提起，到了井台，挂起担子钩，于是翩然离去。此时的泉水受到了一种说不出来的提升，一颗心也真正在转瞬间飞舞起来。随着挑水担子的柔软弹力，泉水在两端的水桶里上下颤动，充分体会了青年男女的热情奔放，也喜乐于曲线之美和音乐的和声。当被倒入又大又粗又高的陶缸，泉水仿佛能感到一种强烈的冲撞、旋转和纠结之美，这是它从未体验过的自高天倾泻入地所产生的淋漓尽致，尽管此时伴有强烈的眩晕。当放学回家的小学生路过井边，那也是泉水非常快乐开心的时刻：一个老爷爷刚把泉水打上来，一群孩子便蜂拥而至，老人总是毫不嫌弃地让孩子用嘴对着水桶喝水，在老人慈爱的目光下，泉水畅美地滋润着一个个焦渴的心田。还有，上山干活的农民，临行时总是打上一罐泉水带着，此时的泉水最为自豪。盛夏炎炎，如火似刀的太阳蒸烤和切割着大地，农民就免不了汗滴禾下，一粒粒汗珠洒落大地，而带来的泉水则可以如倒悬之河似的灌进农民的口中和心里。有时，罐内的泉水已尽，口渴难耐的农民只得伏在水沟里喝脏水，此时此刻，早已入肚的泉水就会羞愧难当，并发出感叹："唉！多么伟大而又可怜的农民，如果我能随时与你们相伴该有多好。"

　　泉水具有不同的用途，有的被用来梳理美丽姑娘的发辫，那是多么美好的时刻。放开红线束绳，结娘的长发如乌云也似瀑布般自头顶倾泻而下，整个身躯和倩影都被包裹住了。姑娘担来一盆清澈的泉水，将梳子放在水中摆一摆，然后自上而下梳理头发，活似洁白的水鸟用长喙蘸水梳理自己的羽毛。晶莹的水珠滋润着秀发，秀发使得水珠更加明润；轻柔绵密的长发在一双纤纤玉手中流走，光彩夺目；随着青春少女目光之闪动，秀发与水珠一起跳跃，这既是火烫的诗篇，又是动人的乐章。还有，少妇和水揉面，泉水被加入柔情蜜意的面粉中，那是多么优美的画面：清水、白面、嫩手，衬上略显粗糙的赭色陶盆，再加上揉面时所发出的细碎的呢喃与摁捏拍击之声，还有细长的面条自指缝中如水般地流溢而出，泉水不能不认为自己是人类的良友与功臣。另外，经过地心泉水灌溉的粮食、蔬菜、瓜果、花卉也分外甘美芳香，那真可谓是流光溢彩啊！

清洗污浊是泉水最不愿做的事，尤其被用来濯洗挖粪的锹面和洗涤装过粪便的木桶时，泉水最感痛心。此时的泉水总有受污之感：以自己洁白如玉之身，去与恶臭混浊为伍，真是令人作呕！后来，泉水似乎大彻大悟：总要有水去清洗污浊吧，在此自己虽有大材小用之憾，但这种牺牲也有高尚神圣的一面，因为是自己使污秽之物变得纯洁。当然，泉水也有难以名状的忧患，它总觉得人类太无长远眼光："难道我是取之不尽用之不竭的吗？如果有一天我干枯了，你们人类将怎么办？"随着粪尿一同被倒进庄稼和菜园地里，泉水常自我安慰，也变得平静多了，尤其看到生长于它之上的一个个饱满丰实的生命，泉水更是这样。

随着工业文明走进这个经济落后的乡村，用水的数量与日俱增，泉水被人们大量用于造纸、洗布。据人类用科学的方法检验，用这口井的泉水生产的纸张和布匹最为优良。这使得泉水更加担心起来，它扪心自问：单只供养人畜、蔬菜、瓜果、花卉之口，它尚且难以承受，如果再让它充塞工业生产这张大口，那无异于杀鸡取卵。但聪明的人类为什么不明白这一点呢？更令泉水寒心的是，为了这口井，村民们竟然展开了争斗与拼杀，还发生了流血事件！泉水无论如何也想不到，人类怎能自私和愚蠢地做出"以血换水"的事情？曾经修炼己身的泉水似乎感到了自己不可避免的悲剧命运，那就是不能用美好的品德滋润人类的肠胃、心灵、感情和风度，而只能悄然无声地被机器之口喝干。

为了解决矛盾冲突，"钱"成为最后的法官，那就是谁出的钱多，谁就能获得这口井泉水的支配权和使用权，于是，泉水被一个最有钱的富商得到。因为泉水的独一无二，富商用它生产了大量的纸张和布匹，这也为他带来了滚滚不断的财源。可是，村民却再也不能使用它，甚至不能喝到它，除非再用金钱去购买它。泉水为此常叹息落泪，但也无能为力，因为人类是天地之间的精华和主宰。

如今这口井早已干涸见底，成了一口废井。在干旱季节，它空空如也，成为一个地地道道的地洞，而到了雨水季节，它则存有大量污水和臭水。村民们都说，这泉水是有灵性的，它是上天派往人间的神，因为不满于商人的铜臭飞升而去；而泉水自己却知道完全不是那么回事，它是被用得枯竭了，死去了。临终前，泉水像一个被无数子女吮干了乳汁、血汗的老母亲，叹息了一声后颓然倒下。它的面容还蓄着淡淡的微笑，那似乎在说：现今连黄河之水都快枯竭了，何况我这口小小的村井！

乐在"棋"中

我与"棋"结下了大半生的不解之缘。

很多人不愿甚至讨厌下棋，它既费时又累脑子。在我，则喜欢其间的智慧、无边的欢乐，还有难以言说的"很有意思"。

从懂事起，我下的是军棋，是由司令、军长、师长、旅长、团长、营长、连长、排长、工兵、军旗组成的那种。内容简单，子力不多，简单易懂好学，这是农村孩子们的玩具，也是一种较高的智力游戏。那时，一有时间，我们几个孩子就到大伯家下军棋，捉对厮杀。因为只有一副棋，只能输者下，赢者守擂，换人上去攻擂。军棋分两种下法：初学者喜欢明棋，两人将双方兵力明摆，再包袱、剪子、锤，猜对的先手下棋，后者吃亏。有一定水平了，就对明棋不以为然，改下暗棋，即谁也不知道对方怎样布局，相互攻击，由第三人做裁判，最后看输赢。我不是下得最好的，但胜率颇高，这是最早形成的棋瘾。儿子小时候买来军棋，我与他下过，但找不到童年的乐趣,儿子也不像我那样有瘾。

下象棋是农村另一活动,一些干不动农活的老人往往在街头巷尾摆开阵势,特别是春秋时节,在阳光明媚之时,也偶有散人和闲人围观,这成为乡村生活之一景。与方块军棋相比,圆圆的象棋太难,特别是下棋人总是长考,半天不走一步棋,不会引起孩子关注。因为爷爷的弟弟王殿尊喜欢下象棋,家住得又近,我就偶尔去旁观一会儿。小爷爷年纪很大,又患有严重的肺气肿,他坐在小凳上,一边不停用嗓子拉长长的"胡弦",半个村子都能听见,让人难受之极;一边是吃对手"子"或"将"一"军"时,棋子碰撞得震天响,颇有胜券在握的气势。小爷爷长得与我爷爷王殿安很像,严肃程度也像,我一直怕他们,没留下疼爱我的感觉,只有那声声拉不断的呻吟声,让我对象棋留下深刻印象,也知道了一些棋理。后来,偶尔也与人下过象棋,但输多赢少。后来,在济南、北京城里的街头巷尾遇到下象棋的,也会停下脚步欣赏一番,但有时围观者众,要做的事太多,总是看一两局就快速离开。

读硕士研究生时开始接触围棋。那时,学习自由轻松,吃饭时,大家捧着碗到每个房间串门,看看这个,聊聊那个,一顿饭就吃完了。有一次,转到一个室,发现围了一大圈子人,探头进去,才看到两人在下围棋,一白一黑,在一个木质棋盘上敲得脆响。以前,有过下棋基础,也有兴趣,这样一来二往,我就看会了。后来,我就上了手,与初学者切磋,互有胜负。下着下着,就上瘾了。与军棋和象棋比,围棋更容易学，知道两个眼活棋就行，谁围得棋子多谁赢。当然，这里面的道道很多，水极深，学会容易，下好难。围棋极费时间，有时来了兴趣，我们就下通宵。自从爱上围棋，生活的乐趣与日俱增，但读书学习的时间少了，这是一个重大损失。考上博士，到了北京，因为棋逢对手，对围棋的兴趣有增无减，当时的两位棋友，一是赵峰，另一个是温小郑。最厉害的时候，我与温兄一夜连下36局，我俩都有巨瘾，我比他瘾头还大，也更加感性。那次，一局棋厮杀得难分难解，温小郑就让我稍等一下，他自己上床后脑袋朝下，我认为他在向床下找什么东西，结果他说："脑子有点不好使，控一控血，然后与我继续下。"我当时比他年轻，无头脑麻木感，但现在想来，还真有点后怕。可见我们沉溺于围棋有多么深。

毕业后，我被分到中国社会科学院工作。单位有几位围棋爱好者，于是午饭时间成为我们下棋的时间：从单位食堂打上饭，回到摆好棋具的办公室，一边吃饭一边下棋，仍是老规矩，输者下而赢者上。后来，有同事作星云散，不是调走了，就是去到另一世界，最后剩下我和王和先生。王和大我十多岁，他的棋瘾大过我。每当吃午饭，他总是第一个拿着碗筷到食堂排队，然后到我办公室催我，立马吃饭下棋。一旦开局，我俩下的是快乐棋，很少长考，快时二十多分钟一局棋，输赢意识不强，这样一个中午能下好几盘。有一次，我俩越下越快，竟自感胡闹，于是收拾棋子，然后重下。因棋逢对手，所以乐在其中矣！一旦哪天有事，我没去单位，王和先生就在我办公室等着,将棋摆好,自己还在棋盘上先放一子,然后急不可待给我打电话。我摸准了他的心理,说今天实在脱不开身,去不了单位了,他就鼓点似的催,大有如我不去,他以后再不理我,也别想跟他下棋了,可谓气势如虹。有时,我急着赶过去,他就眉开眼笑,高兴得像个孩子,幸福指数明显提高不少。一旦我确实有事,去不了,就听电话那头,他在连续催促无果后,所发出的长长的叹息。此时,我知道他一定饭不香、睡不着,一下午的工作都会无精打采的样子。如今,王和先生退休多年,其间他请我在洗浴中心下过一次,再后来因为都忙,我们就很少有机会下棋。前几天,王和兄将他的大著《左传探源》上下册快递给我,一股暖流涌遍全身。

后来,《中华读书报》的祝晓风调到我单位,我们原是棋友,这样更方便下棋,有时他也到我家里下几局。后来,他又从我单位调走,闲时就邀我到中国棋院下棋半日,那是人生中美好的时光。在棋院下棋的人不多,桌椅和棋具一应俱全,又有茶水供应,费用不高。最重要的是,各个房间有围棋高手的书法作品,像吴清源、藤泽秀行的书法风格迥异,据说都是真迹。与吴清源书法的平和冲淡、清气飘逸不同,藤泽秀行的书风在质朴、笨拙中见厚实与真纯,给人以大力士勇搏猛虎之感,欣赏之余有一种强烈的悲剧感。我与晓风下棋充满更多乐趣和玄机,他总觉得比我的棋高明。一次,我问他,到底我俩谁的棋厉害?结果他脱口而出:"当然我厉害了。"我又问:"十盘棋,我俩输赢是几比几?"他毫不含糊道:

211

"八比二。"我再问:"谁是八呢?"他就毫不谦虚回道:"当然是我了。"我不服,于是就开赛,每次都有比赛命名,还都做记录,以免哪个人过后死不认账。有时,我会在一张纸上写道:"北京首届学人围棋擂台赛在京举行。"下面写上我俩的名字。还有时,我会写上"世界第一届学者围棋擂台赛在中国棋院正式举行"。更有时,我会将头两字换成"宇宙"。总之,命名越来越离谱,也越来越玄乎其玄。有趣的是,晓风每局棋都让我写上输赢的具体子数。我就说,输赢半子和一百子没什么区别,不必这样麻烦;此时,晓风就会半真半假道:"那绝对不一样。"他仿佛在说:"在棋子上输赢的多少,也代表真实水平和实力。"不过,说实话,晓风的棋力虽然整体而言比我强,但说他能以"八比二胜我",还是有点夸张。通过比赛,他赢我的概率大致是六比四,至多七比三,从而破除了"八比二"的神话。还有一次,晓风手机通知我找地方下棋。很快,他就说已开车到我楼下。当我下去,坐到车里,开车前他突然问我:"你知道,我今天为什么提前五分钟,在楼下等你吗?"我说不知道,事实上真的确也不好猜。他就笑眯眯告诉我:"让你享受一下副局级的待遇和感觉。"这是晓风说的一句玩笑,与他平时的一本正经形成鲜明对照,这让我理解了,一个人的内心可有多么丰富多姿。

较近一次下围棋,是到王干家里。那次,在作协开完会,王干就问我,下午有事吗,如无事就找几个人一起,到他郊区家中下棋。于是,一行人就乘车进发,一会儿李洁非也来了，于是大家捉对厮杀。最有趣的是，王干与胡平下的一局棋：开始，王干一路领先，胡平陷入苦战，一大块棋被围，面临全歼，只差一口气。当然，王干的棋也只有两气。于是，王干兄开始向大家"谝"，说他曾跟国手常昊下过棋，并取得较好的战绩，那当然不是平下，而是被让子棋。但说着说着，胡平让王干注意，他要提子了，因为王干走神，自撞自己一气。结果，两人互不相让：一个说，自己苦苦支撑，终于守株待兔等来时机，必须提子；一个说，干了半晚上，好容易有一局好棋，怎能因自己马虎，让对方随便提子呢？这是一个难以调和的场面，当时王干用手护着棋局，就是不让胡平提子。在我的劝说下，胡平终于让步，不提王干的子了，风波于是停止，风平浪静了。结果当然是胡平败北。我发现：此时的王干神采奕奕，且自言自语道："下盘好棋容易吗？哪能说提子就提子，再说确实是我自己马虎了。"而胡平则变得有些沮丧，仿佛是拾到一个金元宝，却被警察罚了款，理由是："街上的金元宝也能捡？"但如按棋规论，王干不管是什么理由，都不能悔棋。事实上，胡平虽败犹荣，并且占据了道德的制高点，这叫做"有容乃大"。作为旁观者，我们在这局棋中得到的乐趣，显然比当局者要大得多。天快亮了，我们才不得不上车回城，王干直奔单位上班，我则回家睡觉。下了一晚棋，没睡觉，有人还精神饱满，不能不佩服。

现在，很少有时间下棋了，更没有沉迷和醉心于围棋的时光。偶尔也会接到王干兄邀请，我都以有事谢绝。最近，应郭洪雷兄之邀，加入"文学围棋"微信群，里面都是熟人和朋友，像南帆、陈福民、吴玄、傅逸尘等先生。有时看看他们在网上对弈，别有一番情趣。只是时间匆忙，有时只看两眼，有时也复盘一下他们的战况，并非特别认真执着，也是一乐。

前些年，一人还常在午后的阳光下或夜深人静时，盘膝坐于厚厚的棋盘前，对着棋书打谱，领略一下年轻时的狂热。所以在《济南的性格》一文的末尾，我写过这样几句话："风过无痕，雁去留声。我就是那一阵子风和那只孤雁，在飞过、栖息过济南的天空与大地时，现在还能寻到什么呢？不过，我坚信，在心灵的底片上，济南永远清新，尤其在夜深人静、孤独寂寞时，一个人与琴音和棋枰相伴相对。此时，飞去的是超然，落下的是悠然。"如今，连听一听棋子敲击于棋盘上的清脆悠扬之声，也交给想象和梦境了，而不是在现实中。

如计算一下，多少年来，我在围棋上花去多少时间，那一定是个天文数字。不过，至今我不后悔，因为围棋教会我许多人生，也让我理解了天地间的不少密语。更重要的是，它给我带来无穷无尽和难以言喻的欢乐，一种只能面对秋风叙说自己心境的那种感觉。

家住"四合院"

老北京到处是四合院,而今成了新奇。

据说,没被拆除的四合院,在北京已经很少了,不仅价格昂贵,也不易见到。我曾住过四合院,在北京东城区赵堂子胡同14号,而且住的时间很长,从1990年到1999年整整十年。

严格说来,这个四合院不是真正意义的北京四合院,是一个杂院,只是形式上像"四合院"。它坐落在一条只有数米宽的胡同里,北面斜对着是著名诗人臧克家的15号院。两个院子像两个盒子,被挂在彩带一样的胡同两边。胡同东面不远处是五四运动时被火烧的赵家楼;向西横穿南北马路,不远处是蔡元培故居;北面的赵堂子胡同3号,是北洋政府政要朱启钤故居;向东南走十分钟,是我所在工作单位中国社会科学院,单位旁有明清考试的北京贡院。

我们四合院有两扇朱红大门,朝北,它高大、厚实、沉重。

进门是一条长长的过道，前几米有顶棚遮盖，后面是露天的；左边是高高的院墙，将风景挡在院外；右边分别是一进院、二进院、三进院，自北向南依次排开。四合院的结构图像一把大梳子，过道是梳子的柄部，几排房子是梳的齿儿，几个院子是齿缝，过道的尽头有棵生机盎然的古树，权作梳子的彩线坠子吧。

我家住在二进院中间。这是由相对的两排平房组成，房子不高，但宽广舒展；房子中间的院落宽阔，空间较大；抬头可见广大的天空，并不时有鸽子、燕群飞过。当时，我住北排，对面一家的孩子叫大宝，大宝家东邻一家的儿子叫小坤，正在读高中。北面第一进住了一大家子人，有一对老夫妻和大女儿、大女婿，还有大女儿的两个正在高考的儿子，他们与中院的小坤是姑舅兄弟。就是说，小坤的父亲是老夫妻的儿子，小坤父母曾在上海当知青。记得，老夫妻的大女婿长得周正，话不多，总和颜悦色。他很会做饭，常在大门左侧的小平房里炒菜，香气四溢，漂亮的妻子很有福分。

三进院即后院我很少去，除了去附近的公厕，就去过一两次。有位季师傅的儿子比我儿大几岁，他俩常在一起玩。另外，这进院有点特别，常牵着我的思索和想象，据说中国社会科学院的著名学者杨义、袁良骏、施议对等都曾在此住过。

十年时光是我们这个小家最值得留恋的。妻子大学毕业分到中国社会科学院，先租住在和平里一个四合院。房间很小，地砖渗水潮湿，一对老夫妻和女儿女婿非常善良，给她很多关照。后来，妻子搬到这个四合院，伴它走过更长时光。

1993年我来北京读博士，之前在山东工作六年，我们饱受夫妻分居之苦。那时，每次来京探亲，都能感到这小院和小家的浓浓情意。白天我们夫妻在离家不远的长安街散步，晚上睡在用几块木板自搭的床上，虽只有一间房，里面附带的厨房狭小而潮湿，冬天还要自生煤炉，但一点不缺温暖，特别在遥遥无期的分居中，从未失去希望和信心。有个春节，我们没回老家过年，大年初二并坐在床上看电视剧，《雪山飞狐》那首颇有诗意的主题歌，照亮过我们的人生，也留下美好的回忆。

小院的主人都爱花，前、中和后院种着各式各样的花。春天到来，院子里百花竞放、姹紫嫣红，打开前窗后窗，花香四溢，可充分享受春天的灿然。冬天，雪花纷飞，一片片仿佛天使般纯洁浪漫，它们落在院子的树上、房上、头发上、地上，还有用来过冬的煤球和白菜堆上。此时，我们用胶带将木门、木窗的缝隙封好，将风雪关在门外，在房间生起炉火，高大的炉里红光炽发，一种热能很快会让房间充满春意。那些年，从准备过冬的煤球，到安装炉子和长长的烟筒，再到生火和烧水，虽然麻烦甚至危险，但却熟练掌握了技巧，从没发生煤气中毒事故。炉火在熊熊燃烧，它将一大壶冰冷的水烧得吱吱震响，热气从壶嘴升腾而起，唱着快乐之歌，也是幸福的画面。

儿子主要在此度过童年。他在小院对面幼儿园两年，将欢笑、歌声、哭闹甚至顽皮的表情都留在那里。儿子从小长得可爱，颇爱读书、画画、唱歌。他常常一大早自己搬个小凳，穿一件绛紫色背心坐在门口的藤萝架下静静看书，专心程度令人诧异。这不时招来哥哥、叔叔、阿姨、老爷爷和老奶奶围观，还引逗他背诵古典诗词，人们往往为其超强的记忆力征服，并发出啧啧感叹和赞叹之声。

这个小院充满温暖和美好。大家做了好吃的，相互赠送，一为孩子，二为那份难得的缘分。有时，遇到急事，邻居都会主动帮忙接送孩子，帮着代管孩子。晚饭后，孩子们一起玩耍，大人就坐在院子里拿着大蒲扇乘凉，天南海北神聊，没任何生分，仿佛一家人。小坤一家人在四合院中人最多，他们纯朴善良，前后院对其评价都很高。那时，小坤的父母是商店售货员，站柜台很辛苦，回来总喊腿累得受不了。大宝妈与我们同一单位，一副古道热肠，与妻子来往最多，两人总有说不完的话。冀续的父母人高马大，虽是普通工人，但特重孩子学习，对知识分子充满敬意。知道我是博士，冀续的爸爸总愿问这问那，态度谦和诚恳，他虽不是知识分子，但却温文尔雅。前几年，他还给我家打来电话，20年不见，我们的谈话仍亲切自然。我还是称冀续的爸爸为老冀，他一如既往称我小王，现在我们都六十岁左右，曾在一个院里的友情还可以这样继续。

我与左右邻居接触不多，但有一事至今难忘。东边隔壁住的是我院文学所的一位段先生，据说他在别处有房，平时住这院的时间不多，只偶尔过来看看。一次，我赶写一本书，因一间房子非常拥挤，又有孩子闹腾，就向段先生提出，能不能让我在他闲着的房间写作？开始，我没把握，几经犹豫，还是硬着头皮提出。没想到外表严肃的他，竟然非常痛快答应了。当我将他房间的杂物拾掇一下，腾出一定空间，虽无炉火，但心中异常温暖。那个冬天，我吃过饭，就打开段先生的门，将自己关在里面安心写书，直到快速、圆满完成任务。我与段先生原不认识，交流更少，我甚至没提给他房租，连一包茶也没表示过，但他从无怨言，这让我看到普通人与众不同的灵魂，也让我心存感念。

那时年轻，我喜欢锻炼。早晨，我顺着周边胡同跑步，有时跑到贡院去。快回家时，我就放下脚步在胡同里转悠，快意欣赏景致：长长的曲折的胡同藏着好多好看的四合院大门，胡同口的每棵古树都颇有阅历，早起打太极拳的老人精神矍铄，清爽的风与湛蓝的天让人心旷神怡，训练有素的鸽子不时发出咕咕叫声。

还有院子里的那棵大树仿佛是守卫，日夜守护我们平安，但我们很少琢磨也不解它的心境。秋来了，树叶飘洒一地，跟着风不停地旋转，有一种无家可归的感觉；大雪过后，寒风刺骨，我们都躲藏在家里，它赤裸的身躯仍不屈地伸向天空；夜深人静，我们躺在温暖的被窝里，却能听到大树枯枝在严冬发出让人难眠的哨叫，但我们却无能为力，帮不上它。

如今，住在这个四合院的人早已各奔东西，像鸟儿一样飞散。而那个美好的院落也被拆除，化为乌有，只留下无尽的回忆，给后人追梦。

曾住过的四合院，一个托起美好人生的小家，是不是也将我们的心田当成自己的家。

藏书防老

天下藏书者可谓多矣！但谈到藏书的目的，一定是五花八门，难以归类的。不过，大体上说，有人是为了实用，有人是为了敛财，也有人是为了装点门面，还有人就是为了满足自己的爱好——喜欢。就目前的情况看，我是为了研究之需而藏书的，但又不全是，因为我的藏书丰富多彩、品类繁多，远远超过研究的范围；长远一点来看，我的藏书是为了防老。试想，当我们这些所谓的文人退休之后，还能干什么，又愿意干什么呢？恐怕没有别的，就是一个意思"读书"。

人都说"养儿防老"，这是对的，但也不全对。如果在中国古代，多子多孙，无论如何，人到晚年一定有子孙绕膝，于是可以尽享天伦之乐；如今时代变了，有人无子，当然无孙，也就不敢奢望了。而即使有了子孙，也是一家中只允许有一个，当他远走高飞或忙于自己的事业，又有谁会整日陪你呢？看看当下有多少空巢老人之家，这一点就一目了然了！因此，我在工作之余常常想一个问题："退休下来后，应如何安排自己的生活？"养猫养狗非我所愿，因为我最讨厌它们随地大小便，也不喜欢其媚态和无所事事；集体在公园打麻将、跳交谊舞、练太极拳，我又感到是一种乏味人生，因为不愿意凑大堆儿而喜欢"独立于世"；像不少人似的让晚年"夕阳红"或"大放异彩"，即投身商海去赚钱，我又感到辜负了这美好人生；或许有人会说旅游啊，年轻时因工作没有空儿，退下来正可以饱览名山大川，但我又觉得那是年轻人的事，我的意思是：年轻时可以行万里路，年老了应该静下来多读点书。思来想去，我还是觉得人到晚年有老妻、有旧书为伴，是最可靠、最舒适、最美好的时光。

有了这样的自觉意识，书之于我就很有些与众不同，而是成为生命中的一部分，或者说它们就是我的生命本身！这也决定了我对书的不同态度及其感受：一是与书不离不弃。由于居室空间的限制，书呈几何数增多，现在很多人都是不断地淘汰旧书，尤其在迁入新居之时更是如此。但我却不然，凡入我室之书，我都不弃不离。倒不是出于吝啬，而主要是因为于心不忍。因为许多书伴我住在狭囚的陋室多年，一直无怨无悔；而我一旦有了新居大房，即将它们抛弃，我不能想象它们流浪街头或化为纸浆的形象！当搬家之时，两大卡车书从我的陋室被搬进广厦大房，我相信它们是欢欣鼓舞的。另外，我平日里出门在外，身边总是带着书，完全离开书的时光几乎是没有的。二是爱书如命。如果扪心自问我买房的目的，那么一个很重要的原因恐怕是为了书。一家三口长期囚居在数十平米的房间固然难以忍受，但最令我心痛的还是我的一室藏书；因为人憋闷得慌还可以到室外透透气、伸伸腿、弯弯腰，但书们却不能，它们只能长年累月在书架上拥挤不堪、在角落里蒙受灰尘、在床底下忍气吞声。所以，从买房、装修到购买家具，我一直将书放在首位来考虑。比如，别的方面可以次一点儿，但书厅、书房、书架一定要好，只有这样才能对得起跟了我多年、忠诚不贰的书们。在搬书的过程中，我得以领略我的所有藏书，并投诸了所有的爱心与体贴。先是用湿布擦去灰尘，再用干布拭去湿气，然后用绳子捆扎以便于搬运。到了新居，还要打开捆绳，将书上架，一切都是小心翼翼，像对待自己的孩子一样！当我擦拭书的封面，仿佛是给儿子擦脸；当我为书打捆上下左右垫上报纸时，仿佛在为儿子换上尿布；当我用绳子捆书时，仿佛是为儿子穿上新衣。在新居所有的书上架那天，气氛庄严而神圣，我细细地擦拭、抚摸、吹拂、嗅闻我的书籍，在明媚和平的阳光照耀下，生命的脚步好像一下子停止了，至少是慢了下来。因为毕竟藏书太多，十几个书架仍容它们不下，有的书还只能栖息于桌上、柜上、窗台上、床上和地板上，看了让人不安！好在它们再也不用像以前那样被打入"冷宫"似的"暗无天日"了。三是成为书的知音。人与人可以成为知音，人与书也可以成为知己！所不同的是，人世间知音难觅，而在书海中寻到知音并不难。有时因书的见解说到自己心坎里，所以喜不自胜;有时因书的装帧深得吾心,而爱不释手;还有时因夜深人静,翻书声就会变成一种灵魂的对语。有一次,在冬夜里,在非常孤独的寂寞中,连书都读不进去,我一人手捧着书,斜靠在被子上,一页一页地翻下去,毫无人生的滋味!可是,突然间,我被书中的字行震撼了,因为映入眼帘的竟是这样的情景:书中不少段落的最后一句,只有一个字跟着一个大大的句号,它们是那样孤独寂寞,像海中漂泊的船,又如寥落之晨星。于是,我顿悟到原来孤独不只属于我一人,而是一个客观存在,一种生命的常态。于是,我就在一个个被遗落的字符中寻到了真实的人生意义!生命的孤寂也就被大光照亮了。

就像春去冬来一样,一个人的一生到了晚年,所剩下的东西已经不多了,而值得珍贵的往往就更少了,一如老人寥寥无几、摇摇欲坠的几颗牙齿。当岁月退去其浮华,显示其本来的面目;当人生进入黄昏,一切都暗淡闲适下来;当生命的烛光明灭跳跃,时空变得孤寂一片,最可靠的恐怕还是书籍。因为它不弃不离、善解人意,陪伴在我们身边,其中有丰富的知识,有智慧的启示,有一个个往昔的回忆,还有着无限的安详、宁静与神圣之情。

我现在尚属中年,离晚景还很遥远;但是,我知道生命是转瞬即逝的,站在历史的长河中来看,十几年和几十年简直就不算什么。因此,我很早就为老年藏书,这样等到儿子长大成人,去忙碌他的事业,我就与老伴儿一起,坐拥书城,不为任何目的奔忙,而是以恬淡超然的心情一本本地阅读自己的藏书,充分领略书中的世界和人生。

如果眼睛花了,精力不济,那就翻翻书、浏览一下,或是给书抚去微尘,在一抹夕阳的余晖中,默默地聆听书们的心语,那也该是人生的幸福时刻吧!对于一个老年书生来说,有书做伴,他的生活一定会充实、快乐、平静,而且会老得慢一些,这也是藏书防老的另一层含义吧?

世相中的生活百态

我总怀想古老的文明,那梦一样恬静的生活情调。中国人总喜欢以往事为窗,捕捉生活的瞬间。

"沐石斋"记

中国文人多雅好，故事也多，这介乎于有聊和无聊间。知之者往往抱有同情之理解，甚至服膺之、和乐之；不知者往往一笑置之，如手拂尘，有人还会露出不屑。这都是可以理解的，因为人各有其志，趣味迥异，当然就有不同的风姿绰约。以书斋命名为例，如果说文征明的"玉磐山房"、梁启超的"饮冰室"、胡适的"藏晖室"、梅兰芳的"梅花诗房"、梁实秋的"雅舍"充满古雅之气，那么杜甫的"浣花草堂"、石涛的"大涤草堂"、纪晓岚的"阅微草堂"、傅抱石的"抱石斋"则草根味儿十足，而蒲松龄的"聊斋"、刘鹗的"抱残守缺斋"、周作人的"苦茶斋"、林语堂的"有不为斋"、沈从文的"窄而霉斋"则有自嘲和幽默意。作为文人，我也为自己取了个雅号"沐石斋"，而且还时不时加在散文随笔后面，以述心怀。

在我的斋名中，最重要的是"石头"，从中可见我对石头的喜爱。这让我能够理解傅抱石的"抱石斋"所含的深意，那种对于石头的痴迷。因为我家石头可谓多矣！大的小的、方的圆的、长的短的、宽的窄的、粗的细的、黑的白的、红的绿的、文的野的、美的丑的、正的奇的、润的枯的，可谓应有尽有。仅从石种上说，我收藏有沙漠漆、大化石、黄蜡石、灵璧石、泰山石、菊花石、萤石、木化石、雨花石、玫瑰石、孔雀石、九龙璧、陨石、砚石、寿山石、青田石、战国红、南红玛瑙，当然更有林林总总的许多叫不上名的石头。如那一年回山东老家，重登蓬莱阁、游长岛，就买到了一块鹅卵石，它小不盈握，大如鸡蛋，光润如婴儿肌肤，上有猕猴挂树奔走之意象，可谓掌中明珠一般。走进我的家中，不论是书房还是厅室，抑或是卧室，到处可见石头面目，用石之山海形容它们亦不为过。不过，比傅抱石先生更胜一筹，我与石头有肌肤之亲。在我的床上，一半是石头。伴我夜眠者有数石矣：一是十多斤重的黄蜡石，它形状如枕，于是成为我双腿之枕石；二是一斤重的翡翠原石，它形如山子，细滑如瓜，常被放在我的右腋之下；三是半斤重的和田青玉籽料，百元购得，玉与僵互参，玉质细腻，僵地粗犷，其形意如藏龙卧虎，甚美妙，我让它伴在左腋下；四是左右手各握两块普通石子，取通灵之意。炎炎夏日，我很少打开空调，有石玉丝丝凉意浸润，自是神清气爽，一得天然与超然，可谓沁人心脾和美不胜收；到了秋冬，尤其是天寒地冻，虽不能与石同醉，但将它放在身边，时不时触碰一下、拥护一回、抚摸一过，虽有寒气，但它来得清明，如藏香醒脑，似针砭时弊，也会在夜的昏瞆中仿佛有大光照临。石者，知音也，吾之师也。由此方知，古人米南宫见石即拜之传言不虚，亦不足怪哉！而以之为怪者是怪者也。

那么，何以在"沐石斋"中有一"沐"字？

一是除了石头，我家是木的天堂。装修房子时，我的一个基本要求是全用实木，拒绝三合板等人工家具，据说用复合板装修，十年污染不去，可谓怪病之源也。今天，我家的纯木家具虽非名木，但却纯朴自然、温馨如诗，给人的感受好得不得了！当时的购价虽贵，但却是值得的。记得当年囊中羞涩，下决心购得一张雕花硬木双人床，花费一万多元，可谓奢侈之极，然今日观之，仍坚实美妙，既实用安定又养眼静心，不亦快哉！因为那时没经济实力，家具不是一次购得，而是一件件买来，在散漫中也有余味儿。有一次，我看中精致枣木方桌一张、靠背椅子两把，价格高达6000元，几经犹豫后终于凑够银子将它们买回家。这套桌椅几乎没多少实用价值，只是用来摆放音响，但它深沉的红色、温润的光泽、优雅的线条令人心驰神往，尤其是伴着美妙的乐音，它们仿佛带了神的灵光，与从窗户透进来的温煦的余晖一样，自由快乐地翔舞和飞扬。因此，我常用手去抚摸它们，用目光去熨平它们，以一颗诗心，而它们也报以泪光留痕般的感动。还有，我喜欢各种木头，因此也尽力去收集，像桃木、梨木、柏木、黄金木、紫檀木、绿檀木、黄花梨木、楠木、黄杨木、竹木、麻梨木、胡桃木等，都是我喜欢的。我还喜欢各种树籽，像菩提子、桃核、橄榄核、核桃、枣核、杏核等，都成为我的藏品。别人吃杏、枣甚至芒果时往往将核扔掉，我却将它们洗净、晾干，置于盒中，闲暇间取出来玩赏。因此，一把枣核在手中越搓越亮，如舌头般的芒果核在手中轻如纸、细如丝绒，如发辫一样清晰的纹理令人想到鲜果的清香，它一直缭绕于心间。身在天然木质承载的家中，心灵也为之软化，尤其是经了岁月打磨和熏染之后的木质，它散发着年轮与人性的光泽，给人带来醇熟的智慧和悠远的冥想，一如白云的悠然飘逝，也似黄粱美梦不断荡开的境界。

二是我喜欢树，喜欢葱郁激扬的树之张扬。每当周游各地，我都被各式各样的树木所笼罩和迷醉，尤其在风中，如大海波浪一样翻涌的青翠竹叶让我浮想联翩，情感不能抑止。坐在四层楼家中，抬头可见松树梢在风中摇曳，并嗅到桂花香的款款飘来，那都是生机勃勃的树木最美好之赐予。而家中的木器则将万木逢春的生命真义保存起来，藏在岁月人生的皱褶之中，时时给我以慰藉，也需要不断被我们唤醒。因此，我是希望与这些来自天然的木质形成对话，用手、眼、心以及感觉和灵性去体悟，从而获得知音之感。当将一个木质手串，经过天长日久的把玩，变成满满的包浆，透出珠圆玉润之美，那是一种生命的灌注与交流，其美妙是难以言喻的。表面看来，这些离开大地与生命之树的木头，已经干枯和死亡，其实，它是另一种生命存在形式，是将生命内化与收敛后的丰足与快乐。而我与它们为伍，就是在宁静与平和中，重新唤醒和体会其间曾流动过的生命伟力。

三是在这个"木"中加水，乃成为我的"沐"字。因为"木"有水则生，人生亦然！当干枯的木头，因为有"水"，哪怕是意念之"水"，它也会获得深厚的底蕴，带来生命的盎然，以淡淡的、温情的、内敛的方式存在着。还有，石头有水则活，无水则枯，水是石头的眼睛和灵光，给石头"沐浴"就会使之不断葆有灵气与生命。当然，面对木石，我既要发挥作为人的主体性和创造性，从而赋予这些物体以生命的灵性；但另一方面，我在木石面前，要以谦卑之心，以斋戒的诚实，沐浴更衣，以之为师，以获得更多的感悟与启示。这样，一个"沐"字，就是对于我的真正的沐浴和洗礼。

在木石之外，我家最多的是书，一片书的海洋。我穿行其间，一如帆过大海。客厅的书架若长城般高耸、绵长、悠远，书房的书籍累积如山、山丰海富，地上、床上、桌子上到处是书。我喜欢书，除了知识，还因为它们与木石有关：书籍是木头的别一种生命存在形式；《红楼梦》不仅是一本"石头记"，还有木石之盟；在许多书页中，不是藏着颜与玉吗？在知识分子的情怀里，可能没有谁能够例外，从历史的书页中体会出"木石之盟"的温馨，以及挥之不去的永恒的怀想与记忆。生命如流水一样逝去——不舍昼夜，但在一个书生心中恐怕更多的则是，以夜深人静时翻阅书页形成的心声，聊慰并抚平人生的波折。从这个意义上说，我家中的书，是另一种木石的生命存在形式，甚至是能够飞动与升华的吉光片羽。

一个书生的理想可能是袖里乾坤，他往往更愿意陶醉于这样的境界：在香气缭绕中，伴着书香、握着玉石、抚的古琴，听一个时代甚至远古的回声，有时在现实中，有时在梦里，以一种宁静致远、纯洁无瑕、悠远超然的心情。这就是我的"沐石斋"，一个自得其乐的所在。

"字"的家族

中国汉字很难学，这让许多外国人望而生畏。

事实上，中国人自己学起来也不容易，否则中国古代就不会有那么多不识字的文盲。

不过，中国汉字是象形文字，也是一种特殊文化，还是不可多得的哲学，所以，如学来得法，就会非常有趣，也容易得多，否则，一定会事倍功半，甚至让人头痛。

我们先从"人之初"的"人"字开始。一人为"人"，二人成"从"，三人成"众"，于是显示了作为"人"的特性：从小到多、从个体到整体乃至群体的关系。"人多力量大"，才能成为大众，如果是社会底层，就变成"劳苦大众"；反之，在"人"的下面加个"竖一"，就成为独立的"个"，中国古人讲"慎独"，指的是一个人"在独处时能谨慎不苟"。当然，从众之人也要注意，弄不好会变得稀疏松散。所以，在"从"的下面加个"横一"，变成"丛"，有利于集聚；

由"众"变为群众、合众以及众志成城，就不会变为一盘散沙。在中国古代，"众"字的写法是三个人头上顶着一只大眼睛，也是讲在大庭广众之下，要有敬畏之心，因为一直有一只大眼睛——天地之目——在紧紧盯着你看呢！

"日"字很重要，一字为"日"，三字为"晶"。日与夜相对，是光亮之意；三个日成"晶"，有"精光"闪现，就像星星闪动，有亮晶晶、晶莹剔透等说法。日的组字、组词也值得一提，左边加"一竖"成"旧"，下边加"一横"为"旦"，在"日"的右边加"月"为"明"、加"寸"为"时"、加"未"为"昧"，将"日"置于"九"之上为"旭"，放在"门"内为"间"，还有日子、日月、日期、日记、日夜、日光、日历、日用、日照、日出、日落、日本等说法。从这个意义上理解，中国古人说的"新，日新，日日新"，还是挺值得琢磨的。

"又"字，让人想到衣领，或小学生对折的红领巾。在中国古代，"又"是"手"的象形字，也让人联想到"握手"。它的原义是"继续"或"重复"，这样就产生重叠的感觉。问题是，两个"又"为"双"，三个"又"为"叒"（ruo）、四个"又"为"叕"（zhuo）。还有，由多个"又"组成的字，这就可见与"又"相关的果实累累般的字，如"桑"、"叠"、"掇"、"辍"、"缀"（zhui）字。更有趣的是，在"又"字上随便加点什么，就有新字出现，里面加一点成"叉"，头上加一只手为"受"，脚下有"土"成"圣"，左加"耳"

-233-

为"取",右加一"鸟"成"鸡",上加"亦"字为"变"。小时候,我最讨厌一种小虫子,它咬人吸血,让人非常难受。后来,从字典上查到它叫"蚤",这是一个与"又"紧密相关的字,是在"又"字中加了"点",仿佛是只"眼睛",虫子就在它的下面,让人感到很不舒服。再说"难受"两字,它们竟然都有"又"。还有,将"马"与"蚤"放在一起,变成"骚"。表面看,这是个更不好的字眼,与"蚤"的咬人吸血相比,"骚"味儿太浓了,更让人受不了;不过,中国有部伟大作品却是屈原的《离骚》,按东汉代王逸的解释,"离,别也;骚,愁也",这个"骚"又让人同情,于是生出很多敬意。

还有"水"与"心",也有一个"家",一个大家族。"水"加两点成"冰",三个水成"淼",四个水为"㵘",还有"淼淼"的说法,"水"越多就说明水势愈加浩大。当然,带"水"的字更多,可以说,天上、地下、人间无处不含"水",它弥漫广大,无远弗届,那本《水浒传》只看名字就知道有很多"水"。另外,"心"在草木中,一心为"芯",三"心"为"蕊",都是核心的核心。还有"文心",有刘勰的《文心雕龙》,"勰"字在三个"力"的强大作用下,有"心"用"思",方能成就"刘勰"和他的经典名著。

"王"与"子"更可繁衍出一个大家族。"王"加一点为"玉",但这个点加在中画上面,就成了"玊",是有瑕疵的玉。由"王"可扩为"珍""珠""闰""国""金""鑫"等。

另如"子",可组成"孙""孔""李""季""好""存""孕""孟""学""孩""孬""孱""孺"等,还有与"子"相近的"孑""孓",从字形上看就不舒服,其"孤独"和"跟屁虫"的意思更不怎么样。不过,在中国古代与"子"相连的人往往都非常了不起,像老子、孔子、孟子、孙子、荀子、墨子,他们都是受人尊敬的大家;连一些名人给自己起的"字号"都离不开一个"子"字,像子云(杨雄)、子长(司马迁)、子美(杜甫)、子瞻(苏东坡)、子畏(唐寅)、子清(曹寅)等都是如此。

"耳"字也很值得关注。中国古代有"耳学",是指一个人只靠"耳朵"听来的一些知识并不可靠,有贬低之意。所以,在《文子·道德》中有言:"故上学以神听,中学以心听,下学以耳听。以耳听者学在皮肤,以心听者学在肌肉,以神听者学在骨髓。"不过,老子与庄子则认为,真正的智慧要在"闭目塞听",只有这样才能得到天籁与大道。如果这样看,"耳听"与"心听"和"神听"都比不上"闭目塞听"来得高明。老子,名耳,字聃,都与"耳"有关,可谓有双耳也。为《义勇军进行曲》作曲的聂耳则有四只耳朵,除了能看到的两只,还隐藏了两只,因为"聂"字在古代被写成"聶",是三个耳朵。从事音乐需要多只耳朵,在此的聂耳有四只,再加上自己身上长的,共有六只,比老子还多两只。

我常将"缘"与"绿"字放在一起比较。两字看上去极像,差别在于右边,而且即使是右边的部首也不易分辨,这让我感到中国文字的神妙。

还有"力"与"九"。两字的第一笔都是一撇,强劲有力;第二笔的横、弯也是一样的,差别只在那个"钩",朝左为"力",向右为"九",可见细微差别所导致的巨变。常言道:"失之毫厘,谬之千里。""千里之行,始于足下。"讲的就是这个道理。

因此,学习、工作、为人、处事,敢不认真吗?

不过,即使这样,在中国汉字的家族中,完全可以将这些似而不是、形近神异者列入其间。

我们每个中国人都生活在血缘亲情的家庭中,也离不开这些由文字构成的家族的森林。

我们就像森林里跳跃的小猴子,吸吮树上的果浆,享受来自高天的阳光雨露,在地上、树木的枝杈间如烟似雾般穿行。

现代人的"忙碌病"

随着科学技术的发展,社会生产力和人们的物质生活水平明显得到了提高,按照逻辑推理:人们一定不再需要像过去一样辛苦劳顿,更不需要以前的"忙碌"了。因为轻松自由、快快乐乐和无忧无虑的生活将是多么惬意!然而,事实却正相反,现代人比以前更忙碌了,并且活得更不快乐和不幸福了。何以故?

当下最普遍的社会现象是什么?我认为其中之一就是"忙"。人们通话和见面时谈的最多的是"忙",你也忙,我也忙,他也忙,大家都忙,仿佛每个人都有忙不完的事情!也可以说,"忙碌"成为当下一种社会"病相",它的覆盖之广、影响之大和危害之深,是令人惊异,也是让人难以想象的。

为政者忙,因为他们要处理国家的大小事情,要参加各种各样的会议,苦不堪言,只愁没有分身之术;经商者忙,因为自己再努力,所有的财富也只占总数的极小份额,与比尔·盖茨甚至世界五百强比，简直是九牛一毛；为人师表者忙，因为除了正常的工作时间，中小学老师要抓紧周末甚至晚间去挣"外快"，大学老师要赶论文、跑课题、争奖项；学生们忙，他们中大多数人已经很少有休息时间，节假日和周末都被安排得满满的，学习、学习、再学习；还有工人和农民也忙，他们因为生活水平低，必须设法寻找生财之道，工人在繁重的工作之余再找一份工作，农忙后本该休养生息的农民也只有出来打工；作家和学者更忙，原本终其一生才能完成的一部书，而今可在数月甚至更短时间里完成，这才能出现他们著作等身的盛况，一个人动辄出版千万字，其忙碌程度可以想见；报社、杂志社和出版社的记者编辑之忙更不用说了，他们争先恐后地抢新闻、争头条和抓选题，其形象化的概括是"追"、"钻"和"抢"。比如，现在的报纸扩版增容已达到无以复加的程度，而且除了周报、日报，更有晨报、晚报、时报，唯独缺少"秒报"了；期刊杂志原来一年六期，现在一年12期甚至24期已属平常；出版社原来一年甚至数年才能出来的书，而今则以月、日计，有的一周内即可出书。问题的关键还在于，出版物的不断增容和加速度缩短周期，则意味着人们必须投入更多的劳动，其忙碌也实在无奈！还有演员、歌手、艺术家和运动员等明星更忙，虽然他们一出场就有天文数字的收获，但仍然走马灯似的频繁亮相。给我的印象是，明星是如今天底下最忙碌的人！

普天之下人人忙，这可能是个不争的事实，也是当下的一种"流行病"，我们甚至很难找到真正的"闲人"。如果有，恐怕就是退休者，在晨练中、公园里、街区上可见他们悠闲自在的身影。不过，这也要将退休的忙者排除在外，因为有太多的退休者比退休前更忙，下海赚钱、包揽私活、照看孙辈、参加比赛等都把他们忙得够呛，累得够呛。

在古今中外历史和文学作品中，都出现过一些不近人情和出奇的懒惰者，他们有的连吃饭、睡觉都嫌麻烦和讨厌，这当然不足为训。如俄国作家冈察洛夫在小说中塑造了奥勃洛摩夫这一"多余人"形象，他是一个"只穿一件宽大的睡衣"躺卧在床上或沙发上的"废物"，吃饭从不自己动手，悠闲慵懒，醉心幻想，梦中做梦，甚至连恋爱都嫌麻烦。不过，从根本上说，过于"忙碌"并不比过于"懒惰"好多少，有时恐怕更坏，其危害性也更大！

过于忙碌是健康的第一杀手。以往影响人类身体的因素可能主要是贫穷和营养不良，而今恐怕主要是过于劳累！现在，不管哪个阶层的人——贫者或富人、男人与女性、老人和孩子，他们都在超负荷工作，都处于强烈的"透支"状态。也就是说，人人都在以惊人的速度"消费"自己的精力血气，而"蓄存"备用的却少之又少！这颇似以烈火在"膏腴"上点燃照明，也像将冰块投入沸水降温，其危险性可以想见。

过于忙碌必然导致过于劳累，而紧接着就是身体素质和免疫力下降，是疾病缠绕不休，最后以至于无能为力。今天癌变率直线上升，我认为忙碌过度是不可忽略的原因！人常说：身体健康是"1"，而别的诸如财富、爱情、权力等都是"0"，有了前者后者才会有意义，否则你拥有的再多也都是零。现在倡导全民健身固然重要，但最根本的还要处理好"忙碌"问题。

过于忙碌就会离快乐、幸福和美感越来越远，人生的意义也就无从谈起。忙碌中人也可能"快感"多多，比如官越当越大、钱越挣越多和名气越来越盛当然高兴，但却不一定快乐和幸福；更多的恐怕连"快感"都没有，有的只是劳累、苦恼与无聊，是无穷无尽的空虚悲叹！这是不必置疑的，因为人与动物的最大区别在于：他有思想、心灵和精神，而不是不停地工作。过于忙碌，就没有时间思考和培育身心，也不能欣赏世界、人生与艺术之美。你能想象一个忙得不可开交的人，会有心绪欣赏花开花落，会从鸟的鸣唱中听到自然的乐音，会被一个文学和艺术作品深深打动，会从一个天真烂漫的孩子身上看到生命之光吗？而没有对于真善美的感动，其生活必然粗糙无趣，也缺乏生命的大飞扬。因为一个人和一个民族的快乐与幸福，往往并不取决于外在的物质层面，而是要看他是否有饱满的心灵和优雅的美感！令人担忧的是，今天的许多人包括作家和艺术家在内，他们在忙碌之中往往只会欣赏假、丑、恶，而与真、善、美无缘，并且表现更多的是痛苦状，是心灵的分裂，有的甚至是变态的。

过于忙碌必然缺乏文化与智慧。比如一面镜子，因为常拂拭才光可鉴人；又如一池湖水，因为不起波澜所以可当镜子。人心亦然。当一个人无比忙碌，他就很难有时间和心性反观内在，也不可能做到安定如山、宁静守一、韬光养晦、十年一剑，形成智慧的世界观、人生观和生命观。陶渊明的"采菊东篱下，悠然见南山"和王维的"独坐幽篁里，弹琴复长啸，深林人不知，明月来相照"式的人生从容与生命感悟，而今在现代人身上很难寻到了，更多的是碌碌无为和庸俗不堪。中国古代诗人白玉蟾为自己的书斋取名为"慵庵"，他将"慵懒"与人生智慧并观，是对忙碌人生的有力批判。他说："丹经慵读，道不在书；藏教慵览，道之皮肤。至道之要，贵乎清虚，何谓清虚？终日如愚。有诗慵吟，句外肠枯；有琴慵弹，弦外韵孤；有酒慵饮，醉外江湖；有棋慵弈，意外干戈；慵观溪山，内有画图；慵对风月，内有蓬壶；慵陪世事，内有田庐；慵问寒暑，内有神都。松枯石烂，我常如如。谓之慵庵，不亦可乎？"如此人生之富足美妙不足以为外人，尤其不能为碌碌无为者道！

从人生和生命的角度讲，人生一世，草木一春。因之，一个人尤其是一个智者没有必要忙忙碌碌以终世，而是应该轻松自由、快快乐乐和幸福美好地活着。否则，就是糊涂无知，就是不明人生的真义，更有甚者会因亡身、毁家和害国而抱憾终生。

"抗疫"壮歌

如果将"2020"年发生的这场"新冠肺炎疫情"比成一个"舞台",中国无疑是重要角色。它开始被推向"前台",成为举世瞩目的对象;现在,中国退到了"后台",但仍在全力为前台服务和奔波。中国在抗疫中的表现可圈可点,这一中国"抗疫"所做出的贡献注定会载入史册。

一、封

疫情突如其来,让人防不胜防。"封"是这次"抗疫"的关键步骤,也是一招看似笨拙,实则至为重要的明智之举。

封城,将千万人口的武汉关上门,阻断病毒外流。这是需要勇气和决心的重大举措。于是,武汉人民付出巨大努力牺牲,为战胜疫情做出重要贡献,也为湖北全省乃至全国和整个世界留出时间窗口。但封城并未封住武汉与外界的联系通道,不论是物资、人力、信息、感情都一直畅通,生命的通道使全国人民与武汉人民息息相通。因此,在严密的武汉封城防控病毒过程中,物资没有缺乏,援助源源不断,关爱与日俱增,疫情很快被控制。这次武汉"封城"整体上稳然有序,显示了我国的组织优势和制度优势。试想,当时如不果断"封城",一个十四亿人口的国家在疫情面前,将会有怎样的结果?

封路,全国人民一下子行动起来,城乡特别是村庄立即将病毒挡在外面,避免了疫情向最易扩散的农村蔓延。

中国乡村传统的拜年习惯一下子被叫停或实行了急刹车,村干部和村民自觉自愿在路口义务把关。

在山东省地级市中,东营是唯一的一个没有感染案例的地级市。在武汉严重的疫情之下,某村竟为零感染,其成功秘诀是:村干部提前自费为全村备下日用物资,早早封路封村,避免了病毒传播。村干部竟提出这样的口号:如有感染,先是村干部;如感染村干部,应先是村支书和村委会主任。这堵由村干部组成的防控墙可谓铜墙铁壁,反映了领导干部的责任担当和奉献精神。

封小区,全国城市积极有为,严格把关,科学管理,保证了小区安全。中国小区人数众多、人员复杂、流动频繁,很难防控;然而,长时间的封闭式小区管理,竟能如此富有成效,离不开社区工作者的付出,特别是广大党员和党员干部以及志愿者的奉献精神,也与居民的自觉配合是分不开的。从中可见,我国社区自治能力水平的巨大提高。

戴口罩，全国上下齐声响应，很少有反对者和违规者，这是此次疫情防控的关键。戴口罩确实不太舒服，但为了生命安全和防止病毒传播，每个中国人都非常明理自觉。这既有助于保护自己，也是为了他人的安全着想。

我发现，当一位女性戴上口罩，一下子变得更加美丽了，因为那双大眼睛变得更加明亮动人。

二、赴

疫情初期，感染人数陡增，死亡如秋叶般飘落，人们纷纷开赴疫区。如磁铁之吸附，似支流汇入干流，像江河注入大海，我们看到一种"凝聚"，一种趋赴，一种齐心协力，一种舍生忘死。

当八十多岁的钟南山一袭白衣披盔戴甲上阵，当七十多岁的李兰娟以柔弱坚韧日夜战斗在一线，我们看到了中华民族的精神脊梁是用钢筋铁骨铸成。早就过了退休年龄，本该享受儿孙绕膝、甘之如饴的晚年时光；然而，他们从未退出自己的事业，生死攸关时，还开弓立马站在最前线，成为一道坚实的屏障，为国为民挡住不可知的巨大风险。上次"非典"是如此，这次"新冠"又是如此。有人赞钟南山曰："神州一口钟，南山不老松。"也有人称颂李兰娟说："幽谷芝兰香袅，碧宇婵娟光皎。"其中寄寓了国人对于两位长者多少尊崇与热爱。

还有更多有名无名的白衣使者，他们不计得失，有的请愿、立军令状、按下红手印，开赴疫区前线，悲壮中慨当以慷。当张文宏说出让党员医生先上，李文亮等眼科医生不甘落后，很多女医生女护士奋不顾身，不少八零后甚至九零后担当重任和敢于牺牲，这其实已将国家民族大义与不怕牺牲精神镌刻出来。甘如意这个只有23岁的姑娘，是武汉江夏区金口中心卫生院范湖分院的一位医生。她正在家中休假时听到疫情，竟然主动放弃休假，在封城后无任何交通工具的情况下，独骑自行车经四天三夜，返回离家300公里的医院，马上投入化验工作。这种"赴"，是一种神奇，也是普通人的非凡之举。

全国各行各业对于武汉等地的声援感天动地。有的富人倾其所有捐款捐物，有的农民将最新鲜的蔬菜成吨地捐献出来，有的快递小哥免费为医护人员送饭，还有的志愿者不辞劳苦、义无反顾投身抗疫，更有军人出征支援助力。如专门从事微生物病学研究的陈薇少将，2003年参加抗击"非典"，2014年帮助非洲攻克埃博拉疫情，此次又奔赴武汉攻关克难。在她纯朴、沉实、内敛的气度中自有一种自信从容，也是巾帼不让须眉的最好体现。为了疫苗早日面世，她与时间赛跑，短短几个月后，陈薇苍老了许多，这是一个将国家民族人民甚至整个人类命运都挑在肩头的伟大光辉的女性。

每支医疗队整装待发，都有深情相送。不少省市一把手领导亲到机场相送壮行。妻子送丈夫，丈夫鼓励妻子，分别时刻留下一个个令人难忘的场景画面。在行李上，家人为出征者系上"平安回来"的红布条,隔着玻璃的年轻情侣夫妻流下泪水,分别时注视的目光写着难以言表的长长的牵挂。

此次医务人员的出征与奔赴,除了背影,还有多少晶莹的泪水与期盼的目光?"赴"仿佛是向高天飞舞的风筝,它后面牵扯着长长的丝线,还有那双既想放开又不愿失去的手。

三、归

这是最令人激动的时刻:到武汉乃至湖北的"抗疫"英雄将要启程返航。他们圆满完成任务后,将要离开战场,回归"故里"。

一张张脸洋溢着胜利的喜悦、满足、自信。在决定撤回那一刻,之前是无暇顾及和无心去想,之后一定有不眠之夜,然后开始归心似箭。数十个日夜的拼搏与鏖战,不要说孩子的期盼、父母的目光、夫妻的挂念,甚至自己的生命,都置之度外。如今,不可思议的疫情终被制服,心的方向直指向那个"家",他们怎能抑制住自己的感情?看着一张张激动的面庞,我们仿佛变成他们,他们也成了我们。天下同心:谁无儿女,哪个人没有父母亲人?

分别最难。毕竟与这个城市一起战斗了数十个昼夜:它的高楼、树木、人群、风声、空气,都曾将自己浸润;相识与不相识的战友,那些纯真友情都是用命换来的;还有病人,在近距离抢救和照顾过程中,插管、翻身、大小便,在平时几乎不可想象。如今，就要离别，君在长江中，我在长江头，你在长江尾，或许永无再见的机会。此时，怎能禁得住多看两眼，将所有都摄入心中？于是，我们看到鲜花与感激，不停的拥抱与耳语，排着长队手不停挥的热烈欢送，还有人长跪不起的感恩，因为一家11口被救了性命。送与别，被从心底里涌出的泪水打湿，还有说不出的牵挂、期盼、祝福。

英雄归来。欢迎队伍像张开的臂膀，敬礼变成军功章。警车开路，迎接英雄回归故里。掌声中，一位领队向领导汇报，几度哽咽，泪洒千行，这是多少个日夜只流汗、不流泪的七尺男儿所流下的泪水。他说：作为领队，他已圆满完成任务，将所有的人都带回来了，没损一兵一卒。

"归"，这个大大的字，写在祖国的天空和大地，也长在父母子女那望眼欲穿的渴盼中。

四、开

4月8日零点，武汉"解封"。

在经过76天的关门后，武汉的大门终于再度打开，黄鹤楼又将焕发新的生机活力。

其实，在这之前，全国各地都已陆续复工复产，有的地方也早已开始上班和工作。

更重要的是，在我国疫情得到控制后，马上投入大量人力、物力、财力，也用信息网络联通，帮助世界其他国家抵制疫情。

这是另一种"开"，也是中国人心地善良和心怀天下的体现。

五、守

自 2020 年 4 月 8 日零点，武汉"解封"，至今已过去一年有余。

世界各国的疫情一直没能得到有效控制，有些国家因变异病毒变得更加严重。到目前为止，世界整体感染人数已近两亿，死亡人数为 422 多万。单个国家的日感染人数曾多达数十万人，即使现在也有高达近十万人的。由此看来，这场新冠肺炎疫情灾难还远没有结束。

与世界疫情相比，中国是最早走出灾难并投入正常工作、生活、学习的国家，在解封后曾一度出现零感染，现在也保持在单日百人左右。这不能不说是个奇迹，是中国式抗疫的伟大成效。

就如同抗日战争的"守"一样，中国式抗疫坚如磐石，武汉之疫后再没让新冠肺炎疫情影响中国大局。

在这一年多时间里，我国虽有数次风险考验，新冠疫情突破防线，给抗疫带来风险挑战。但是，在全党和全国人民的共同努力下，很快消除了病毒，排除了险情，还国内以诺亚方舟式的平安无事。这中间，严密死"守"可谓功不可没。

直到今天，在一些单位和社区中，仍坚持着健康扫码和测量体温。在进入车站、机场、单位等公共场合，我国公民仍自觉坚持佩戴口罩，即使天气炎热如蒸笼一般也是如此。

另外，在接种疫苗过程中，国家对每个公民都是免费的，而服务到社区、单位、家的方式，也是非常暖人心的，以至于不少单位、社区的接种率达到100%。

全国人民与党和国家达到了高度的默契，这是心心相通的最好诠释。

五一、十一、春节三个大节的正常化，甚至在今年的"七一"建党百年纪念活动中，在中国都经受住了考验。

我们没有因为恢复了往日的生活，而导致新冠肺炎疫情反弹和再暴发，而是像明媚阳光下的一湖春水般宁静，这在世界疫情汹汹、变异毒株一浪高过一浪的情势底下，是难以想象的。

在不少的科技强国还在为戴不戴口罩争论不休时，中国人已将个性和自由置于一定的限度，用博爱与克制的丝绸进行了美好的包裹。因此，在人山人海的节日人流中，国人都自觉地佩戴口罩，让自己安全，也给别人一份放心。

即使在今天，炎炎夏日的宽阔街道和马路上，中国人也都特别自律，佩戴口罩成为一道亮丽的风景线。他们仿佛在说："守"住自己，就是守住整个国家抗疫的防线。

一旦出现疫情，党和国家带领全国人民上下一心，以灭火的方式开始扑灭疫情。一面是进行详细的溯源，有的感染者竟能清晰记得所到之处和所有接触者。一面是斩断感染源和接触链条，让感染者就医或疑似者隔离，还对有风险地带或地区进行多次核酸全检。

为守住可能传染的防线，全国上下织成一张细密的科技和人情大网，全力挡住病毒的传播甚至泛滥。

也是在此意义上说，几次疫情的燃点都被火速扑灭，这成为中国乃至世界防疫史上的经典案例。

六、助

中国并没有因为自己控制住了疫情，就关门大吉了。

除了恢复生产，为世界各国提供产品，我国还为世界提供尽可能的帮助，希望与世界各国一道战胜疫情。

我们曾向多国派出医疗队，直接帮助外国进行科学抗疫。

我们还免费向各国提供物资援助，特别是在疫苗方面给世界各国提供了大量帮助。

据报道，中国已向世界20多国提供疫苗援助。

中国红十字会向埃塞俄比亚援助疫苗10万剂，埃塞俄比亚卫生部国防部长德雷杰·杜古马在疫苗移交仪式上向中国政府和人民表示感谢。中国驻埃塞俄比亚大使赵志远表示，作为埃塞俄比亚的全面战略合作伙伴，中国将继续为埃塞俄比亚抗疫提供力所能及的帮助，在埃塞俄比亚发展经济、改善民生的过程中发挥积极作用。

有的国家即使没向我国提出请求，甚至因为隔阂有意阻止援助，中国也不计前嫌，积极主动伸出援手。

与世界各国守望相助，一个"助"字将中国人民的深情厚谊刻画出来。

中国"抗疫",其中的"封""赴""归""开""守""助",每个字都是一座丰碑。它们凝聚着中国精神、中国力量、中国智慧,还有两个更大的字,那就是"一心"。

一心一意、心系家国、一心为民、以心比心,这才是我国"抗疫"能取得阶段性胜利,有今天的伟大成就的可靠法宝。

女性的棱镜

在这个世界上，女性一直没得到应有的地位、尊重、爱护。虽然在不同的时代、国别、性别中略有差异，但女性的被忽略、受损害甚至遭污辱却是共同的。

在地铁、公交车上，许多女性包括那些老年妇女都颤悠悠站着，而许多男士包括身强力壮的小伙子竟然头不抬、眼不睁安然坐着。有位上海朋友曾告诉我，他的妻子怀孕数月，从家中至浦东来回上班，竟然一次都没有人给她让座，即使临产前也是这样。言及于此，朋友的声音有些颤抖，他甚至对人性的美好产生了深深的怀疑。

我来北京已24年，从31岁到现在的55岁。搜寻被让座的记忆，没一个男子给我让过座。闲来思之，主要原因有二：一是我是男的，又算年轻；二是现在我虽已年过半百，但头发没有全白，更未进入老态。不过，我常安慰自己说，不被让座不正说明我还没到老人状态吗？但我被女性让座的事却是有的，尤其是近些年，有两次女性主动给我让座，令我非常感动。

一次是地铁快到北京图书馆一站，一个大学生模样的女孩从座位上站起来说："叔叔，您是不是晕车，您来坐下。"我马上告诉她："姑娘，我没事，你坐，谢谢你！"后来，我才明白，我坐车有个习惯，喜欢手不扶持，闭目随地铁节奏摇晃，有时还踮起脚跟上下运动，这样既练习平衡又能健身。姑娘一定误以为我很难受，一颗善心让她给我让座。那天，阳光将整个窗里窗外的景致以及我的内心照亮，我看到了女性的柔美与仁慈。至今我也不知道姑娘的名字，但她的义举让我感动了很久，直到今天仍有余热。

另一次是在我去单位上班的路上。当时早班赶地铁，可谓人山人海、水泄不通。我有幸站在靠座位的面前，这远比在门口的位置安稳舒适。突然间，一个小伙子从门外挤入，像日本鬼子进村，他横冲直撞挤到我身边，许多女孩子被挤得哇哇喊叫。这个人高马大的小伙子，即使挤到我身旁仍不老实，他东挤挤、西蹭蹭，像个货郎鼓。在大庭广众之下，我不好质问他，也不好向他发火，只是强忍着。然而，他仍然无休止扩大地盘，以至于我没法站立。于是我拿出杀手锏，用右肘抵住他的左肋，他不动我不动，他一动我就用太极功夫顶住。后来，他知道遇上了对手，变老实了，但狠狠看了我一眼，却无来由发作。不过，在如此拥挤的地铁里，我穿着棉衣，又要凝神定气顶住对方要穴，其难度可想而知。一会儿，我开始出汗，再后来变得大汗淋漓。像战场上与日本兵拼刺刀，我靠的是技术更离不开毅力，支撑着身边这个铁块一样的壮汉。此时，我心中充满遗憾与希望：假如这小伙子用这一身力气善待他人尤其是女性，那该多好！也可能今后他上了年纪，能降降火气，用温柔敦厚而不是暴力面对这个世界，尤其是那些柔弱的女性？正在我胡思乱想时，坐在我面前的一个弱女子艰难站起来，给我让座。她说："叔叔，您是不是特难受，咱俩换一下吧！"从深思中被唤醒，我马上摇头说："姑娘，你坐，我没事，只是有点热，我马上到站了，谢谢你。"这一天，我将它看成人生最美好的时刻，一个女性在一个男性面前显出巨大力量与伟大品质。在如此拥挤的环境中，女孩能放弃自己的座位，这是很不容易的。那天，我走出地铁，呼吸到外面的新鲜空气，因鲁莽小伙子而产生的所有不快很快烟消云散，代之而来的是深深的感怀——那个美好的年轻女子如同天女抛下花枝般，令这个世界变得无比明丽和灿烂。

随着年岁增长，人往往越来越成熟，同时也容易变得更加世故。男性和女性往往都是如此。有一次，见到一个母亲带着孩子上地铁，我给她们让座。母亲和孩子连句谢谢也没说。一会儿，孩子身边的人下车，妈妈对我没有谦让，而是自己安然坐下。这些都没什么，不明理甚至不懂事的人在今天大有人在。然而，一会儿有对父子上车，儿子是上小学的年纪，他就站在刚才的母女身边，但遗憾的是，这个妈妈视若不见，自己稳稳坐在站着的男孩子面前。此时，我细心观察这位母亲的脸：一副冷漠甚至丑陋的面容，尽管她长得方方正正。

当时我有一种冲动上来,想教训一下这位母亲,但最后还是忍住了,我担心对牛弹琴,更担心会引起无谓的争吵,面对两个童心未泯的孩子,再有理的争吵都是不明智的。当时我心想:这样的母亲一定教育不出好孩子,她在受人恩惠时不知感恩,更不知道怎样给孩子做榜样。自私自利的内心其实包含着一种不自知的毒素,那就是只看眼前利益,变得"失道寡助"和"得少失多"。还有一次,我给一个天真烂漫的男孩儿让座,母子齐声向我道谢。此次,我身怀喜悦,忍不住问孩子:"叔叔问你,你知道为什么给你让座吗?"面对这样的问话,母子都露出惊异与骇然,从母亲的眼光中,我看到莫名其妙的敌意:她甚至认为我是"神经病"也未可知!看着母子都低头不语,也不做答,我就对孩子说:"之所以给你让座,就是希望你长大后能给有需要的人让座。"孩子轻轻点头,我不知道他到底听懂没有,也不知道那个一直沉默不语的母亲听懂没有?

上个月在回家的地铁里,人不算多,也不太拥挤。我就拿出书站在有座位的人前面看书。这是我多年养成的习惯,单程一个半小时、双程三小时的路上,遇到环境轻松,我会阅读不少好书。这次,面前坐的是个中年妇女,见我读书,就站起来给我让座。我谢过她,说自己已习惯于此,坐了一天班后想站一会儿。结果,临下车,她还是拉着我的手,一定要让我坐下,并补充说:"站着看书,容易伤眼睛。"我虽没仔细看这位女士的容颜,但她拉我的手,听她美妙的悦耳声，有她的关怀语，仍给我无限温暖。像深山幽谷中，听潺潺的流水；也像炎炎夏日，在地铁通道享受清风。现在的女性往往都看不起书生，但这位女性与众不同，她有一颗温存优雅的心灵，像一朵蘑菇一样佑护着身边的小草。

我有幸受惠于很多女性。远的有古今中外的伟大女性，像花木兰、邓肯、海伦·凯勒等都是如此，还有《红楼梦》中的女性以及《浮生六记》中的陈芸，都曾给我留下美好的印记。从近处说，母亲、姐姐、妻子、岳母、师母，还有不少女性朋友，一直是我心灵的滋养。美好的女性之于我，她们每一个都是一次生命的花开，都像甘泉一样浇灌过我的心田，没有她们的关爱，我的人生一定不会像今天这样放松、快乐、优雅、幸福和动人。我的人生仿佛是坐在天空的月牙上，一翘一翘地在蓝色的天海中艰难前行；然而，美好的女性就像薄雾轻云般载我飞渡，在漆黑的暗夜将我照亮。

今天的中国女性较之前是大大解放了，但比以往更辛苦。她们除了要与男子在外一争短长，家中所有的活计一个都不能少，因为男人可以不为家务事操心，女人却不成。问题的关键是，女性工资并不比男性多，这是不公平的。因此，应让更多女性不要那么累，且享受高于男性的工资待遇。另外，要为保护女性立法立规，如在地铁、公交车上，只要有女士没座位，就不准男士坐着，否则将被罚款；又如，对于男性家暴或强暴妇女，要采取严厉的刑罚，对强奸犯甚至可判处死刑；建立各种有助于女性的优惠政策，除三八妇女节，像生产期、月经期、生日等都应给女性更多休息时间；甚至在一些良好的职业上，给女性更多机会，也让她们享受更多福利。还有，应建立各种各样的妇女荣誉奖和重要节日，在全社会形成尊重、保护、爱护、崇拜女性的氛围。

平心而论，中国女性已享有很高的威望与待遇，如男女平等、相互尊重等都是如此。然而，现在离真正的文明尤其是高雅的文明还相去甚远。未来我们应从制度、文化、精神、心灵上建构有益于女性成长的生态环境，既让女性真正培育和发挥其自然优雅之美，也让男性成为敬重女性的参与者和建构者，还使男性真正从中受益，充分体味中国女性的光辉灿烂。

是母亲生养了我们，是姐姐将我们带大，是妻子关爱我们，是妹妹仰慕我们，是女儿簇拥着我们，是奶奶背负着我们，是那些不知姓名的陌生女性关照着我们……因此，作为男性，我们没理由不对女性怀着感恩、敬意、呵护和祝福。只有当中国的女性被尊崇，我们的小家、社会、国家才能真正变得富足、文明、优雅和美好。

都市车声

身处都市尤其在北京,感觉最强烈的是人多、车多、楼房多及增长速度快。仅就车辆而言,它们以雨后春笋般的速度增长着,十年前还是自行车的天下,而今却到处都是汽车。上下班的时候自不必说,即使到了夜里,我喜欢站在桥上看桥下的车子,那种景象真是令人啧啧称奇!此时的汽车将宽阔的路面占满了,多得数不过来;此时的汽车汇成一条条大河、游成一条条长龙,让人感到眼花缭乱。

这种景象首先让我想到的是财富。如果有人感兴趣,算一算北京每日车辆的价值,那肯定是个惊天动地的数字,从这一方面说中国的国力确实大大增强了。其次是美。车子的美,灯光的美,运动的美。试想,车子丰富多彩的颜色,流畅的曲线造型,灯光的闪烁迷离,都为现代都市增添了无穷的魅力。再次是方便。以往所到之处,骑上自行车赶远路回来,一身尘土不说,就是腰酸腿痛经过一夜都不能恢复。更何况刮风下雨的时候，夜黑、路滑、脸湿、泥溅，那可不是人受的罪。如今好了，打个的士一会儿到家，方便、舒心、省时、省力，什么事都不耽误。每当此时，我总是由衷地感谢出租司机，是他们的技术、辛苦为我们带来了方便。尤其在高速公路、地铁和轻轨上行进，那种畅通无阻、行云流水的感觉让我充分地理解了科学与现代化的方便快捷，也让我禁不住赞美人类伟大的创造力。

不过，车的发达和与日俱增也存有不少问题，人的欲望无限膨胀不去说它，交通拥挤与堵塞不去管它，车的尾气到处弥漫暂不提它，只说这车的噪声就让人无可奈何。我常常看到急刹车，在印着黑色车轮摩擦痕迹的道路上，表明车的速度、无奈与风险，而那急刹车的声音更像一根长针，扎进人的耳管、脑髓和神经，就像人们用指甲在玻璃上划刮的声音差不多。我想，人在这样的声音下面生活和工作，生命和精神都会受到深重的损害！更不要说这种急刹车的直接后果很可能就是严重的车祸，造成无法挽救的悲剧。然而，明知急刹车的可怕与损害，车主何以还要将车开得如此之快呢？一是赶时间抢速度，二是享受我行我素的快感，三是无知与自私。我常想，如果车主能多为自己也多为他人想想，开车时慢下来、再慢一点，这种急刹车就会避免。于是，路人万幸，车主万幸，国家万幸。

当夜深人静，人已安眠，满载货物的大卡车就会滚滚进城，其震天动地的轰鸣就像泰山一样突然压在心头，令人有窒息之感。而深夜交通的无阻无隔又使卡车毫无顾忌，于是，身居路边的市民在这噪声中毫无办法。这让我想起童年的乡间，由于交通闭塞，不要说没有汽车，就是马车也少，而一夜的酣睡便会让人心满意足：寂静、热炕、暖被、裸身而眠，劳顿的身心便如得了熨帖一般，说不出来的舒适安泰。即使偶有声响，也是鸟虫、鸡犬、羊驴等的鸣唱，这不仅不是噪音，反而成为宁静乡间和谐的奏鸣曲。如今，在都市中，每当夜里被卡车吵醒，我总怀想古老的文明，那梦一样恬静的生活情调。

还有汽车的防盗声，白天因噪声太多不易察觉，而夜深人静，一切都睡着了，它却格外引人注目。那种像垂死病人呼喊救命的声音，听起来非常难受，甚至让人感到绝望。而且，楼房的周围有太多的车，这种声音又极容易发出，即使无人盗车，哪怕只从旁边走过，也会牵动它的哀叫。于是，一个本该安睡的夜晚，竟成了汽车防盗声此起彼伏和争相鸣咽的舞台。有时，我甚至怀疑车主是不怀好意的，他特意用这噪声扰人睡眠。

不过，在都市车声中有两种是我爱听的：一是救护车之声，它柔软慈爱、甜美真纯，而又略带说不出的祷告，像乡间老祖母的安眠曲；二是倒车之声，它轻歌曼语，客气平和，羞涩谦逊，如一支天真无邪的童谣。可见，同是车声，竟有如此不同的性质和差别，也给人心灵造成如此不同的感受。

为解决都市车声的噪声，我想可能有以下几个办法可用：

一是法律约束。国法不仅要重视人的生死安危、财富占有，更应重视人的精神和心灵，因为后者不仅更为内在化，也是衡量人的文明程度的更重要的标志。二是车主一定要有仁慈之心，当你控制车声时，且不可忽略他人的感受，而只为自己方便，或发泄一己之快。如果你能从点滴车声这一小事着眼，不轻易制造噪声，这既有益于人，也有利于己。三是对噪声的态度。当文明还没达到相当高的程度，当面对的外在世界一时还无法改变，那就只有求诸己身了，即靠自己强大的内心抵御一切外在的干扰与损害。因此，修养身心，以平和从容的态度对待都市噪声，就显得相当重要了。以我个人的经验，这里除了宽阔己身，容忍存在的不合理外，就是"闭目塞听"，如老子所言，不为五声所惑。要做到这一点，修炼内心的宁定相当重要。试想，一棵大树的树叶在风中难以静止，而粗壮的树干却岿然不动，即是"宁静守一"与"安定如山"之理。

  不过，总有一天，我们耳朵听到的都市车声会有根本的变化，即美妙者越来越多而噪声会越来越少。我坚信这一点。因为当人类的生存和发展问题解决了，那么美好和艺术的人生必会得到充分的重视。

编辑甘苦是一道人生彩虹

如不算以前,自 1996 年起,从中国社会科学院研究生院文学系毕业至今,我做编辑工作已经 25 年。像一颗钉子,这么多年我坚定不移把自己钉在中国社会科学杂志社的岗位上。先做编辑,后做编辑部主任,现在是副总编辑。其间的甘苦难为外人道,对于编辑工作的执着有时连我自己都感到吃惊。

整体而言,编辑工作是为他人做嫁衣裳,若处理得当,可以编研结合,绘制出一道美丽的人生彩虹。对我而言,最深切的体会是,在枯燥的编辑工作不断提升自我。

一般来说,工作有好有坏。以我的心性,最想做的工作是卖茶叶、玉石,制香,以书画为业,在大学当老师或成为一名法官律师。读完硕士研究生后,曾一度想放弃一切,作个自由人,一个周游世界的行走者。我心想:经过行万里路,在深切体会了世界人生,然后沉下心来写作,那该是多么美好的选择。但至今,这些几乎都没能实现,有的还只在梦里。

当了一辈子编辑后，我对世界人生有了新的认识：严格意义上说，工作没有好坏优劣之分，关键看你喜不喜欢，还有对社会人生的贡献大小。有时，人生是自己走出来的，但更多时候可能有一条自然的曲线，你不得不随着它的节奏起舞。最初，我最不喜欢做的就是编辑工作；然而，经过这么久的体验，编辑工作也很好，它虽然枯燥，但教会了我很多很多。

一是"认真"二字。毛主席说过，人最怕"认真"二字。以前，对这两个字的认知非常表面化，但在编辑工作中则深有体会。一篇文章经过编辑变成铅字，错字错句就长在上面，那是无法更改的。我们《中国社会科学》要求极高，不允许有硬伤，出错率控制得相当严格，除了我社有相当专业的校对团队，编辑自己还要校对多遍。有时，为查一个出处，可谓费尽周折。当然，这个要求不只是改错字错句，还有铁的政治标准和纪律，每个编辑不敢不认真。稿子从初稿到最后变成正式出版物文章，其间的"认真"像一面面镜子，需要照亮稿件的字里行间，也要照亮编辑的眼睛与心灵。我们编辑在不厌其烦地改、校、对、核中翻山越岭、涉川过河、攀岩越涧，最后终于完成任务。等着这项任务刚完成甚至还没完成，新的任务又来了，编辑工作永远做不完。不过，多年的认真培养了我的工作态度和人生观与价值观，也让"认真"变成一种难以形容的美德。现在，作为老编辑，我常与大家开玩笑说：现在，让我不认真也不可能了，"认真"就如被镌刻在心中的印记，永难消失。还有，有了"认真"二字，我真正体会到了"世上无难事"这几个字的涵义和价值。

二是"耐心"二字。编辑工作还离不开"耐心"，没有耐心作为底色，一个编辑既做不长久，即使做也做不好，更不要说从中获得乐趣了。编辑工作仿佛是一个磨刀石，它既会磨砺一个人的意志品质，也会让其思想变得锋利，还会将他的时间、精力、生活慢慢磨损。一方面，工作本身需要耐心，我社原是"一报八刊一网"，现在是"一报七刊一网"，其工作量大得惊人，每人都在超负荷运转，比机器还繁忙，这是需要耐心的，否则就无法胜任这份工作。另一方面，编辑工作要与各式各样的作者打交道，有胸襟、好合作、通情理的作者对我们的工作多有支持，也使我们受益良多；然而，遇到有个性、多为自己考虑、没办法跟他讲明白道理的作者，编辑可就难受了，这就特别需要耐心，要有与人为善、设身处地、为他人着想的心怀。举例来说，面对雪片般的来稿，阅读起来是需要时间和周期的，但有的作者从投稿之日起，就开始催促，编辑对此需要很有耐心。作为编辑，被作者反复催稿，容易形成急躁、无奈甚至厌烦的心态；但是，编辑将自己换成作者，心态一下子就会有所改变，就能理解作者的心情，自己的心态自然就平衡稳定了。另一个例子是，我阅读作者稿件，往往站在学习和提高的角度，有时不耐烦了，就会扪心自问："作为编辑，再辛苦的阅读还能比得上作者写作辛苦吗？"于是，心下一下子就变得释然了。编辑工作培养起我极大的耐心，就像一棵古老的柳树，无论风多大，被吹了多久，它始终如一用惊人的耐心做一件事：温和拂面，像一首诗。

三是"感恩"二字。做编辑工作最忌讳的是"三观"不正，仿佛作者都在围着自己转，是有求于自己，手握着生杀大权，是高高在上的，可颐指气使，甚而至于以权谋私，动不动耍大牌，这是相当错误也是比较肤浅的。我做编辑工作多年，不能说没得罪过作者，但整体而言，与作者建起了良好关系，也获得很多作者的信任。其中最重要的一点是，我有感恩之心。这包括：第一，将作者看成是办刊特别是办优秀期刊的源泉，没有作者就没有文章，没有文章又谈何刊物甚至名刊。第二，阅读作者文章就是一个学习过程。投《中国社会科学》等刊物的稿件，往往都是作者最好的作品，我能在第一时间读到作者的最新研究成果，这难道不是一种福气，不需要发自内心的感恩吗？第三，与作者打交道，能学到更多，除了知识、文化、思想，还有教养、人品、境界、智慧。常言道：路遥知马力，日久见人心。与一些优秀儒雅的作者交往久了，我就会感到自己也仿佛变得丰富、饱满、充实、快乐、幸福起来，有一种被诗意与美好浇灌的感觉。

不过，编辑工作也有陷阱，如果处理不好，它会不断消耗你的能量内存，变得无所适从。其中，最值得注意的是，一旦做了编辑就要抱定甘于奉献的信念。为了更好地奉献，就要变得更加努力刻苦、发奋图强，要不断进行自我充电。否则，久而久之，编辑就会变得眼高手低：看别人的文章都难入法眼，这也不行，那也不成；一旦自己操刀写作，则变得一片空虚。还有，做《中国社会科学》这样的刊物编辑，是需要能力水平的，需要与作者沟通、交流、对话的能力，还需要站在作者文章基础上提出修改意见，如果仅仅满足于编稿，那就很难深入下去，成为一个优秀编辑，也不会得到作者真正的尊重与信任。

多年来，我有个心得：就是坚持编研结合，一边认真做编辑工作，一边刻苦做研究。至今，多少年过去了，我没有节假日，将几乎所有能利用的业余时间都用在学习、工作、研究和写作上。至今我已出版林语堂研究、散文研究专著16部，发表论文300余篇，还出版多本散文集，在学界和文坛都有较大影响。今天，于我心安的是，我称得上是个合格编辑，也算得上有一定影响力的学者作家。在编研结合这个很难处理的关系中，我创出属于自己的方式方法：让编辑工作与科研工作以及文学创作互为启发、彼此借鉴、相得益彰。我在几个方面努力做出高难度的平衡，最关键是身心平衡和意态自得。工作再忙、生活艰辛、人生不易，然而，于我而言，没有抱怨、无负能量，总让自己精神饱满，像早晨八九点钟的太阳，虽然自己马上就到60岁了。

今天，编辑工作不太受人敬重，特别是在与教授和学者的比较中，常常显出无奈与尴尬。有时，别人问我是什么职称，我说是编审。大家不懂，怎么解释也不成。于是，我半开玩笑说：实在不行，你就把它理解成"编辑＋审稿"吧。不过，话是这样说，心中作为编辑那份自豪感还是满满的。名称只是个标签，但编辑所做的工作不可或缺。试想，当一个好裁缝，通过日夜辛苦，将新娘的嫁妆做得如同锦绣，当听到迎亲的锣鼓渐行渐远，他心底的充实满足恐怕快溢出来了。

　　作为编辑，我们必须清醒：在岗，一定是热闹非凡，找你的人很多，这会让你感到麻烦；退休了，估计百分之九十的人不会再联系你，甚至连个短信也不会有了。但是，这有什么关系呢？人情冷暖本该如此，就像生命的河流有洪水泛滥，也有枯季断流，甚至还有沧海桑田。问题的关键是，曾经的过往在编辑与作者之间留下一道道痕迹，它们在平淡生活或夜深人静时被我想起，一样会变成快乐的乐谱，奏响一个个春夏秋冬的日子。

真情写"余",闲心求"道"

贾平凹有广大的读者群,比较起来,喜欢他的散文者恐怕更多,尤其是早期散文。这也可能是《自在独行》这本散文集畅销于世的一个重要原因。至于大家为何喜欢,各有理由和道理。在我,要点在两个字:一是"余",二是"道"。

与那些宏大叙事不同,贾平凹散文多是边缘叙事,是小叙事或微叙事,甚至是"零余者"叙事,换句话说是"人弃我取"的"多余者"叙事。写人就写底层人生,这包括困顿的父母、一无所能的"我"之少年、闲人、长舌男、病人;写事就写闲事,像吃烟、请客、奉承、打扮、孩子、敲门;写物就写弃物,如残缺的佛像、落叶、丑石、晚雨、荒野地,等等。这些像"针头线脑"一样的人、事、物,在一般人看来,也许不以为然,甚至简单视为"上不了台面"也未可知。但事实上,"零余者"是"五四"以来中国新文学积极倡导的现实主义写作,一草一木、一花一叶也是中国传统文化乐于和精于表达的内容,这在郁达夫和白居易作品中都有表现。只是贾平凹更强调了"微末之余"的重要性和偏爱。

对于"贵重"的人与事物,人人都有天然的崇尚。但在贾平凹的散文中,这往往成为他嘲笑的对象;相反,对于底层、民间中的轻贱者,他却情有独钟。《纺车声声》是写母亲的,那是一个怎样卑微的母亲,她唯一的主心骨——"我"的父亲被抓,家中只剩下身子单薄的母亲带领着如稚嫩的弱草一样的"我",以及更弱小的弟弟妹妹,而且又处于衣不蔽体、食不果腹的年月。于是,一家人进入了一场在生死线上拼搏的拉力赛,稍有不幸就会扯断人生的希望。作者没有精雕细镂出母亲的面容,只用几个细节即将母亲的坚忍、勤劳、忠贞、善良以及富有远见写活了。其情也真,其言也切,读之令人心碎。作者这样写母亲:"我瞧着母亲一天一天头发灰白起来,心里很疼,每天放学回来,就帮她干些活:她让我双手扩起线股,她拉着线头缠团儿。一看见她那凸起的颧骨,就觉得那线是从她身上抽出来的,才抽得她这般的瘦,尤其不忍看那跳动的线团儿,那似乎是一颗碎了的母亲的心在颤抖啊!"没有深情与细致的观察,是决写不出这样的文字的。后来,父亲归来并被平了反,恢复了职务,还补发了二千元钱。作者借父亲的信写道:"你母亲要求我将一千元交了党费,另一千元买了一担粮食,给救济过咱家的街坊四邻每家十元,剩下的五百元全借给生产队买了一台粉碎机。她身体似乎比以前还好,只是眼睛渐渐不济了,但每天每晚还要织布、纺线……"这是基于亲情之上的博大的仁慈,一种恐怕只有母亲——尤其是中国普通母亲才有的伟大品质。

"余事"和"余物"在贾平凹笔下更是款款有情,浸透甚深。与许多人的美学趣味不同,贾平凹更喜欢从那些被人忽略甚至鄙视的事物中受益,并与之建立深厚的情谊,像破烂的瓶瓶罐罐、令人不以为然的丑石、各式动物标本与制品、只剩下一条腿一只手的莲花残佛、无甚特色的秃山秃岭,一只被遗弃和踢飞的贝壳。不过,这些人的"弃物"中,不仅为贾平凹喜爱,有的直接成为他的收藏。如那个残佛被作者拿回家中,一样的供奉,怀着内在的虔诚。还有《狐石》,作者这样写他的陶醉与发现:"我捧在手心,站在窗前的阳光下,一遍一遍地看它。它确实太小了,只有指头蛋大。整个形状为长方形,是灰泥石的那种,光滑洁净,而在一面的右下角,跪卧了那只狐的。狐仍是红狐,瘦而修长,有小小的头,有耳,有尖嘴,有侧面可见的一只略显黄的眼睛,表情在倾听什么,又似乎同时警惕了某一处的动静,或者是长跑后的莫名其妙的沉思。细而结实的两条前肢,一条撑地,使身子坐而不坠,弹跃欲起,一条提在胸前,腰身直竖了是个倒三角,在三角尖际几乎细到若离若断了,却优美地伏出一个丰腴的臀来,臀下有屈跪的两条后肢,一条蓬蓬勃勃的毛尾软软地从后向前卷出一个弧形。整个狐,鸡血般的红,几乎要跳石而出。我去宝石店里托人在石的左上角凿一小眼儿,用细绳系在脖颈上。这狐就日夜与我同在了。"在此之所以细录下来,主要是显示作者对一块在别人看来毫无意义的小石头的挚爱,以及他的细致玩味、欣赏、发现。这是一个只有会玩、爱玩、乐美的人才能体会到的情致。

时下,无情者多,薄情寡义者多,有情义尤其是有深情者少,而无情特别是无深情者很难创造出好的文学。贾平凹散文对人特别是普通人,对事物尤其是被遗弃者,充满深情与喜悦,这是其作品能够打动人心处。当人与人之间不好玩了,就要多与事与物玩,学会自己跟自己玩。其实,有时一个人就是一件器物,一件被人忽略的器皿,是大自然的弃物。如此体味世事人心,就会与"零余者"会通,并真正成为知音,达到情感与心灵的共鸣。

以"闲心"写闲文,这是贾平凹散文的另一特点。这与那些整天处于浮躁状态的写作者大为不同。富贵心强、功利心重、冒进急迫者,往往都难得其"闲",也少有"静",那就离智慧和文学越来越远。林语堂说,文学是闲适的产物,当一个人身有余力而又得闲时,才能创造出好的作品。"闲适"方能生出平淡和超然,才能深得天地人生的况味。贾平凹能"忙人之所闲",更能"闲人之所忙",于是追求平淡宁静的幽境,体味天地自然人生的智慧,尤其注意"天地之道"的追问。《丑石》发现"丑到极处,便是美到极处"。《看山》能从混沌普通的山中理解神奇,从天地自然中看出无穷的神秘,还"竟几次不知了这山中的石头就是我呢,还是我就是这山中的一块石头?"这个看山就不只看山,而是悟道,

—271

是"我"与"石头"达到物我两忘、知音共鸣的一种境界。《残佛》中也有悟道:"或说,佛是完美的,此佛残成这样,还算佛吗?人如果没头身,残骸是可恶的,佛残缺了却依然美丽。我看着它的时候,香火袅袅,那头和身似乎在烟雾中幻化而去,而端庄和善的面容就在空中,那低垂的微微含笑的目光注视着我。'佛,'我说,'佛的手也是佛,佛的脚也是佛。'光明的玻璃粉碎了还是光明的。瞧这一手一脚呀,放在那里是多么安详!"这样的思考、辩证和体悟就几近于道,一个"见微知著"的智慧生成过程。《关于树》中有这样的话:"被人爱是树的企望,爱人更是树的幸福,爱欲的博大精深,竟使她归于了无言乃大愚,沉静而寂寞。"这里不只是人之道,也是树之道,是天地大道。《清涧的石板》是贾平凹纯静简凝的一篇美文,也是借助石板向天地叩问的一个符号。试想,在到处是黄土的陕北高原,这样一个处处是石板的所在,本身就是天地的眷顾,也是进入天地之道的阶梯。所以作者说:"去摸摸街面上石板的光滑。末了,长久地看着夜空,做一个遐想:夜空青蓝蓝的,那也是一张大石板吗,那星星就是石板上的银钉吗?"在天宽地阔的想象中,赋予了石板以"天地情怀"和"天地道心"。

当然,贾平凹散文也有不足,这主要表现在:第一,过闲的散文容易缺乏时代感,尤其忽略对于社会转型期重大问题的关注,使作家滞后于时代,更难成为时代的先知先觉者。他曾在《当下的汉语文学写作》中表示:"当下的农村现实,它已经不是肯定和否定、保守和激进的问题，写什么都难，都不对，因此在我后来的写作中，我就在这两难之间写那种说不出的也说不清的一种病。"这样的看法也正说明作者在时代转型面前的困惑与犹豫。没有超前意识和对于时代的敏感，就很难超越这个复杂多变、日新月异的时代。在这方面，我们的散文及其文学整体而言是相当滞后的。第二，以"闲心"问"道"，在贾平凹还有较大的延展空间。目前他的悟道，有不少地方自觉意识还不够，有的还有些牵强。如说人有前世、可再生的说法，在贾平凹散文中表现得很有意思，但没有进一步深入下去。

总之，当人们都追新求异、紧跟时代发展时，贾平凹散文注重底层与民间，尤其是微小事物甚至"弃物"的描写，并以闲心投入深情炽爱，这就使他的散文很有特色，与众不同，并从中悟道。中国新文学作家往往更强调"人的文学"，但却忽略了天地自然包括一草一木的精微，尤其失去了神秘感和天地大道。在这方面，贾平凹散文有所突破和创新。但一个更有价值的作家是可以兼及两极：在以闲心求道的过程中，需要进一步精进有成；同时，也成为时代和人类的预言者。在这方面，我以为贾平凹先生还有较大的拓展空间。

纸本书刊的命运

一

如果说，至今我最富有什么？那无疑是书和杂志。

从童年、少年的无书可读，到如今的无处放书，无法留住杂志，这简直是个奇异的历程，也具有讽刺意味。

记得自小家贫，偏僻的农村不要说书，连纸片都少见。所以，一个村里，谁家如果有几本书，那无疑就成了"财主"，会招来爱书人踏破门槛，老着脸借阅。

那个年代，最可怕的不是吃不饱、穿不暖，而是文化生活的极度贫乏，找本课外书读就难上加难。

记得，那时我村有一家人，既穷又脏，且儿子年过三十还是个光棍，简直成为村人最不屑的典型。然而，因为他家有书，这个光棍颇受一些人欢迎，他家也就成为爱书人的天堂。那时，我年纪尚小，根本不可能借到书，二哥常能从他家借来小说，像《桐柏英雄》《高玉宝》《渔岛怒潮》等，我就有可能从二哥那里偷看这些书。

二哥借来的书，被视为珍宝。一是借书人极爱书，一般人轻易别想从他那里借到书。二是借来的书都被加装了外套，有的用牛皮纸，有的用塑料皮，我特喜爱用塑料皮包起的书，既透明又光滑。三是每当二哥看过书，都千方百计藏起来，以免被我和弟弟弄坏或搞丢了。

那时的书之于我，简直成为一种神物，要找到二哥藏起的书，仿佛充满历险，也是一个解密的过程。

这是我爱书的开始和源头。

二

读过高中，考上大学，又成为硕士和博士，再后来变为编辑、教授、学者、作家。于是，与书结缘，看书、买书、藏书、写书，成为我的日常生活，也成为我生命的全部。

是书铺平了我的人生之路，也是书使我坐拥书城，更是书成为我生命的依托。

至今，我的书已不能用车载斗量形容，我自己也不能以藏书家定义，而是所有的书都变成了我，我又常变成一本书。

家中能放书架的地方都放上了，实在没办法，能放书的角落，甚至连两个厕所也都挤满了书。还有窗台、饭桌、沙发、床上，也都是书。以我的床铺为例，刚开始，我占三分之二，书占三分之一。后来，我和书各占一半。再后来，书将我挤得只剩三分之一,而且,床上的书高高站立,像一个个卫士,也像书的森林矗立着。

我在单位有间办公室,里面的书也是天天生长。有的是朋友送的,书生之交半张纸,学界大凡出书,不少人都会寄来,我就有了不少签名书;办杂志尤其做文摘,不少单位都将刊物寄来,希望编辑早日看到,于是每天都有不少杂志像长了翅膀般飞来。至今,我做编辑工作已逾二十载,搬过几次家,赠书一本没舍得淘汰,但杂志却没办法留存,不得不反复斟酌、琢磨,该留什么,要淘汰哪些。

在不少编辑那里,现在恐怕很少能找到旧杂志了,但我这里还能看到它们的身影,因为不论搬到哪里,都有一些杂志跟着我,我将它们摞在房间四周,其形似帆、高如山、美若画。或许因为不断有新杂志到来,那些旧物很少被翻动,但我却不舍得扔掉,伴在身边自有一番温馨和暖意。我总这样说,哪天退休了,再好好读它们,一本一本看,一篇一篇读,其中一定有不少好文章能不断把我滋养。

三

其实,20多年来,不是所有杂志就能跟在我身边,大多数还是被我淘汰掉了,这也是没办法的事。毕竟房间有限,杂志多多,而且不少杂志过于千篇一律。

至今,我没淘汰的杂志有这样几类:一是内容多是中国传统文化的,这些杂志现在不读,以后会有价值,如《文史哲》《文学和文化》。二是开本小，容易摆放和阅读的，如《中国现代文学研究丛刊》。三是杂志轻薄，不占多少空间，如《闽台文化研究》。四是文学作品或文学评论一类，像《小说选刊》《美文》《湘江文艺》《文艺争鸣》《南方文坛》。五是封面设计和内容有趣，如《东吴学术》《学术评论》《上海文化》。六是古色古香，有一种书卷气和中国人文精神，像《文学遗产》《秦岭》。总之，那些像砖头一样越来越厚的杂志，那些装在信封、书包、书架里会胀破"肚皮"的大开本杂志，那些怎么都难归类、奇形怪状的杂志，还有用纸极差、板着面孔、一不小心就会划破手指的杂志，那些面孔一律、八股体的大学学报，实在无法留下它们，只好大批大批地弃之不顾。

我曾问过一些著名学者，他们发表了数百篇文章，面对住房紧的今天，是如何处理那些杂志的？有人以不是问题的方式回答我："将自己的文章撕下，剩下的一扔了之！"这让我非常吃惊，也难以体谅其如释重负的决绝。我却与他们大为不同，既没那份勇气，更舍不得，还很难想象，对曾发表过自己文章的杂志如此绝情。试想，让我将刊物上自己的文章与别人的撕开，那是不可能的，因为内心会觉得不忍。我总觉得，与你同在一本杂志上的作者，一定有缘，包括那本刊载你文章的杂志。如为一己之便，将之撕裂，岂不是一种暴力？

但事实上，要保留那些大小不一、厚如砖头的杂志，实在困难。后来，我想了一个办法：用布袋、塑料袋将它们装好，砌墙般将之垒在门后，既稳当又干净还方便。但随着发表的文章不断增多,哪有那么多"门后"等着存放?

每当此时,我就有一种怀旧情绪:原来的《中国社会科学》《文学评论》《文艺研究》装帧多好啊!杂志在手,有一种生命的质感,轻灵、柔软、自然、质朴,还带着令人感动的诗意!至今,我还留着这些杂志的旧版本,在轻松之余,坐于阳台,沐浴在阳光下,轻轻打开它们,仍有余香从中逸出。如不小心,很难说,它们不会插翅而飞,像一片树叶自天空轻扬地落下。

四

近期,家中又买了三个书架,目的是让那些堆积于地尤其是放在厕所中的书都能上架。于是,我投入了浩瀚的巨大工程。

先是一本本擦拭,那些被蒙尘的书籍。拿一块干净抹布,用水浸润,挤掉水分,在含有一定的湿度中,轻轻地擦拭。从书的正反两面、侧面,尤其是顶端容易着灰的地方。我有一种为孩子洗澡的感觉,也有一种被洗礼的感动,是为书更是为我自己。因为让那些洁净的书受污,这本身就是罪过。为了擦拭这些书,我手的皮肤由软如宣纸,变成长出厚茧,再到如磁片般开裂,然后是皮屑落地,长出新肉,重新变得柔软。为此,我已记不得经过多少反复。在我看来,开裂的手皮,在内心深处就如翻开的书页一样,如诗一般地绽放。

然后是分门别类,将不同学科、类型的书分开,也将大小不一的书分开。这是一项艰辛的工作。最令我感慨的是,中国古籍多是小开本，它们熨帖、典雅、优美，既便于存放，更有一种美感，我将之置于最显眼、易于取用之处。而一些西方著作，尤其是当下的学术著作，则令人百思不解：这不只是它的内容粗率，八股味儿令人窒息，还在于装帧和用纸较差。可见，现在学术生产的简单化、粗鄙化、恶劣化。

三个大书架本来有很多格子，也有不少空间。但面对时下粗制滥造的书刊，其装不下多少本书。而且，被装进书架的书刊七长八短，像刀枪剑戟，有一种莫名其妙的荒谬与滑稽。

更可怕的是，一书在手，字小、书重，几乎没办法阅读，更无美感可言。还有，由于用胶过多，有的外溢而出，既不舒服又有污染。一些纸张与墨迹还散发着异味和臭气，你不知这些纸张和墨水来自何处？此时，我总愿将那些旧版本，尤其是线装书拿来翻阅，一种书卷气就会将我浸润，令人陶醉。

其实，所谓书香和文化，最基本的来自于选材和装帧，来自没被金钱异化的心灵，来自一种被美好熏染的趣味与境界。

五

经数月努力，我基本将书整理上架。这些流落于地的书，再也不用蓬头垢面，更不用像弃妇一样向隅而泣。因爱书如命，我不像别人那样，搬一次家就淘汰一批书，而是一本不丢地留存着。

许多书可能一直没看,长久待在角落寂寞地度日。不过,每次搬家,我都能重新看到它们,并用擦布、用手、用心去抚摸,像检验战士般与它们重逢。那是一次喜悦,也是一次重新发现和再生,更是一次心灵对语。为我搬家的民工看着我的书山丰海富,都会感慨万千说,从未见过这么多书。他也会问我:"这么多书你都读过?"

其实,在我,哪有可能读过这么多书?那既不可能更无必要!问题的关键是,与这些书结缘,并守住这个缘。这就好像在大千世界,有那么多人,你怎能"读过"每个人?一本书长年累月甚至多年待在书架上,当哪一天,你取下它,去其灰尘,用心去抚摸,闻一下它的体香,翻开它,诵读一段,那就是在续一份缘,身心就会获得无限满足。我常在夜深人静时,借着温煦的灯光,像将军巡视一样,欣赏我的书架和书,那是一种怎样也无法描述的幸福美好感受!

我常想,作为一个知识分子,退休后,当好好读书。尤其是对于那些在繁忙工作时无暇阅读的作品,那时,我就可以有更多时间慢慢品味,不亦快哉!

当更多纸本被电子版代替,当图书馆的书被厚厚的尘土覆盖,当年老了、走不动,甚至下不了楼,我就会守住自己这些藏书,好好阅读、欣赏、快乐丰实地度日。尤其在一片片明媚的阳光下,在阴晴难定的风霜雨雪中,那种美好感受一定难以言喻。

如果再有了孙子,他也喜欢阅读,在我的书海中穿行,乐此不疲,夜以继日。经过书的陶冶,他能快速成长,变成一个有知识、文化、教养的智者,那是我最乐意的。当一个个书香子弟都像枫叶般从历史的高空飘落,我希望能保存这些纸本书刊,这不仅因为上面有我的手泽,更有我寄托的梦。